응석꾸러기 딸로 키우지 않는
100가지 포인트

초판 인쇄 2018년 11월 10일
초판 발행 2018년 11월 17일

지은이 루펑청
옮긴이 최지선
펴낸이 임종관
펴낸곳 미래북
편　집 정광희
본문디자인 디자인 [연:우]
등록 제 302-2003-000026호
주소 서울특별시 용산구 효창원로 64길 43-6 (효창동 4층)
마케팅 경기도 고양시 덕양구 화정로 65 한화 오벨리스크 1901호
전화 02)738-1227(대) ｜ **팩스** 02)738-1228
이메일 miraebook@hotmail.com

ISBN 979-11-88794-19-5   03820

값은 표지 뒷면에 표기되어 있습니다.
잘못된 책은 구입하신 서점에서 바꾸어 드립니다.

딸을 키우는 부모라면 꼭 읽어야 할
바른 육아의 비결

응석꾸러기 딸로 키우지 않는 100가지 포인트

루펑칭 지음 / 최지선 옮김

미래북
miraebook

응석꾸러기로 키우지 않는 것이
딸 교육의 지혜다

얼마 전에 나는 『큰소리치지 않고 아들 키우는 100가지 포인트』라는 책을 썼는데, 이 책이 나오자마자 독자들로부터 큰 환영과 좋은 평을 받았다. 이 책은 읽고 난 후 얻을 것이 꽤 많은 책이다. 어떤 열성적인 독자는 책을 읽고 나서 블로그에 이 책을 적극적으로 추천하기도 했다. 많은 엄마들이 블로그에 매우 생동적인 독후감을 쓰기도 했는데, 이것들은 나를 충분히 감동시켰고 내게 어마어마한 격려가 되었다. 이 책은 이미 입소문을 타고 엄마들이 서로 돌려가며 보는 아들 교육의 참고서가 되었다.

인터넷에 올라온 댓글을 통해서 나는 엄마들이 딸 교육에 대한 책도 무척 많이 기대하고 있다는 것을 알게 되었고, 딸을 가진 친구들도 어떻게 딸을 교육하면 좋을지에 대한 책도 있었으면 좋겠다고 강하게 호소했다. 왜냐하면 그들은 딸을 교육하는 것과 아들을 교육하는 방법이 다르다고 생각하며 딸을 어떻게 가르쳐야 할지 매우 어렵게 느끼고 있었기 때문이다. 확실히 많은 엄마들이 아들에게는 '큰소리치는' 교육을 하고 있지만, 딸에게는 거의 소리치지 않고 오냐오냐 키운다. 유감스러운 점은 딸아이를 응석꾸러기로 키우는 것은 매우 잘못된 교육법이라는 것이다. 내가 볼 때 딸을 교육하는 문제는 아들의 교육 문제보다 훨씬 더 중요하다. 이렇게 말할 수 있는 이유가 뭘까?

옛말에 '규방은 성현이 있는 곳으로, 어머니의 가르침은 천하태평의 근원이 된다'고 했다. 오늘의 딸은 미래의 어머니다. 오늘 어머니가 딸을 잘 가르치지 못한다면 딸은 미래에 좋은 여성이 될 수 없을 것이고, 자연히 좋은 어머니도 될 수 없다. 이것은 작게는 한 가정의 불행으로 이어져, 이렇게 자란 딸이 커서 결혼한 후 남편 집의 '화근'이 될 수 있고, 더 크게는 사회나 국가의 불행으로 이어질 수 있다. 왜냐하면 이렇게 자란 딸은 훌륭한 다음 세대를 가르칠 수 없기 때문이다. 이것은 결코 과장해서 하는 말이 아니다. 딸을 교육하는 것은 확실히 큰일이고 아들을 교육하는 것보다 훨씬 중대한 일이다.

부모로서 우리는 딸의 교육에 대해 당연히 심혈을 기울이고 자기의 천금 같은 보배를 더욱 애지중지한다. 그러나 우리의 지나친 관심과 사랑은 오히려 딸의 건강한 성장에 거대한 화근을 잠복시켜 놓는 것이다. 왜냐하면 아이의 응석을 다 받아주다 보면, 아마도 딸은 포악하고 제멋대로인 '공주마마'가 될 가능성이 크다. 이기적이고 까다로우며, 자립할 수 없고, 각종 유혹을 억제할 수 없을 것이다. 이렇게 자란 딸은 우아할 수도, 고상할 수도 없고 사람들의 사랑을 두루 받을 수도 없다. 당연히 이 여자아이들은 사회에서도 진정으로 홀로서기가 어려울 것이다. 그들은 연약하고, 대가를 치르기 싫어하며 요구만 한다. 부모는 이런 딸이 되기를 원하는 것일까?

딸을 가르치는 것에는 지혜가 필요하다. 사실 이 지혜가 바로 응석꾸러기로 키우지 않는 것이다. 응석꾸러기로 키우지 않는 딸은 교양 있고, 성품이 훌륭하며, 학식이 풍부하고, 명랑한 성격에 총명한 두뇌도 있어서 홀로설 수 있을 것이다. 부모는 응석꾸러기로 키우지 않는 교육의 핵심과 근본을 지키고, 아들과는 다른 딸만의 독특한 특성을 인식하여 최선을 다해 아이를 키우면서 아이에게 좌절을 겪게 하고, 적당히 고생도 시키고, 행복한 생활을 하는 것이 쉽지 않다는 것도 알게 해주어야 한다. 딸은 지혜롭고 용기 있게 자기의 인생을 마주할 것이며, 그로 인해 비로소 교양 있고 단정한 몸가짐을 가질 수 있을 것이다. 이렇게 자란 아이는 자신의 인생을 행복하게 해줄 보험을 들어놓은 것과 같다.

그렇다면 어떻게 응석꾸러기로 키우지 않을 수 있을까? 응석꾸러기로 키우지 않는 구체적인 방법은 무엇일까? 부모는 어떤 방면에서부터 딸에게 가장 좋은 양육을 해야 할까? 이러한 문제들의 답을 이 책에서 찾을 수 있을 것이다.

분명한 것은 부모는 반드시 딸이 바람직한 인생의 기초를 다지도록 도울 수 있고, 딸의 앞길과 운명에 가장 큰 영향력을 끼칠 수 있다는 점이다. 그 전제는 딸을 응석꾸러기가 되지 않도록 키워야 한다는 것이다. 응석꾸러기로 키우지 않으면 엄마는 더욱 편안해진다. 응석꾸러기로 키우지 않으면 딸은 더욱 유능해진다. 응석꾸러기로 키우지 않으면 모녀관계도 더욱 친밀해진다. 응석꾸러기로 키우지 않으면 가족은 더욱더 화목해진다.

응석꾸러기로 키우지 않는 것은 매우 새로운 교육 방법이고 적극적인 교육 태도이며, 이지적인 교육 예술이기도 하다. 따라서 부모는 '응석꾸러기로 키우지 않는' 교육 이념에 대해 충분한 관심을 갖고 시도해봐야 할 것이다. 사실 '응석꾸러기로 키우지 않는 것'의 위대한 가치를 이해하고 나서 부모가 딸을 위해 1%만 변할 수 있다면, 딸을 교육하는 일은 훨씬 간단해질 것이다.

루펑청(魯鵬程)

| 차 례 |

PART 1

응석꾸러기 딸로
키우지 않는 것을
사명으로 생각하라

100 POINT OF EDUCATION

집에 딸이 있으면, 온 가족은 그 아이를 '손바닥 위의 진주'로 보고, 딸에게 모든 사랑을 쏟아내기를 아깝게 생각하지 않는다. 어쩌면 느끼지 못하는 사이에 딸을 너무 과분하게 예뻐할 수도 있고, 심지어는 지나치게 아이의 응석을 받아줄 수도 있다. 그러나 부모는 자신의 딸이 결국 도리도 모르는 '제멋대로 공주'가 되기를 바라지는 않을 것이다. 따라서 응석꾸러기로 키우지 않는 것은 부모가 반드시 터득해야 할 교육의 지혜다.

응석꾸러기 딸로 키우지 않는 것을
사명으로 생각하라

부모는 늘 말한다. "딸이 좋지, 딸이 좋아. 딸은 엄마 껌딱지야." 이 '엄마 껌딱지'는 말도 예쁘게 하고, 엄마에게 어리광을 부리고, 엄마와 함께 있는 것을 좋아할 것이며, 엄마는 당연히 딸을 지극히 좋아하고 사랑한다. 그러나 좋아하는 것은 좋아하는 것이고, 부모는 이 '좋아함'의 한계를 파악해야 한다.

오늘날 많은 딸들은 집에서 너무나 지나친 사랑을 받아서, 거만하고 난폭해져 말다툼을 할 뿐만 아니라 심지어 어떤 때는 욕을 하기도 한다. 또 어떤 딸은 너무 사랑을 받아서 오히려 '고독증'에 걸리기도 하는데, 가족 이외의 사람들이 자신을 가족만큼 사랑해줄 리가 없기 때문에 아이는 수많은 무리한 요구들이 만족되지 못하면 바깥 세계를 배척한다. 더 심한 경우는 지나치게 오냐오냐해서 아무것도 이해하지 못하고, 아무것도 할 수 없고, 부모를 떠나서는 거의 '폐인'이 되기도 한다. 확실한 것은 우리의 딸이 이렇게 변하기를 원치 않고, 아이가 무언가 할 수 있기를 바란다면 먼저 부모가 딸에 대한 지나친 사랑과 오냐오냐하는 것을 버려야 한다는 것이다.

딸을 비정상적으로 사랑하고 응석꾸러기로 키운다는 것은 어떤 것일까? 집에서 기르는 고양이, 강아지 같은 것을 '애완동물'이라고 한다. 우리는 그것을 사랑하고, 먹여주고, 데리고 나가 놀 수도 있다. 그러나 우리는 애완동물의 의견을 물을 수 없고, 그것들이 느끼는 감정을 심각하게 생각하지 않는다. 따라서 애완동물은 독립적인 것이 아니고, 우리에 종속되어 있는 존재이다. 부모는 딸을 이러한 역할로 보아서는 안 되며, 아이에게 아무것도 간섭하지 못하게 하고, 사랑한다는 이유로 아이에게 "넌 상관하지 마, 어린애가 신경 쓸 일이 아니야"라고 말해서는 안 된다.

딸도 가족의 독립적인 일원이고, 부모는 아이의 여러 가지 권리를 존중해야 한다. 아이에게 자신의 의견을 발표하게 한다든지, 자신의 생각을 표현하게 하거나, 아이가 직접 일을 하거나 부모를 돕게 해야 한다. 이렇게 함으로써 아이는 더 많은 사물을 접촉하고 성장의 기회를 만들어 갈 수 있다.

딸을 성장하게 하려면 부모의 정확한 지도와 교육이 꼭 필요하다. 많은 엄마들이 딸을 가르칠 때 과잉보호와 응석을 받아주는 것을 벗어날 수 없는데, 예를 들어 어떤 엄마는 아이를 꾸짖는 것을 어렵게 생각하고, 또 어떤 엄마는 딸이 너무 많이 고생하는 것을 원하지 않는다.

저는 제 딸을 무척 사랑하지만 과잉보호하지는 않습니다. 제가 만약 아이를 과잉보호하면, 아이는 '스스로 어떤 일을 하지 않아도 된다'고 생각할 것이고, 엄마가 자신을 도와줄 거라는 것을 알기 때문입니다. 그래서 저는 늘 마음을 약하게 먹지 않습니다.

아이가 옷 입는 것을 배울 때, 나는 계속해서 가르쳐줬지만 손을 뻗어 도와주지는 않았습니다. 아이가 조급해서 대성통곡을 해도 내버려 두었고, 마음을 굳게 먹고 아이가 소매를 찾는 것을 보고만 있었습니다. 아이가 막 초등학생이 되었을 때, 수학문제 푸는 것을 싫어했습니다. 저는 한 번 쭉 설명해준 뒤 아이가 스스로 숙제를 끝내도록 시켰고, 아이가 포기하도록 허락하지 않았습니다.

제 딸이 전에 농담으로 제게 독한 엄마라고 한 적이 있습니다. 아이는 이미 초등학교 5학년이 되었는데, 자기를 스스로 돌볼 뿐 아니라 어떤 때는 나와 아빠까지도 돌봐주려고 해서 아이가 만든 간단한 음식을 먹기도 하는데, 저는 정말 즐겁습니다.

이 엄마의 마음에는 한 가지 신념, 즉 딸을 응석꾸러기로 키우지 않겠다는 마음이 있다. 이것은 엄마의 사명이다! 그녀는 이 사명감을 가지고 냉정하게 정확한 교육을 실행하며, 자신에게 기쁨이 되는 딸을 키울 수 있었다. 부모는 이러한 사명을 인식하고 이해해야 하며, 딸을 교육할 때는 반드시 응석꾸러기로 키우지 않아야 한다. 아이는 결국 자라야 하고, 자신이 모든 것을 헤쳐나가야 하는데, 부모가 아이의 '수호신'이 될 필요는 없으므로, 아이가 모든 것에 대응할 수 있는 능력을 가르쳐야 한다. 생활을 스스로 처리하는 능력부터 학습, 일 처리, 사람됨, 타인과의 교제 등 각종 능력에 이르기까지 부모가 마음을 다해 가르치면 아이는 서서히 배워갈 것이다.

부모는 또한 언제나 아이의 모든 요구를 받아 주어서는 안 된다. 아이가 여리다고 생각하고, 아이가 우는 것을 보기 싫어서 결국은 아이의 모든 조건을 만족시켜 주어서는 안 된다. 이렇게 하면 아이는 갈수록 난폭해지고, 당연하다고 생각하게 되어 부모에 감사할 줄을 모르게 될 것이다. 부모는 아이가 이렇게 '생떼를 쓰는' 나쁜 버릇을 고쳐 주어서 적어도 아이가 부모의 사랑을 이해할 수 있게 해야 한다.

이런 생각의 방향에 따라 자세하게 생각해 본다면, 가장 정확한 교육은 바로 딸을 응석꾸러기로 키우지 않는 것이다. 또한 부모의 이러한 교육 태도와 방식은 아이가 점점 긍정적인 방향으로 성장하도록 할 수 있다. 따라서 부모는 마땅히 '응석꾸러기로 키우지 않기' 이 문구를 마음에 새겨 넣고, 딸을 양육할 때 이성적인 마음상태를 유지해야 하며, 알맞은 교육 방법을 적용하는 것을 배워야 한다.

응석꾸러기로 키우지 않는 부모가
좋은 선생님을 이긴다

어떤 부모는 자신이 딸을 엄격하게 교육하지는 못하니, 선생님이 교육을 도와줄 것을 기대한다. 그러나 딸에게 있어서 부모가 자신의 첫번째 선생님이며, 응석꾸러기로 키우지 않는 부모는 수많은 좋은 선생님을 이길 수 있다. 《선쩐 특구보(深圳特區報)》에서 보도한 사건이 있다.

'육아의 달인'인 엄마가 곧 9살이 되는 딸을 세심하게 보살핀다. 아침, 엄마는 딸에게 치약을 짜주고, 세수하는 것을 도와주며, 아침 식사의 시중을 들고 난 뒤, 아이를 학교에 데려다 준다. 저녁에 엄마는 아이가 샤워하는 것을 도와주고, 과일을 먹이고, 따뜻한 우유를 먹여주며, 자장가를 불러 재운다.

한번은 어떤 사람이 동네에서 이 아이를 만나서, 리치를 꺼내어 먹으라고 주었다. 그런데 아이는 그것이 무엇인지 몰랐고, 리치라고 알려주자 오히려 이상하다는 듯이 물었다. "제가 집에서 먹었던 리치는 하얀색인데, 왜 이건 빨간색이에요?" 원래 이 아이는 집에서 어떤 과일을 먹든 엄마가 껍질을 벗기고 잘라주었던 것이다.

아이는 '자신의 손과 발로 일할 줄도 모르고, 오곡을 분간할 수도 없게' 되어 버렸다. 이런 아이가 미래에 할 수 있는 일이 얼마나 있겠는가? 엄마가 아이를 이 정도까지 과잉보호하면, 사랑은 이미 '독'이 된 것이다. 과잉보호, 오냐오냐 함은 아이 마음속의 욕망을 계속해서 팽창시킬 수 있고, 갈수록 엄마를 자신의 안중에 두지도 않을 것이다. 이미 막무가내의 성격이 형성된 아이는 선생님의 가르침도 마음속에 담기 어렵다. 따라서 딸을 더 잘 가르치고 싶다면 부모는 모든 것을 받아주는 교육 방법을 버리고 알맞은 교육 방식을 선택해야 하며, 부모가 딸의 옆에 있는 가장 좋은 선생님이 되어야 한다.

맨 처음부터 온화하지만 타협하지 않는 태도를 지켜라

여기에서의 '맨 처음'은 바로 부모가 딸을 교육하기 시작하는 그 순간이다. 이때 부모는 온화한 태도로 자신의 원칙을 굳게 지켜야 한다. 온화한 태도는 부모가 모든 일에 조급해 하지 않고 표현하고자 하는 뜻을 인내심을 가지고 딸에게 들려주는 것으로, 이렇게 하면 아이는 부모의 가르침을 거부감 없이 쉽게 받아들일 수 있다. 반면 타협하지 않는 태도는 부모가 이미 정한 원칙을 변함없이 계속해서 지키는 것으로, 아이가 울고 떼쓰기 때문에 아이에게 유익한 결정을 마음대로 바꾸어서는 안 될 것이다.

똑똑한 아이라면 부모가 정해놓은 원칙을 변함없이 지키는 것을 보고, 자신이 조건을 내세우거나 어리광을 부려도 타협이 되지 않는 많은 일들이 있다는 것을 저절로 이해할 것이다. 따라서 아이는 서서히 좋은 습관을 키워가고, 부모의 가르침도 받아들일 수 있다.

딸을 존중하지만 비위를 맞춰주지는 마라

어떤 부모는 아이를 무조건 떠받드는 것이 아이를 잘 보호한 것이라고 생각하지만 사실상 아이는 아무것도 배울 수 없고, 아무것도 할 수 없다. 부모는 마땅히 아이가 더 많은 지식을 배울 수 있고, 더 많은 능력을 터득할 수 있을 것이며, 아울러 자기의 능력에 따라 많은 일을 할 수 있을 것이라고 믿어야 한다. 부모가 아이를 존중하면 아이는 자신을 정확하게 인식할 수 있고, 그에 따라 자신감도 갖게 될 것이다.

아이가 억울함을 당했거나 어려움을 만나는 것을 보았을 때, 어떤 엄마는 "울지 마, 네 잘못이 아니야"라고 말할 것이다. 그러나 이렇게 하면 아이에게 오해만 남길 수 있고, 그러면 자신은 늘 맞는다고 생각한다. 따라서 부모는 딸에게 지켜야 할 도리를 더 많이 가르쳐주고, 비슷한 일을 다시 겪을 때 어떻게 처리해야 할지 알려주어야 한다. 그러나 도리를 이야기할 때 장황하게 설명하지 않도록 주의해야 하며, 사실과 연관시켜 핵심을 잡아 간략하게만 언급해야 한다.

3

따뜻하고 화목한
가정의 분위기를 만들자

가정의 분위기는 아이의 성격, 습관 등 많은 측면에서 중요한 영향을 끼친다. 그러나 딸을 위해 온화하고 화목한 가정의 분위기를 만드는 것과 딸을 응석꾸러기로 키우지 않는 것과 어떤 직접적인 관계가 있는지 질문하는 부모도 있을 것이다.

엄마는 딸이 아무리 사소한 문제나 어려움을 겪든지 모두 엄마에게 도움을 청하게 했고 가진 능력을 다해서 딸을 도와주었다. 그러나 아빠는 딸을 이렇게 과잉보호해서는 안 된다고 생각했다. 딸은 늘 아빠를 대할 때 벽에 부딪치는 것 같았고 기분이 나빠졌다. 그러면 엄마는 아빠에게 말했다. "당신이란 사람은 자기 아이에게 어쩌면 이렇게 무관심한가요!" 그러나 아빠는 미간을 찌푸리며 말했다. "당신이 뭐든 대신해 주는데, 나중에 문제가 생길 게 두렵지 않아요?" 엄마는 화를 냈다. "내 딸을 내가 지켜주지 않으면 누가 지켜주나요?"

딸은 그때부터 문제가 생기면 아빠를 찾지 않았고 직접 엄마에게 갔다. 그리고 자신도 모르는 사이에 딸은 아빠와 서서히 소원해졌다.

과잉보호하는 쪽은 대부분 아이를 고생시키기를 원하지 않고, 아이가 곤경에 처해 있는 것을 원하지 않는다. 따라서 딸은 자신의 요구를 다 받아주는 쪽과 더 가까워질 것이며, 자신을 교육하려는 다른 편은 적대시하게 될 것이다. 딸은 사랑을 받았지만, 부모는 아이의 교육에 실패한 것이다. 이러한 종류의 이견이 존재하면 가족끼리 더욱 불화가 생기게 된다.

반대로 따뜻하고 화목한 가정의 분위기는 어떠한 문제든지 함께 상의하고, 마지막의 결정도 서로 상의해서 얻은 결과일 것이다. 특히 딸에 대한 교육에서 부모가 일치된 입장을 유지할 것이고, 아이에게 부모의 교육을 더욱 쉽게 받아들일 수 있게 할 것이다.

모든 관심을 아이에게 두지 마라

부모가 '전심'으로 아이에게 관심을 갖는 동시에 가정의 다른 구성원들에게 소홀해질 수 있다. 이것 또한 종종 가정 내의 갈등을 일으키는 '도화선'이 된다. 집안에 귀여운 딸이 생기더라도 부모는 자신의 관심을 균등하게 분배해야 한다. 집안의 모든 사람들이 따뜻함을 느끼면 딸은 부모의 모든 관심을 독차지해서 안하무인으로 변하지 않을 것이며, 동시에 아이도 부모의 말과 행동으로부터 타인에게 관심을 갖는 법을 배우게 된다.

가족구성원의 관계에 있어서는 전반적으로 온 가족 모두가 서로 배려하고 생각해주어야 한다. 집안의 어르신에 대해 딸에게 존경하고 효도하는 모범을 보여 주어 아이에게 익숙한 습관이 되도록 해야 한다. 만약 한 사람이 부정적인 정서가 생겼다면 모든 가족이 그에게 따뜻함과 관심을 주어야 한다. 모든 가족이 서로 관심을 갖고 사랑할 때 훈훈하고 화목한 가정의 분위기를 조성할 수 있다.

훈훈한 이야깃거리를 많이 만들어라

가정에서 이야깃거리는 가족이 모두 참여하여 각자 자신의 의견을 내고 토론을 통해 가정의 일을 결정하기 위한 것이다. 부모와 아이 사이에 가장 자연스럽고 가장 진실한 소통 방식이다. 만약 딸의 교육문제에 관해 의논할 때에는 먼저 딸의 목소리를 경청한 뒤, 딸을 교육하는 방법 및 왜 이렇게 교육해야 하는지를 다시 이야기할 수 있다. 이렇게 하면 부모는 딸의 마음속 요구를 알 수 있고 딸도 부모의 어려움을 이해할 수 있게 된다.

의논하는 과정에서 아이의 말을 마음대로 끊지 않아야 하고, 어떤 사람의 관점을 비평하지도 않아야 하며, 아이 앞에서 서로 싸우는 것은 더더욱 하지 말아야 한다. 또한 아이가 부모의 총애를 믿고 교만해지는 것을 막아야 하며, 자신에 대해 정확하지 않은 관점으로 말하면 아이가 잘못된 인식을 고치도록 도와주어야 한다.

아이가 할 일을 대신 해주지 말고
스스로 할 수 있게 하라

부모가 아이를 과잉보호하고 오냐오냐하는 것은 아이가 할 일을 대신해주거나 도와주는 것에서 자주 나타난다. 어떤 일은 완전히 아이 스스로 할 수 있는 것이지만, 부모는 오히려 너무 아이를 과잉보호하느라 아이가 하도록 놔두지를 못한다. 그 결과 정말로 아이 스스로 해야만 하는 일이 생겼을 때, 아이는 부모에게 도움을 청하는 것 외에는 다른 좋은 방법을 찾을 수가 없게 된다.

아동심리학 연구에서 보면, 아이는 초등학교 시기에 심리활동의 주도성이 뚜렷하게 증가되고 자신이 시도해보고 체험하는 것을 더욱 좋아하게 된다고 한다. 따라서 부모는 이 시기에 딸의 독립하고자 하는 희망을 존중해야 하며, 일의 크고 작음을 떠나 아이가 할 일을 더 이상은 대신 해주지 말고, 아이가 스스로 할 수 있게 해야 한다.

절대로 아이가 연약하다고 생각하지 마라

어쩌면 부모는 아이의 연약한 모습이 다른 사람의 사랑이 필요하기 때문이라고 생각하면서 모르는 사이에 아이에게도 자립하고자 하는 욕구가 있다는 것을 지나쳐 버릴 수 있다. 따라서 아이가 독립적으로 하려는 욕구를 보일 때, 아이에게 기회를 주고 아이의 필요에 순응하며 특히 아이가 자기의 일을 스스로 하게 해야 한다. 예를 들어 스스로 옷을 입게 하고, 스스로 세수를 하고 머리를 빗게 해야 한다. 스스로 학용품을 정리하게 해야 하고, 스스로 놀지 않는 장난감을 정리하고, 읽은 책을 원래의 자리에 가져다 놓도록 해야 한다.

아이가 스스로 해야 할 일은 훨씬 더 많으며, 아이가 커감에 따라 부모는 일의 주도권을 아이에게 넘겨주어야 한다. 부모가 아이를 믿어주기만 하면 아이는 스스로 해야 할 일을 더욱 잘해낼 것이다.

여러 가지 방법을 생각하도록 가르쳐라

같은 나이의 남자아이와 비교했을 때, 여자아이는 규칙을 잘 지키지만 융통성과 창조성은 부족함을 보인다. 따라서 어떤 일을 할 때, 여자아이는 더욱 규칙대로 일을 하는 습관이 되어 있을 것이다. 이것은 또한 여자아이가 '영리하다'고 칭찬받는 주요 원인이 된다. 그러나 많은 일들은 결코 고정불변하는 것이 아니며, 옷을 입는 것과 같은 작은 일에도 많은 변수가 있다.

부모는 딸의 사고력 훈련을 도와줄 필요가 있는데, 여자아이도 융통성 있는 두뇌를 가질 수 있게 해야 한다. 딸이 자신의 일을 할 때, 부모는 아이가 여러 가지 방법들을 생각해내도록 격려해야 하며, 기본적인 방법에 따라 하는 것외에 다른 방법을 생각해낼 수 있는지를 봐야한다. 이것은 여자아이의 사고를 점점 더 융통성 있게 해줄 것이며, 일의 효율도 높이고, 자신의 일을 더욱 잘하게 할 것이다.

여자아이의 세심한 천성을 잘 이용하라

대부분의 여자아이들은 선천적으로 생각이 주도면밀하고 섬세하다. 부모는 아이의 이러한 선천적인 특성을 잘 살려서 아이가 더 많은 일을 배울 수 있도록 도와야 한다. 그러나 너무나 세심한 나머지 일을 시작했지만 끝내지 못하는 것은 막아야 한다. 부모는 아이에게 세심한 것에 치중하는 것은 좋은 일이지만 상황에 따라 분별하여 별로 중요하지 않은 것에 고집스럽게 매달리지 않도록 해야 한다. 부모는 아이가 어떤 일의 중요한 부분과 덜 중요한 부분을 분석할 수 있도록 도와주어 중요한 부분을 찾아내는 것을 배울 수 있게 해야 한다.

의도적으로 미련 없이
아이를 고생시켜라

딸을 고생시켜야 한다고 말하면, 많은 부모들은 갖가지 핑계를 들어 피하려고 한다. 사람은 살면서 여러 가지 문제를 만날 것이고, 많은 어려움들을 혼자서 해결해야 한다. 약간의 고생도 견뎌낼 수 없는 아이가 어떻게 앞으로 이러한 일들에 대처할 수 있을까?

사람은 일생 중에 갖가지 어려움을 만날 수 있다. 그러나 만약 아이가 어려움을 직접 겪지 않는다면, 어떻게 이겨내야 할지 진짜로 이해할 수 없을 것이다. 게다가 어려움을 겪어보지 않은 아이일수록 어른이 되었을 때 임기응변 능력이 훨씬 떨어진다. 따라서 딸을 고생시키는 것은 부모가 아이를 사랑하지 않는다는 표현이 아니라 반대로 이것이야말로 부모가 딸을 사랑하는 방식이다. 심지가 굳고 독립적인 여자아이, 스스로 비바람을 이겨낼 수 있는 여자아이라면 성공에 가까워질 것이다.

'딸을 고생시키지 않겠다'는 생각을 바꿔라

저명한 작가인 빙심(氷心)은 이렇게 말하고 있다.

"성공한 꽃은 사람들이 그녀의 현재의 화려함에만 놀라 부러워한다! 그러나 당초 그녀의 싹은 피나는 노력으로 눈물샘을 적셨고, 희생의 피를 사방에 뿌렸다."

꽃도 비바람을 겪어야만 찬란하게 필 수 있다.

딸에게 좌절을 이겨낸 여성들의 이야기를 들려줌으로써 부모와 딸의 생각을 서서히 바꾸어 나갈 수 있다. 부모에게 '딸을 고생시켜야 한다'는 의식이 생겨나면, 아이도 스스로 '고생해야겠다'는 욕구가 생기고, 이어지는 '고생' 교육 또한 쉽게 전개될 것이다.

'뒷걱정'을 남겨주어라

부모는 참지 못하고 아이 대신 많은 일을 하고, 아이에게 뒷걱정을 남겨주지 않는다. 그러나 부모의 너무 많은 '도움'을 받은 아이는 결코 자기의 노력으로 자신을 만족시키려고 하지 않는다.

따라서 적당한 때에 부모는 아이에게 약간의 '뒷걱정'을 남겨주어야 한다. 예를 들어 아이가 그림을 그리려고 할 때 어떤 색상의 물감이 다 떨어졌다면, 아이에게 다른 색상의 물감으로 대체할 수 있을지, 아니면 새 물감을 사가지고 와야 할지를 생각해보게 한다. 부모가 아이에 대한 도움을 적당히 줄이면 아이는 스스로를 만족시키기 위해 더욱 적극적으로 행동할 것이다. 이렇게 하면 아이는 미래에 부족함을 겪을 때 어떻게 대응해야 하는지를 알 것이다.

'언제든지' 아이를 고생시킬 기회를 찾아라

2007년 8월, 랴오닝 성 따롄 시(遼寧省 大連市)에 10살된 여자아이가 많은 사람의 관심을 불러일으켰다. 이 여자아이는 매번 방학이 되면 아침에 거리 청소부인 엄마와 함께 거리를 청소했다. 이 아이는 5살 때부터, 엄마가 방학이 시작되면 데리고 나와 거리를 청소했고 비바람이 불어도 중단하지 않았다. 엄마는 "제가 교양이 있는 것은 아니지만 세상을 사는 가장 간단한 이치는 잘 알고 있습니다. 아이를 조금 고생시키는 것이 별로 나쁘지 않다는 것이죠"라고 말했다.

그렇다. 아이를 조금 고생시키는 것은 별로 나쁜 것이 아니다. 이렇게 하면 아이에게는 여러 방면에 단련이 될 수 있다. 부모는 평상시 생활 중에 아이에게 약간의 고생스러운 상황을 만들어 아이가 자신의 노력을 통해 극복할 수 있게 할 수 있다.

당연히 부모가 여자아이에게 설정한 '고생'은 반드시 적당량이어야 하고, 아이의 연령과 성격적 특징을 따라야 한다. 부모는 딸이 어떤 방면에서 단련이 필요한지를 고려해서 아이에게 적합한 '고생' 훈련 방식을 마련해야 한다. 만약 딸이 자신의 능력으로 어려움을 이겨냈다면 칭찬과 격려로 아이를 응원해야 한다.

아이가 넘어졌을 때,
스스로 일어날 수 있도록 격려하라

딸이 걸음마 배우는 것을 처음 부축할 때 아이가 넘어지는 것을 보면 항상 마음이 아프다. 그래서 참지 못하고 앞에서 아이를 일으켜 주면서 아이의 눈에 눈물이 그렁그렁한 것을 보며 아픈 마음을 표정과 말로 표현했다. 이것이 반복되면 나중에 아이는 넘어졌을 때 울기만 하면 부모가 바로 달려와 일으켜 줄 것이라는 것을 알고 넘어졌을 때 전혀 아프지 않더라도 부모가 와서 도와주기를 바란다. 오랜 시간이 지나고 아이에게는 분명히 모든 일에 다른 사람을 의지하는 나쁜 습관이 형성되어 있을 것이다.

반대로 만약 아이가 넘어졌을 때 부모가 스스로 일어나도록 격려하면 아이는 강인함을 배운다. 넘어지고 다시 일어나는 것은 원래 매우 간단한 동작이다. 부모가 딸의 응석을 다 받아주지 않는다면 심장을 '단단해지게' 할 수 있고, 아울러 '넘어진 뒤에 스스로 일어나는' 좋은 습관을 형성할 수 있다. 분명한 것은 이 아이는 부모로부터 큰 재산을 얻었다는 것이다. 이러한 강인한 재산을 자신의 딸에게 주어야 한다.

혼자 일어난 후에는 계속 앞으로 가게 하라

넘어지고 일어나는 것은 용감하게 사실을 대하는 과정이다. 그러나 아이가 넘어진 후 일어나는 것만으로 충분할까? 당연히 아니다. 부모는 아이가 발걸음을 내딛어 계속 앞으로 나아가도록 가르쳐야 한다. 부모는 아이에게 넘어진 원인을 찾게 하고 아이가 전에 생각했던 방법이 어디에서 틀렸는지를 잘 되짚어 보게 한 후 다시 보완방법을 생각해내도록 격려해야 한다. 동시에 아이가 어떤 곳에서 자주 '넘어지는지'를 보도록 확인시켜 줄 수 있는데, 이것 역시 아이가 앞으로 비슷한 실수를 반복하지 않도록 깨우쳐주는 것이다. 아이는 첫 번째 넘어졌던 것을 교훈으로 삼아 더욱 안정적이고 더 멀리 걸을 수 있을 것이다.

7

아이의 불합리한 요구를 거절하고
진심으로 잘못을 인정하게 하라

아이가 어릴 때 아이를 즐겁게 해주기 위해서 갖가지 재미있고 예쁜 물건들을 사주었을 것이다. 그러나 아이가 자람에 따라 자신의 요구가 생겨나기 시작해서 합리적인 것이든 불합리한 것이든 한꺼번에 각종 요구를 내어 놓을 수 있는데, 아이는 당연히 자신의 요구가 만족되기를 바란다. 합리적인 요구에 대해서는 당연히 만족시켜 주어야 하지만 아이의 불합리한 요구에 대해서 속수무책인 반응을 보이는 부모도 있다.

아이의 많은 요구는 사실 한순간의 충동과 호기심 때문에 생긴다. 이런 요구는 불합리한 요구이다. 어떤 부모들은 딸에 대한 지나친 사랑 때문에 아이의 갖가지 애원과 어리광 앞에서 분별없이 아이의 요구를 만족시켜 준다. 그러나 어떤 부모들은 아이의 요구가 불합리한 것을 알더라도 어떤 방법으로 거절해야 할지를 모른다.

아이의 요구가 왜 불합리한지를 이해되도록 설명하라

만약 아이가 집에 있는 슬리퍼인데 다른 색깔의 슬리퍼를 사달라고 조른다면 사실 부모는 아이에게 이 문제를 분명하게 설명해주면 된다. 예를 들어 아이에게 "슬리퍼는 집에서 신기 위한 것인데, 너무 많이 사면 다 신어 볼 수 없고 노란색, 파란색 슬리퍼는 지금도 새것이라서 한참은 더 신을 수 있어"라고 설명한다.

부모가 이유를 이치에 맞게 아이가 인정할 수 있도록 말해주면, 아이는 다시는 성가시게 하지 않을 것이다. 어떤 아이는 이미 버릇이 나빠져서 부모의 설명을 듣고도 떼를 쓸 것이다. 그때 부모는 자신의 원칙을 끝까지 지켜내며 필요하다면 냉정하게 대하고, 아이를 더 이상 아는 체하지 않아도 된다. 아이는 자신이 한참 소란을 부린 후에도 효과가 없음을 발견하고는 자연히 수그러들 것이다.

불합리한 요구를 거절할 때는 일관성을 유지하라

쉔쉔(㸰㸰)은 만화 영화 보는 것을 좋아하는데, 엄마는 눈 건강을 생각해서 '매일 학교에서 돌아온 후 컴퓨터로 1회분만 볼 수 있다'는 약속을 정했다. 쉔쉔은 시원하게 대답했지만 1회분을 보고 나면 또 하나를 더 보고 싶어 했다. "만화 영화가 재미있기는 하지만 네 눈이 더 중요하고 게다가 엄마랑 약속했으니 지켜야지." 엄마의 태도는 결연했다. 결국 쉔쉔은 착하게 컴퓨터를 끄고 가서 책을 보았다.

만약 아이가 도리어 부모를 협박하는 습관이 있다면, 이것은 부모의 거절하는 태도에 일관성이 없었다는 것을 반영하는 것이다. 거절할 때는 반드시 앞뒤가 같아야 한다. 처음 거절했을 때부터 끝까지 원칙을 지키고 딸의 눈물과 어리광, 애걸에 의해 마음이 쉽게 움직여서는 안 된다.

거절할 때 아이를 부정하지 마라

다음의 상황을 상상해보자.

자기 전에 아이가 코코아를 마시고 싶다고 하는데, 최근에 충치가 생겨서 마시지 못하게 했다. 거절당한 아이는 정말 속상했다. 부모에게도 아이의 감정이 전염되어 참을 수가 없어졌고, 아이에게 설교를 하기 시작하며 어째서 이해하지 못하냐는 등의 말을 했다.

만약 일이 이 단계까지 발전되면 부모는 아이의 불합리한 요구를 거절한 것이 아니라 아이를 부정한 것이며, 아이가 부모를 이해하지 못함을 야단치는 것이다. 이렇게 하면 아이는 자신이 사랑받고 있다는 것을 느끼지 못하고, 마음에 상처를 받아 부모가 더 이상 자신을 사랑하지 않는다고 생각할 수도 있다.

따라서 부모는 이러한 거절의 방식을 바꿔서 좀 더 온화한 태도로 지혜롭게 말해줘야 한다. 부모는 또한 부드럽게 아이에게 말해야 한다. "엄마가 너의 요구를 거절한 것은 네 몸에 나쁘기 때문이야. 나는 네가 건강하게 자라면 좋겠어." 이런 말을 들은 아이는 부모가 자신의 불합리한 요구를 거절하기는 하지만 여전히 자신을 사랑한다고 생각할 것이다.

8

아이를 때리고
욕하는 교육은 금물!

어떤 부모는 딸을 응석꾸러기로 키우지 않아야 한다고 말하면 바로 '때리고 욕하는 교육'으로 바꾼다. 부모는 딸들이 수줍음이 많고, 자존심이 매우 강해서 때리고 욕하는 것은 아이의 자존심에 상처를 줄 수도 있다는 것을 알아야 한다.

2011년 3월, 충칭시에 사는 한 여자아이가 엄마의 심한 욕을 참지 못하고 자살하는 일이 벌어졌다. 생각만 해도 비극적인 일이다. 다시는 이러한 극단의 길로 가서는 안 되며, 딸을 '때리고 욕하는 교육'은 엄격히 금지해야 한다.

평소에 고운 말을 사용하라

때리고 욕하는 교육을 하는 부모는 평상시 욕하는 방식으로 불만의 감정을 나타내는 것에 습관이 되어 있으며, 계속 이렇게 말해왔을지도 모른다. 그러나 아이의 건강한 성장을 위해서 부모 스스로도 말하는 방식을 순화해야 한다. 최대한 평화로운 억양을 유지하며, 되도록 교양 있는 언어를 사용해야 한다. 무척 화가 나는 상황을 만나더라도 말하기 전에 더 많이 생각해야 한다.

부모도 자신의 감정을 통제하는 법을 터득하라

여자아이도 어떤 때는 남자아이처럼 장난이 심하거나 버릇없게 굴고 심하게 말을 듣지 않을 때가 있다. 부모는 한순간에 화를 참지 못해서 욕을 무심코 내뱉을 수 있다. 자신은 단지 분노의 감정을 표현한 것이라고 생각하지만 이러한 방법은 아이에게 상처를 줄 수 있다.

만약 부모가 자신의 감정을 통제할 수 있다면 때리고 욕하는 이러한 잘못된 교육 방식도 피할 수 있을 것이다. 게다가 만약 부모의 머리가 냉정해지고 감정이 평온해진다면, 부모는 다양하고 훌륭한 교육 방법들을 생각함으로써 딸을 교육할 때 생기는 문제들을 잘 해결할 수 있을 것이다.

다른 사람 앞에서는 절대로 아이를 때리고 욕하지 마라

사람마다 자존심이 있는데, 입장을 바꿔 생각해보면 당신은 많은 사람 앞에서 때리고 욕하는 것을 참을 수 있을까? 아마 어떤 부모는 나는 아이를 가르치는 것이었다고 말할지도 모른다. 그러나 교육에는 이러한 폭력의 방식이 전혀 필요하지 않으며, 이처럼 대중 앞에서 혼내는 것은 더욱더 필요하지 않다.

딸에 대한 교육은 특별히 조심해야 한다. 만약 아이가 잘못했고 타당하지 않은 점이 있다고 느끼면 조용한 소리로 아이를 타일러야 한다. 많은 사람들 앞에서 바로 아이를 혼내서는 안 된다. 집에 돌아온 후에 방금 있었던 일을 아이에게 분명히 이야기하고, 왜 아이의 행동을 막았는지, 알맞은 방법은 어떤 것이었는지를 알려주어야 한다.

9

100 POINT of EDUCATION II

아빠와 함께 교육을 책임지며,
응석꾸러기로 키워서는 안 된다

모든 딸에게 있어서 아빠는 엄마와 완전히 다른 신기한 존재이다. 어떤 여자아이는 일기에 자신의 아빠를 이렇게 묘사했다.

나는 아빠를 특별히 좋아한다. 아빠와 함께 있는 것이 좋고, 아빠의 이야기를 듣는 것은 더 좋다. 아빠는 힘이 엄청 세서, 어떤 때는 심지어 한 손으로 나를 머리 꼭대기까지 들 수도 있다. 나는 아빠가 나를 안아줄 때의 느낌이 좋은데, 아빠의 품에서 나는 아무것도 두렵지 않다. 게다가 아빠의 어깨는 엄마보다 훨씬 넓어서 특별히 편안하다. 아빠는 수염이 있어서 매번 나를 안을 때마다 수염으로 내 얼굴에 비비는 것을 좋아하시는데 좀 간지럽다. 나는 아빠를 사랑한다.

아빠에 대한 아이의 감정이 느껴지는가? 많은 아빠들은 딸을 유난히 사랑한다. 어떤 아빠는 딸이 잘못을 했을 때, 아이에게 심한 말로 혼내기가 아까워서 '잠자리가 꼬리로 수면을 찍고 날아오르는' 것처럼 아프지도 간지럽지도 않게 훈계를 한다. 어떤 아빠는 딸의 모든 요구를 맹목적으로 만족시켜 주는데, 돈이 얼마가 들어도 전혀 아깝지 않고, 딸이 내놓은 조건이라면 거절하지 못한다. 더 심한 아빠는 바깥에서도 곳곳에서 딸을 편들고, 딸이 억울한 일을 당하는 것을 보거나 들으면 그 사람에게 목숨 걸고 따지지 못한 것을 한스러워 한다.

그러나 모든 아빠가 이렇게 딸을 막무가내로 예뻐하고 오냐오냐하는 것은 아니며, 어떤 아빠는 어떻게 자신의 딸과 함께 할지를 몰라서 매우 난처함을 느끼는 경우도 있다.

분명한 것은 위에서 말한 아빠들의 교육 방식들은 모두 타당하지 않다는 것이다. 따라서 우리는 아이의 아빠와 잘 소통해야 하며, 두 사람이 함께 응석꾸러기로 키우지 않는 책임을 감당해서 아이를 잘 키워야 한다.

남편과 의견을 많이 나눠라

의견을 나누는 것은 부부 두 사람에게 필수불가결한 행위이며, 특히 딸의 교육에 있어서는 더욱 그렇기 때문에 남편과 이야기를 많이 나누는 것이 필요하다. 딸을 교육할 때 겪게 될 문제를 하나하나 이야기하며 모든 문제에 대해 남편과 진지하게 토론해야 한다.

의견 교환의 과정에서 부부가 주의해야 할 태도는 자신의 생각을 상대방에게 억지로 집어넣어서는 안 되며, 상대방의 뜻을 무조건 따라서도 안 된다는 것이다. 서로가 내놓은 다른 의견에 대해서 쉽게 부정해서는 안 되며, 아이 앞에서 상대방을 비판하면 안 된다. 부부는 몰래 토론을 진행해야 하고, 아울러 아이의 특징을 종합하여 고려함으로써 어떤 교육 방식이 실행할 만한지 아닌지를 판단해야 한다. 부부의 최종 목적은 일치된 교육관을 갖는 것이다.

만약 부부 두 사람이 해결할 방법이 없는 문제를 만났다면, 각종 교육서적 또는 교육 전문가의 도움을 요청할 수 있다. 조건이 있다면, 두 사람이 함께 공부해야 한다. 서로 간에 공부하면서 얻은 경험을 나눠야 하며, 이것을 통해 부부는 차츰 공통적이면서 알맞은 교육 방식을 생각하게 될 것이다.

아빠가 딸을 이성적으로 대하도록 유도하라

어떤 아빠는 딸과 같이 있을 때 딸의 말이면 무조건 믿고, 아이가 어떤 요구를 내놓든 모두 만족시켜주고, 딸이 잘못을 했을 때도 혼내지 못한다. 다른 한 아빠는 딸에게 무슨 말을 해야 할지 모르겠고, 딸이 잘못을 하면 혼내고 싶어서 어떻게 정확하게 교육해야 할지를 모른다.

많은 아빠들이 딸과 같이 있을 때, 위의 두 가지 상황에 처할 수 있다. 딸을 너무 예뻐하거나, 딸과 어떻게 함께 있어야 할지를 모르거나이다. 이때 아내는 아이의 아빠가 마음 상태를 잘 조절하도록 도와야 하며, 이성적으로 아이를 대할 수 있게 해야 한다.

딸은 쉽게 깨지는 보물이 아니라서 아빠가 과도하게 보호할 필요가 없고, 가르쳐야 할 때는 가르쳐야 한다는 것을 알아야 한다. 또한 딸과 함께 있는 것에 어떤 난처할 만한 일이 없으며, 여자아이의 특징에 맞는 교육을 선택하여 아이와 편안하게 소통하면 된다. 적당한 시기에 딸에게 아빠와 함께 할 공간을 많이 만들어주면 아빠와 딸이 더 많은 소통을 하고, 함께 많이 게임을 하며, 어떤 문제에 대해 더 많은 토론을 하면서 서로를 깊이 이해할 수 있을 것이다. 게다가 아빠는 용감하고 활달한 성품의 딸에게 긍정적인 영향을 줄 수 있어서 딸의 성격을 더욱 강인하게 하며, 마음도 훨씬 넓어지게 할 것이다.

PART 2
아이의
성장 비밀을 캐내다

여자아이의 성격은 비교적 조용하고 다른 사람과 협력하는 것을 좋아하는데, 왜 남자아이는 여자아이에 비해 장난이 심하고, 일 저지르기를 좋아할까? 여자아이와 남자아이의 차이는 후천적 환경의 영향을 받는 것일까? 아니다! 여자아이의 몸속의 X 염색체가 여자아이의 성격 발전과 성장 궤도를 결정하며, 동시에 여자아이의 몸속에 있는 여성 호르몬과 프로게스테론이 여자아이의 성격 발전에도 영향을 준다. 여자아이의 성장의 비밀을 찾아 딸의 성장 법칙을 이해하면 부모는 딸을 더 잘 교육할 수 있다.

X염색체

여자아이 일생의
성장궤도를 결정한다

염색체는 세포 내에 유전성질을 가지고 있는 물질로, 사람 몸의 각 세포마다 모두 23쌍의 염색체를 가지고 있는데, 그중 22쌍은 상염색체이고 1쌍은 성염색체이다. 남자아이와 여자아이의 상염색체는 모두 같지만, 바로 한 쌍의 성염색체가 아이의 성별을 결정한다. 성염색체는 X염색체와 Y염색체로 구분된다. 여자아이의 성염색체는 XX로 구성되어 있고, 남자아이의 성염색체는 XY로 구성되어 있다. 따라서 X 성염색체가 아이의 성별을 여성으로 결정하는 것이다.

X염색체는 성별을 대표할 수 있는 것외에 어떤 다른 점이 있을까? 여러 나라의 유전학자로 구성된 연구팀이 영국의 저명한 과학 잡지인 『네이처(Nature)』에 그들의 연구 결과를 발표했다. 연구자들은 유전 모형, 생물학 및 인류의 질병관련 방면에서 X염색체는 인류의 게놈에서 가장 일반적이지 않다는 것을 발견했다. 유전자의 관점에서 보면, 여

성이 남성보다 훨씬 더 복잡하다는 것이다. 남자는 45가닥의 염색체만 활동하는데, 왜냐하면 남자의 46번째 염색체가 Y이기 때문이다. 그러나 여성은 완전한 46가닥의 염색체가 있으며, 이것은 여성들로 하여금 여성의 매력을 마음껏 내보일 수 있게 해준다.

미국의 듀크 대학교(Duke University)의 유명한 유전학자인 헌팅턴 윌라드(Huntington Willard) 박사는 유전적으로 보면 여자아이가 남자아이보다 '부유'한 것이며, 심지어 윌라드 박사는 여성이 X염색체를 가지고 있는 것이 매우 부럽다고까지 표현했다. 과학자들은 여성의 X염색체가 남성의 Y염색체에 비해 수천 가닥의 유효 유전자를 더 가지고 있는데, 이것이 여성이 사고력에 있어서 남성보다 뛰어난 특징을 만들어 내는 것이라고 생각한다. 과학자들은 여기에 바로 '여자아이의 생각을 알아맞히기가 어려운' 원인이 있다고 지적했다. 어떤 경우 상식에 맞지 않아 보이는 행동에도 어쩌면 상상을 초월하는 합리적 동기가 있을 것이다. 따라서 부모는 딸과 더 많이 소통하고, 아이 스스로 먼저 마음의 문을 열도록 해야만 부모는 아이의 모든 행위를 이해할 수 있을 것이다.

예전에 사람들은 여성의 두 번째 가닥 X염색체 상의 15%의 유전 인자가 '둔함'과 '복종'을 대표하며, '권태'와 '나태함'도 대표한다고 여겨왔다. 그러나 윌라드 박사는 오히려 X염색체의 유전인자는 적극적이라고 말한다. 다른 관점에서 이야기하면 여자아이는 낙관적, 적극적, 근면한 면을 더욱 쉽게 나타낸다. 따라서 딸을 교육할 때 부모는 여자아이가 X염색체의 적극적 요소를 나타낼 수 있게 해주고, 아이의 천성을 쉽게 소멸시키면 안 된다.

또한 X염색체는 무리를 이루기를 좋아하는 특징을 가지고 있다. 과학자들의 연구에서 포유동물의 난소가 난자를 만들 때, 모든 X염색체마다 그것의 짝이 되는 X염색체와 유전자를 교환할 수 있어서 이를 이용해 자신을 업그레이드 시킨다는 것을 발견했다. 그래서 여자아이는 일반적으로 남자아이보다 무리를 짓는 것을 좋아하며 새로운 환경에 융합되어 들어가는 것이 더 쉽다. 동시에 여자아이는 인간 관계를 더욱 중시하여 자기에 대한 타인의 생각을 마음에 두며, 타인에게 고립되는 것을 두려워한다. 따라서 어떤 경우, 여자아이는 자신의 입장을 포기해야 하고 억울하더라도 일이 원만하게 이루어지게 한다. 바로 이렇기 때문에 많은 사람들은 여자아이들이 담력이 작고 주관이 없으며 유약하다고 잘못 생각한다.

딸은 부모의 마음속에서 자신의 자리에 대해 무척 집착하며, 부모가 자신을 어떻게 평가하는지를 매우 중시한다. 가령 부모가 딸에게 충분한 관심을 주지 않으면, 아이는 안정감을 잃고 심지어 자신감을 잃을 수도 있다. 가령 부모가 사나운 태도로 여자아이를 대한다면, 아이는 자아에 대한 평가를 깎아내릴 수 있다. 어떤 관점에서 보면 딸은 아들보다 가정에서 사랑과 따뜻함을 얻는 것을 훨씬 더 갈망하기 때문에 보호받는 것이 필요하다.

X염색체의 특성을 이해하면 딸을 훨씬 더 잘 이해할 수 있을 것이다. 바로 이 X염색체의 존재때문에 여자아이는 남자아이와는 다른 많은 점을 보여줄 수 있으며, 심지어는 X염색체가 여자아이 일생의 성장 궤도(경로)를 결정한다고 말할 수 있다.

11

대뇌의 구조

여자아이와 남자아이의
다른 점을 발견하라

적지 않은 사람들은 남자아이와 여자아이의 행위는 주로 사회와 부모의 영향을 받으며, 후천적인 학습의 결과라고 생각한다. 즉 남자아이와 여자아이가 막 태어났을 때는 성격 차이가 전혀 없으나 나중에 성격 차이가 생기는 것은 후천적인 교육의 결과라는 것이다.

그러나 어떤 엄마는 놀라운 발견을 했다. 그녀의 딸이 16개월일 때 꽃무늬가 있는 옷을 유난히 좋아하는 것이다. 다른 한 남자아이의 엄마는 한 살 된 아들이 바람개비를 총처럼 가지고 노는 것을 발견했다. 사실 이 엄마는 남자아이에게 총 같은 장난감을 준 적이 없다. 남녀 성격의 차이는 단지 후천적으로 길러진 결과일까? 생물학자들은 이것은 남녀의 대뇌 구조에 존재하는 차이와 관계가 있다고 설명한다.

사람의 대뇌는 뇌핵, 대뇌변연계, 대뇌피질 이렇게 세 부분으로 나누어져 있다. 뇌핵 부분은 주로 우리의 호흡, 수면, 운동, 심장박동, 평형 등 기본 기능을 담당하고 있다. 대뇌변연계는 우리의 체온, 혈압, 혈당 및 감정과 기억 처리 등 기능의 통제를 책임진다. 대뇌피질은 비교적 높은 수준의 정서와 인지 기능을 책임지며 피질은 전두엽, 두정엽, 후두엽, 측두엽의 네 부분으로 나누어진다. 대뇌피질의 네 부분은 생리학상으로 또 좌뇌와 우뇌로 구분된다. 좌뇌는 주로 언어와 논리 추리를 담당하고, 우뇌는 감정과 운동 및 시간과 공간 감각을 책임진다. 좌뇌와 우뇌는 신경섬유다발로 상호 연결된다.

남자아이와 여자아이의 대뇌는 모두 오른쪽에서 왼쪽으로 발달된다. 다시 말하면 먼저 대뇌 중의 우뇌가 발달하고, 나중에 좌뇌가 발달한다는 것이다. 그러나 여자아이의 대뇌 발달속도는 남자아이의 대뇌 발달속도보다 빠르다. 여자아이의 대뇌 내 섬유 다발의 면적은 남자아이의 섬유 다발의 부피보다 훨씬 크기 때문이다.

남자아이의 우뇌는 계속 발달하고 완성되어 가며 좌뇌와 연결을 구축하려고 시도한다. 그러나 좌뇌는 우뇌와 연결을 구축할 준비가 되어 있지 않아서 우뇌의 진입을 막는다. 따라서 우뇌로 돌아와 우뇌 위에 연결하는 수밖에 없다. 이렇게 함으로써 남자아이의 대뇌 신경세포는 우뇌 발달에 집중되고, 따라서 남자아이의 우뇌는 여자아이의 우뇌보다 더 발달하게 된다.

그로 인해 남자아이는 우뇌를 이용해 사고하는 문제에 더욱 습관이 되어 있으며, 그들의 우뇌를 끊임없이 사용하면서 점점 더 발달하게 된다. 그러나 여자아이는 좌우뇌를 동시에 사용하는 것에 습관이 되어 있어서 여자아이의 대뇌 두 반구를 연접하는 섬유 다발의 부피는 점점 더 커진다. 섬유 다발이 계속 발달함으로써 여자아이가 자신의 감정을 언어로 표현하는 것을 잘하게 한다.

여자아이는 8~9세가 되었을 때 대뇌의 해마 부분이 활동하기 시작하는데, 해마체의 주요 기능은 바로 기억 저장이다. 여자아이의 해마체는 남자아이보다 크고 여자아이의 해마체 중 뉴런(neuron)의 수량과 전송속도는 남자아이보다 높다. 따라서 여자아이의 기억력은 남자아이보다 좀 더 강하고, 더 세심할 수 있어서 어떤 일에 대해 생각할 때 더욱 세심하게 집중한다. 그러나 남자아이는 건망증이 심하고, 일을 생각할 때 비교적 큰 틀과 논리적 추리에 집중한다.

여자아이가 사춘기에 진입한 후 대뇌의 발달은 남자아이보다 훨씬 활발해진다. 예를 들어 여자아이 전두엽의 기본발달은 남자아이보다 훨씬 빨리 완성되고, 바로 이렇기 때문에 같은 연령의 여자아이는 남자아이보다 성숙하게 처신하는 면을 보인다. 동시에 여자아이의 후두엽은 '빛'에 대해 더욱 민감하여 여자아이는 어두운 곳에서의 시력이 조금 더 좋다. 여자아이의 측두엽 위의 신경 연결은 남자아이보다 강해서 여자아이는 더 좋은 청력을 가진다.

그러면 여자아이와 남자아이의 대뇌 구조의 차이는 지능에 어떤 차이를 만들어 내는 것일까? 교육전문가들의 측정결과 어떤 연령의 남자아이와 여자아이든 종합적인 지능에는 큰 차이가 없는 것으로 나타났다. 그러나 측정 부문에 따라 그들의 성적은 확연히 달랐다. 예를 들어 여자아이는 언어 측정에서 비교적 뛰어남을 보였지만, 남자아이는 공간설계 측정에서 훌륭함을 보였다. 이는 남자아이와 여자아이의 대뇌 구조가 다르기 때문에 그들이 흥미 있어 하는 것이 달라서 나타나는 특징이다.

에스트로겐과 프로게스테론

아이의 여성적 특징을 열다

체내에 존재하는 호르몬은 성별에 따라 존재하는 양에 차이가 있다. 따라서 여자아이와 남자아이의 체내의 각종 호르몬 함량은 다르다. 여자아이는 8세 전에는 호르몬의 영향을 크게 받지 않는다. 여자아이의 난소는 8~10세 이후부터 성인 여성과 같은 양의 호르몬을 생산하기 시작한다. 이때 호르몬은 대뇌 세포의 수용체 위치에 연결되어 체내의 수많은 세포가 무엇을 해야 하는지를 알려준다.

호르몬 중에서 여자아이에게 영향이 가장 큰 것은 '에스트로겐'과 '프로게스테론'이다. 여자아이의 성장 과정에서 신체상의 변화와 심리상의 변화 모두 호르몬의 영향을 받는다. 따라서 에스트로겐과 프로게스테론은 여자아이의 성장 청사진에 결정적인 영향을 준다.

에스트로겐은 가장 영향력이 있는 호르몬으로 여자아이의 신체, 정신 및 감정의 발달에 직접적인 영향을 준다. 여자아이의 정서 안정 여부, 일에 대한 이해의 정도, 기억력의 좋고 나쁨 모두 이 호르몬의 영향을 받는다. 체내의 에스트로겐 함량이 너무 낮으면 아이는 고독, 실망, 슬픔을 느낄 수 있다. 아이가 엄마의 뱃속에 있을 때, 체내의 에스트로겐은 이미 형성되기 시작한다. 바로 에스트로겐의 존재때문에 여자아이는 성별의 특징을 갖게 되는 것이다.

7세 전에는 체내의 에스트로겐의 분비가 비교적 적어서 여자아이와 남자아이의 신체 발달과정은 기본적으로 비슷하다. 대략 9세가 되면 여자아이의 에스트로겐이 급격히 증가하고, 아이의 몸에 드라마틱한 변화가 발생한다. 이때 여자아이의 신체에 지배적 작용을 하는 것은 주로 에스트로겐과 프로게스테론이다. 호르몬이 증가하면 여자아이의 신체 성장은 완만해지고, 체내의 지방도 증가하기 시작한다.

에스트로겐의 영향으로 다음과 같은 성격적 특징을 보인다.

첫째, 여자아이는 일반적으로 잘 운다. 여자아이가 잘 우는 것은 에스트로겐과 큰 관계가 있다. 아이의 몸속에는 에스트로겐의 일종인 황체자극호르몬(luteotropic hormone)이 있는데, 이것이 눈물샘과 유선의 성장발육 및 눈물과 젖의 분비를 통제하고 있다. 보통 때는 황체자극호르몬이 평온한 수준에 있지만 갑자기 과잉 분비되면 여자아이는 때때로 우는 것을 통해 황체자극호르몬을 배출하게 된다.

둘째, 에스트로겐은 아이의 감정에 많은 변화를 일으킨다. 간혹 아이는 "내가 순간 화가 나서 상처주는 말을 한 거야. 지금은 엄마한테 정말 미안하다고 생각해"라고 말한다. 에스트로겐의 영향을 받아 아이는 이성적이지 않은 정서와 행동을 보일 수 있다.

부모는 아이가 걸핏하면 우는 것을 싫어하지만 울음을 그치게 할 수는 없다. 따라서 아이가 마음을 크고 넓게 가지도록 독려하며, 아이가 되도록 긍정적인 사물에 관심을 가지고 큰 곳을 내다보도록 해야 한다. 또한 아이가 부정적인 감정에서 벗어나도록 도와주어야 한다. 예를 들어 부모는 아이가 마음속의 즐겁지 않은 것을 말하도록 격려할 수 있다. 아이가 부정적인 감정을 털어버리면 아이의 정서는 훨씬 안정될 것이다.

여자아이의 몸속에는 많은 호르몬이 있다. 그중 프로게스테론은 일종의 에스트로겐과 '서로 대항하는' 호르몬이다. 왜냐하면 그것들은 상반된 물리적 구조로 되어 있기 때문이다. 프로게스테론은 매월 생리기간에 증가하고 그와 동시에 에스트로겐을 적게 생산해내도록 만들어서 에스트로겐을 방해하는 작용을 한다. 이렇게 하는 것은 순조로운 임신을 보장하기 위해서이며, 만약 에스트로겐의 작용을 막지 않으면 임신이 불가능하다.

따라서 여자아이의 매월 생리기간 내에는 에스트로겐의 수치는 내려가고 프로게스테론의 수치는 증가한다. 이렇게 되어 여자아이의 감정이 가라앉게 되는 것이다. 여자아이의 정서적 평정을 위해 프로게스테론과 에스트로겐은 평형상태에 있어야 하지만 사실상 이러한 평형은 매우 약하며, 매월 생리기간에는 더욱 약해진다.

이처럼 에스트로겐과 프로게스테론은 여자아이의 일생을 좌우한다. 그것들은 여자아이를 더욱 아름답게 하고, 여자아이의 감정을 더욱 풍부하고 세심하게 한다.

13

강점과 타고난 재능

여자아이의 다른 면을 발견하라

여자아이와 남자아이의 대뇌 구조의 차이는 그들에게 각자의 강점과 약점을 만들었다. 딸을 우수한 아이로 키우려면, 아이의 강점이 어디에 있는지를 이해하여 아이의 강점을 더욱 뚜렷하게 살려줘야 한다. 동시에 약점이 무엇인지도 파악하여 아이에게 부족한 점을 보충하도록 적당히 도와주어야 한다.

한 엄마가 6살인 남매 쌍둥이를 데리고 하이난(海南)으로 여행을 갔다. 돌아와서 엄마는 물었다. "남쪽의 야자나무는 어떻게 생겼었지?"

아들은 대답했다. "키가 크게 생겼지!"

딸도 대답했다. "야자나무는 키가 크고 곧고, 펼쳐져 있는 우산 같아요. 위쪽에는 야자가 많이 열려있었어요. 맞다! 야자나무의 줄기는 코끼리 다리 같아요…."

남자아이의 평범한 묘사와 비교할 때, 여자아이의 묘사는 듣는 사람으로 하여금 더 쉽게 야자나무의 이미지를 상상할 수 있게 한다. 여자아이의 형상적 사고의 강점은 어릴 때에 이미 나타나기 시작한다. 또한 부모는 여자아이가 말하는 것을 터득하는 시간이 보통 남자아이보다 이르다는 것을 자주 발견한다. 남자아이는 아직 말을 못할 때, 여자아이는 이미 '엄마'를 부를 수 있고, 남자아이가 막 간단한 문장을 말할 수 있을 때 여자아이는 이미 이야기를 할 수 있다.

학교에 들어간 후 여자아이는 독해와 작문에서 특별히 뛰어남을 보일 수 있다. 대다수 여자아이의 언어과목 성적은 남자아이보다 좋은데 여기에서도 여자아이가 언어와 문자에 대해 비교적 천부적인 재능이 있음을 알 수 있다.

여자아이는 어째서 형상사유와 언어능력에서 큰 강점을 가질까? 이것은 사람의 좌뇌가 형상사유와 언어를 주관하기 때문에 남자아이보다 좌뇌가 더 발달한 여자아이가 이미지 사고와 언어 방면에서 다소 강점을 보이는 것이다. 언어능력이 발달했기 때문에 여자아이는 다른 사람과 소통하는 것을 더욱 좋아한다.

여자아이는 어릴 때 색채에도 비교적 민감해서 일찍부터 붓을 쥘 수 있고, 자기의 상상에 의해 그림을 그린다. 여자아이의 손은 비교적 섬세하고, 동작도 유연하여 엄마를 따라 뜨개질을 하거나 수를 놓는 것을 좋아한다. 어떤 여자아이는 자투리 옷감을 찾아 스스로 꿰매서 수공예품을 만들 수도 있다.

또한 여자아이는 자기의 촉각, 미각, 시각 그리고 청각을 자극하는 것에 매우 뛰어나다. 세심한 아이는 남들에게 발견되기 쉽지 않은 정보를 충분히 포착할 수 있어서 그것으로부터 자신의 직관체계를 구축한다. 어떤 사람은 '여자는 제6의 감각을 가지고 있다'고 말하기도 한다.

이처럼 여자아이들은 태어날 때부터 형상사유가 좋고, 언어능력이 뛰어나며, 인간관계 등의 장점을 가지고 있다. 생활 속에서 부모는 여자아이를 주의 깊게 인도하여 자신의 강점을 발휘하게 하고, 이러한 강점이 아이 인생 속의 재산이 되게 해야 한다.

그러나 어떤 면에서는 여자아이에게 약점도 존재한다. 여자아이는 추상적 사고능력이 비교적 떨어진다. 많은 여자아이들은 복잡한 수학 공식을 보면 늘 머리가 아픔을 느끼고, 입체기하 문제들은 어떻게 풀어야 할지를 몰라 당황하는 모습을 보인다. 또한 여자아이의 공간감각과 방향감각은 강하지 않다. 낯선 환경에 갔을 때 방향을 구분할 수 없어서 쉽게 길을 잃는다.

여자아이의 단점을 이해한 후 부모는 여자아이에게 적합한 맞춤형 전략을 가지고 아이를 키울 수 있다. 예를 들어 여자아이에게서 수학적 재능을 발견하도록 유도하며, 아이가 답을 맞혔을 때 많이 격려하여 아이가 수학을 공부하는 것에 더욱 자신감을 갖도록 해야 한다. 학습과정 중에 부모는 그림을 그리는 방식으로 수학문제를 구체화하여 가르칠 수도 있는데, 이렇게 하면 여자아이의 부족한 추상적 사고를 보완할 수 있다.

여자아이와 남자아이의 대뇌 구조의 차이를 이해하면 아이를 교육할 때 아이가 가진 강점은 잘 발휘하도록 이끌어주고, 약점은 보완하여 더욱 우수한 여자아이로 성장시킬 수 있다.

0~7세, 딸에게 충분한 사랑과 관심을 줘라

0~7세는 아이의 신체, 지능, 감정 발육과 성격 형성에 중요한 단계이다. 이 단계는 순수한 시기로 아이의 생활은 간단하고 즐거워야만 한다. 이 단계의 여자아이는 극히 약하고 민감하며, 부모의 보호와 관심과 사랑을 매우 갈망한다. 아이는 부모와 매우 친밀한 관계를 유지하는 것을 필요로 하며, 부모에 대한 강한 믿음과 의뢰심이 생겨난다.

태어나서 처음 몇 년 동안 딸은 부모를 전적으로 의지하려고 한다. 따라서 부모는 반드시 딸과 함께 아이의 생명 중의 중요한 단계를 지나면서 아이에게 충분한 사랑과 관심을 주어야 한다.

민나(敏娜)는 한 살이 못되었을 때 외할아버지, 외할머니를 따라 함께 생활했다. 아빠와 엄마가 너무나 바빠서 그녀를 돌볼 수 없었기 때문이다. 민나가 6살이 되었을 때에야 엄마는 민나를 데리고 와서 함께 생활했다. 그러나 민나는 엄마에 대해 낯설게 느꼈다.

학교에 들어간 후 민나는 친구들과 사귀는 것도 별로 좋아하지 않았고, 매우 내향적이었다. 방학 때 외할머니댁에서 익숙한 언니 동생들과 함께 놀때만 활발하고 명랑해 보였다.

엄마는 민나와 소통하려고 노력했으나 두 사람 사이에는 늘 어떤 것이 가로막혀 있는 것 같아서 다른 모녀 사이처럼 친밀하지 않았다.

만약 여자아이가 유아 시기에 엄마의 충분한 사랑을 받지 못하면 성격적인 면에서 어떤 결함이 생길 수도 있다. 어린 시기의 경험을 통해 만들어지는 성격적 결함은 종종 여자아이의 일생에 영향을 줄 수 있으며, 이러한 성격적 결함은 이후에 보완되거나 변화되기 어렵다.

부모가 직접 아이를 키우는 것이 가장 좋다

오늘날 많은 엄마들은 직업 여성이기 때문에 일을 위해서 어쩔 수 없이 아이를 조부모나 보모에게 맡기고 있다. 조부모의 에너지는 한계가 있고, 손녀를 더욱 응석꾸러기로 키울 수 있으며, 그분들의 교육 경험은 이미 시기에 맞지 않을 수도 있다. 보모의 경우 책임감과 문화 수준에 한계가 있기 때문에 여자아이의 성장에 적극적이고 긍정적인 작용을 하기가 어렵다. 따라서 조부모나 보모에게 아이를 돌보게 하는 것은 현명한 선택은 아니다.

0~7세 시기는 아이의 신체, 지능, 성격 발전의 중요한 시기이기 때문에 부모는 가능한 직접 아이를 돌보면서 충분한 사랑을 주어야 하

며, 아이를 되도록 다른 사람의 손에 키워서는 안 된다.

아이에게 더 많은 관심을 주어라

어린 딸은 부모의 관심을 많이 얻기를 원한다. 아이는 자신이 맞는 일을 했을 때, 기대하는 눈빛으로 부모를 볼 것이다. 이때 아이의 발전된 모습을 보고 몇 마디 칭찬의 말을 해주면 아이는 부모가 자신에게 관심을 가지고 있다는 것을 알 것이다. 아이가 잘못된 일을 했을 때 부모는 적당히 혼내기도 하여 아이의 잘못을 바로잡아야 한다.

관심을 가지고 아이를 관찰하면 어떻게 사랑해야 할지를 알 수 있다. 아이에게 주목하는 동시에 부모는 아이의 사고습관과 행동습관, 아이의 각종 요구를 이해할 수 있다. 부모와 딸 사이는 사랑으로만 소통할 수 있으며 다른 방법은 결코 없다.

아이에게 충분한 안정감을 줘라

어떤 부모는 화가 날 때 "또 말을 안 들으면, 난 널 안 볼 거야!", "또 소란 피우면, 경찰 아저씨한테 잡아가라고 할 거야!"라고 말한다. 이 때문에 아이는 늘 부모가 자기를 원하지 않을까봐 걱정한다. 아이는 결코 그것 때문에 말을 더 잘 듣지 않는다. 따라서 부모는 아이를 교육할 때 아이에게 겁주는 말을 하는 것을 피해야 하며, 아이가 안정감을 잃게 해서는 안 된다.

7~13세, 딸의 필요와 변화를 읽고 이해하라

7~13세는 여자아이의 '성장의 변화기'라고 불리는데, 아이는 꼬마에서 점차 학생이 되어 간다. 아이는 학교에서 지식을 학습하기 시작하며, 매일 집에 돌아와서는 숙제도 해야 한다. 따라서 아이에게 조금씩 스트레스가 생겨나기 시작한다. 이 단계에서 아이는 사교권이 확대되고 주위의 모든 것을 자세히 살펴보기 시작하는데, 자세히 살펴보는 대상에 부모도 포함된다. 아이는 더 이상 모든 일에 부모의 말을 듣지 않고, 부모의 '권위'를 의심하기 시작한다. 따라서 이 시기에 부모는 말과 행동을 조심해야 한다. 만약 아이가 상처를 받았다면 부모를 멀리할 것이고, 심지어는 부모에게 '반격'할 것이다.

7~13세는 교실에서의 지식 학습이 필요할 뿐 아니라 사람으로서의 도리와 일하는 것을 배우는 것도 필요하다. 이때 부모는 아이에게 사람으로서의 도리와 일에 대한 기준을 세우는 것을 도와줘야 한다.

부모는 이성적으로 아이를 가르쳐야 한다. 아이를 혼낼 때 반드시 왜 혼내야 하는지가 분명해야 하며, 아이를 칭찬할 때도 반드시 왜 아이를 칭찬했는지를 분명하게 이야기해 주어야 한다. 아이를 가르치는 과정에서 부모는 감정적이 되어서는 안 된다.

아이의 필요를 이해하라

이 단계의 여자아이는 부모에 대해 무언가를 기대하기 시작하고, 부모로부터 관심과 인정을 받기를 더욱 희망한다. 이렇게 하면 아이는 점차 자신감 있게 변할 수 있다. 부모의 관심을 얻기 위해서 아이는 학교에서 재미있었던 일을 들려주기도 하고, 부모가 그 이야기에 적극적으로 반응하기를 원한다. 아이는 적당한 기대와 자신을 향한 부모의 믿음을 필요로 한다. 또한 부모가 자신에게 용기를 주고 격려해주기를 바란다. 부모가 사랑으로 아이를 응원해주면, 아이는 그 힘으로 용감하게 성장해나갈 것이다.

아이의 독립성을 기르기 시작하라

아이가 7세 이후가 되면 아이의 독립성을 기르는 것을 중요하게 생각해야 한다. 부모는 아이가 스스로 어떤 일을 할 수 있도록 시도할 수 있다. 예를 들어 아이 스스로 옷을 세탁하거나, 스스로 물건을 정리하거나, 스스로 시간을 계획하는 것 등을 격려해준다. 아이가 전혀 할 수 없는 일은 아이의 손을 맞잡고 가르쳐 줄 수 있지만 목적은 아이가 방법을 터득한 후 스스로 해보게 하는 것이다. 이렇게 하면 아이의 독립성을 기르는데 도움이 된다.

자연법칙에 따라 아이를 독립시켜라

부모는 아이를 자연법칙에 따라 독립시켜야 한다. 부모는 천천히 아이를 인도해야 하며, 조금씩 손을 놓고 아이가 독립적으로 어떤 일을 하도록 격려해야 한다. 만약 아이가 어떤 일을 하는 것에 습관이 되지 않았다면, 먼저 부모가 아이를 데리고 함께 한 뒤 아이가 스스로 한번 하고 나면 많이 칭찬해주어야 한다. 이런 과정을 거치면 아이는 점점 '독립적'인 것을 좋아할 것이다. 부모가 억지로 아이를 독립시키면 혼자서 일하는 것을 두려워하게 되어 결과적으로는 바라는 것과는 정반대가 될 수도 있다.

아이의 변화를 받아들여라

딸의 변화가 시작되었을 때 이를 무척 힘들어 하는 부모도 있다. 왜 전에는 말을 잘 들었는데 지금은 반항을 할까? 왜 요즘은 경우를 따지려고 할까? 딸은 결국 자랄 것이고 언젠가는 자신의 관점을 갖게 될 것을 이해해야 한다. 아이의 변화는 성장과정 중의 정상적인 현상이며, 변화가 없는 것이야말로 비정상적인 것이다. 따라서 부모는 담담하게 아이의 변화를 받아들여야 한다.

13~18세, 딸의 반항과 막막함을 이성적으로 대하라

딸이 13살이 되었다. 사춘기가 왔다! 13살부터 18살까지 아이의 성장은 신체적인 변화뿐만 아니라 심리적인 성장도 포함한다. 이때 여자아이는 더욱 아름답게 변할 뿐만 아니라 성격도 점점 변해간다. 사춘기는 마치 '격동기' 같아서 이 시기의 여자아이는 사상에서 감정까지 모두 질적 변화를 나타낸다.

이란(亦然)은 말을 잘 듣는 아이였는데, 사춘기에 들어서면서 변한 것 같다. 엄마가 무엇을 말하든 들으려고도 하지 않고, 자기의 생각대로만 하려고 한다. 엄마는 이것을 생각하면 머리가 아픈데….

갑자기 '역반응'을 하는 딸을 대하고 있으면 부모는 속수무책이다. 아이가 어떻게 갑자기 이렇게 변했을까? 부모는 아이 때문에 마음이 초조해지고 심지어는 어떻게 해야 아이와 함께 할 수 있을지를 모른다. 이럴 때 자신의 사춘기를 되돌아보는 것도 좋은 방법이다. 그때 우리도 걱정이 많고 감정이 풍부해졌으며, 늘 부모님이 우리를 이해하지 못한다고 생각했고, 친구들과의 비밀이야기가 훨씬 많았다. 이렇게 돌이켜 생각해보면 아이를 이해할 수 있을 것이다.

사춘기의 반항을 정확하게 보고 대응하라

적지 않은 부모들은 딸이 사춘기가 되어 말을 듣지 않는 것이라고 생각한다. 부모가 아이에게 어떤 일을 하라고 할 때, 아이는 반드시 '왜'냐고 묻거나, 혹은 자신의 생각대로 하고 부모의 말을 듣지 않으려고 한다. 이것이 대다수의 부모들이 말한 '반항'이다.

만약 어떤 사람이 늘 우리에게 지시만 하고 이유도 알려주지 않는다면, 우리는 할 수 있을까? 대다수의 성인은 다른 사람이 이유없이 자신의 일에 끼어드는 것을 싫어한다. 딸도 마찬가지이다.

딸의 반항은 '어쩔 수 없이' 생겨난 것이다. 아이가 어렸을 때는 부모의 말이라면 다 듣지만, 이제는 자기 뜻대로 하는 것을 좋아한다. 만약 부모가 계속 아이를 '통제'하고 아이가 꼭두각시처럼 말을 듣게 하고 싶다면 아이의 반항은 필연적인 것이다. 이것이 바로 아이가 사춘기에 반항하는 '실제 이유'이다. 결코 아이가 배반한 것이 아니라 부모의 교육방식이 바뀌어야 하는 것이다.

아이가 부모의 말을 안 들을 때 효과적인 방법은 부모가 아이에게 이렇게 하라고 하는 이유가 무엇인지를 알려주고 나서, 아이에게 아이의 의견을 말하도록 하는 것이다. 부모의 의견이 합리적이라면 아이는 부모의 말을 들을 것이고, 만약 아이의 생각에 일리가 있으면 아이의 생각대로 하도록 한다. 부모가 아이와 충분히 소통하고 서로의 생각과 의견을 많이 교류할 수 있다면 아이는 평화롭고 조용하게 사춘기를 보낼 수 있을 것이다.

신체변화로 인한 막막함과 혼란을 극복하도록 도와줘라

여자아이의 사춘기는 아이의 신체발육과 관련이 있다. 몸에 나타나는 '제2차 성징'이나 심리적·정신적인 어려움이 아이에게 막막함을 느끼게 한다.

사춘기 여자아이는 가슴의 발육이 시작되지만 자신의 신체변화에 익숙하지 않아서 부끄러운 마음이 생겨나고, 심지어는 그로 인해 초조해지기도 한다. 부모로서 우리는 먼저 딸에게 아이의 신체발육 과정을 알려주어야 한다. 여자라면 모두 이 과정을 겪으며 매우 정상적인 것이므로, 그것 때문에 부끄러움을 느낄 필요가 없다는 것을 아이에게 잘 설명해주어야 한다. 또한 월경주기에 대해서도 사전에 마음의 준비를 시켜야 한다. 이렇게 하면 아이가 상대적으로 평안하게 초경을 맞이할 수 있다.

17

100 POINT of EDUCATION ||

성별 교육을 중시하고,
딸을 여성답게 키워라

'여성은 부드럽고 아름다우며, 남성은 굳세고 강하다'는 전통적인 성별의 기준이다. 그러나 근래에 와서 '중성적인 풍조'가 크게 유행하고 있다. 중성적인 풍조는 사회의 유행을 따르는 청년들에게 영향을 주었을 뿐 아니라 딸들에게도 영향을 주었다. 적지 않은 여자아이들이 머리카락을 짧게 자르고, 중성적인 옷을 입는다.

중성적인 풍조의 유행은 행동거지, 성격, 말투 등도 포함된다. 중성화 현상은 사회적으로 성행하고 있다. '꽃미남 오빠'들이 TV와 인터넷 매체에서 자주 등장하고, 장발을 한 남성과 짧은 머리의 여성을 어디에서나 볼 수 있다.

13살의 웬웬(媛媛)은 친구들에게 '초인류', '웬 형'이라고 불린다. 왜냐하면 웬웬은 공부도 잘할 뿐 아니라 농구, 배구 등 각종 체육 활동에서도 웬웬이 등장하지 않는 곳이 없기 때문이다.

친구들이 볼 때 웬웬은 모든 것을 잘하는 것 외에 웬웬의 '가짜 남자' 분장이 더욱 친구들의 주목을 끌었다. 학교에 다니면서부터 웬웬은 항상 짧은 머리를 하고 늘 남자들이 입는 운동화, 운동복만 입는다.

어떤 사람은 여자아이가 남자아이처럼 꾸미는 것이 아무렇지도 않다고 느낄지도 모른다. 하지만 어떤 사람은 이것이 갈수록 많은 여자아이들에게 일탈하는 행동으로 나타나거나 성별의 역할에 혼란을 초래할까 걱정한다.

청소년들이 갈수록 중성화되는 것은 매우 복잡한 사회 문제이다. 거의 모든 가정에 아이가 한 명이기 때문에 부모로서 아이의 사회적 경쟁력을 강화시키기 위해서 종종 자신도 모르는 사이에 여자아이에게 중성화 교육을 채택할 수 있다. 사회적으로 각 분야에서 '중성화'된 유명인들의 영향도 매우 크다. 성별의 구분이 흐려지는 것이 오히려 아름다움이 되었고, 이것을 본 여자아이들은 바로 모방하여 '사내아이'처럼 꾸미고 있다.

어릴 때부터 자신의 성별을 인정하게 하라

메이린(美琳)은 벌써 11살이 되었다. 엄마는 메이린이 남자아이의 옷을 입고, 남자아이와 같이 노는 것을 좋아하는 것을 발견했다. 엄마가 메이린에게 여자아이처럼 되어야 한다고 알려주었을 때, 메이린은 오히려 이렇게 말했다. "나는 남자아이처럼 하고 싶어!"

엄마는 메이린을 데리고 정신과에 갔다. 의사는 메이린의 문제는 아동의 성 정체성 장애라고 말했다. 메이린은 마음속으로부터 계속 자기가 남자아이이길 바랐고, 그래서 이성의 역할 행동을 보였던 것이다.

성 정체성 장애는 일반적으로 아동 시기 혹은 사춘기에 발생하는데, 어떤 여자아이는 사춘기가 되어 신체발육의 시기에 자신의 성별을 자연스럽게 인정한다. 그러나 어떤 여자아이들은 자신의 성별로 살아가는 것에 대해 어려워하고 심지어는 성별을 바꾸기를 희망한다.

이러한 아동의 성 정체성 장애가 생기는 것을 피하기 위해 부모는 여자아이가 어릴 때 자신의 성별을 인정하도록 도와주어야 한다. 부모는 늘 분명하게 아이에게 "너는 여자아이야!"라고 알려주어야 한다. 또는 아이가 목욕을 할 때 몸의 기관을 인식하게 하며, 아울러 아이와 엄마가 동일한 성별인 여성이라는 것을 이해시켜야 한다. 부모가 "네가 딸이라서 정말 좋아!"라고 아이에게 분명히 말해준다면, 아이는 서서히 자신의 성별을 좋아할 것이고, 여자인 것을 인정하게 될 것이다.

딸을 아들 대신으로 키우지 마라

어떤 엄마는 임신했을 때 남자아이를 바라지만 나중에 여자아이인 것을 알게 되면 여자아이를 남자아이처럼 키우려고 한다. 이렇게 되면 아이는 자기의 성별을 분명하게 알 수 없게 된다. 어릴 때부터 여자아이에게 정확한 성별 관념을 키워주어야 한다.

PART 3
내면이 아름다운
딸로 키운다

100 POINT OF EDUCATION

좋은 품성은 일종의 수양으로, 한 사람의 진정한 가치를 측량할 수 있는 표준이다. 요즘에 많은 여자아이들은 외모의 아름다움은 부족하지 않지만 내적인 아름다움은 부족하다. 사실 좋은 품성만이 여자아이에게 진정한 내면의 아름다움을 얻게 할 수 있다. 따라서 부모는 딸을 응석꾸러기로 키우지 않아야 하며, 지적으로 아이의 좋은 품성을 길러서 아이에게 아름다운 빛을 더해주어야 한다.

효심

인생의 가장 근본적인 미덕

아이를 가르칠 때 가장 중요한 것은 사람다움을 가르치는 것이다. 부모를 공경하고 효도할 수 있는 사람이 되도록 해야 한다. 유가 경전인 『효경(孝經)』에 이르기를 "무릇 효(孝)라는 것은 덕(德)의 근본으로, 가르침이 생겨나는 까닭이니라(夫孝, 德之本也, 敎之所由生也.)"라고 하였다. 효는 모든 덕행의 근본이고, 교육의 기원이라는 것을 알 수 있다. 부모에게 효도하는 것은 아이 인생의 미덕을 키우는 첫 번째 과목이며, 가장 근본적인 과목이라고 할 수 있다.

그러나 현실 상황에서 아이는 부모를 실망스럽게 하기도 하고 심지어 마음을 아프게도 한다. 집에 먹을 것이 있으면 부모는 늘 먼저 딸에게 먹도록 하지만 딸은 부모에게 먼저 권하는 적이 거의 없다. 딸이 아프면 온 가족이 백방으로 아이를 돌보지만, 부모의 몸이 불편하면 딸은 거의 관심이 없다. 만약 부모가 일찍부터 아이에게 '음식이든지, 차를 타든지, 걷든지 어른이 먼저 하고 아이가 나중에 하는 것이다'라고 가르쳤다면, 아이는 아픈 부모를 돌볼 수 있을 것이다.

아이에게 부모를 공경하는 모습을 보여주어라

한 부부가 늙으신 어머니를 광주리에 넣고 바깥에 버리려고 했다. 3살 된 아이가 이 모습을 본 후, 이렇게 말을 했다. "할머니 버리고 난 뒤에 광주리 버리지 말고 가져오세요. 나중에 나도 그 광주리에다가 넣어서 아빠 엄마 버리게요." 이 부부는 깜짝 놀라서 그 때 이후로는 어머니에게 더욱 효도하였다.

아이는 자신의 눈으로 부모가 어떻게 조부모를 대하는지를 보고 있으며, 같은 방식으로 부모를 대할 것이다. 따라서 아이에게 어떻게 부모를 공경해야 하는지를 가르쳐야 한다. 만약 부모와 함께 산다면 매 순간 좋은 얼굴로 부모의 생활을 돌봐드리고, 차를 따라 드리고, 안마를 해드리는 등 공경심을 표현해야 한다. 만약 부모와 같이 살고 있지 않다면 부모에게 자주 전화 드리고, 필요한 물건들을 사다드리고, 시간이 있을 때는 온가족이 함께 찾아 봬야 한다. 이러한 것을 보고 자란 아이는 어떻게 부모에게 효도해야 할지를 배울 것이다.

작은 일에서부터 아이의 효심을 키워라

부모는 아이에게 효심은 생활 속의 작은 일에서부터 실천해야 한다는 것을 알려주어야 한다. 예를 들어 아침과 저녁에 부모에게 안부 인사를 하고, 밥을 먹을 때 부모의 밥을 퍼주고, 밥을 먹고 나면 그릇을 정리해야 한다. 부모가 퇴근하여 돌아오면 바로 나와 안부를 묻고, 차를 따라준다. 부모의 몸이 불편할 때는 약을 가져다주고, 안마를 해주고 어깨를 주물러 준다. 생활 속에서 이런 작은 일부터 시작하면 아이의 효심은 갈수록 깊어질 것이다.

아이에게 효도할 기회를 주고 효심을 계발하라

하루는 엄마가 주방에서 식사 준비를 할 때, 실수로 기름이 튀어서 화상을 입었다. 급하게 약상자를 찾다가, 마침 9살인 딸이 TV를 보고 있어서 엄마는 딸 앞으로 걸어가 고통스러운 듯 말했다. "이것 좀 봐. 손이 데었네!"

딸은 엄마의 손을 보더니 긴장하며 말했다. "아파요? 어떡하지?"

"TV장 두 번째 서랍에 작은 약상자가 있는데, 그 안에 화상 치료하는 약이 있어."

딸은 급하게 약을 찾아 조심조심 엄마의 상처에 약을 발라주었다.

이어지는 며칠 동안 딸은 계속 엄마의 손의 상황을 걱정하며 물었고, 시간 맞춰 엄마에게 약도 발라주었다.

부모는 아이가 자발적으로 효를 행할 수 있는 기회를 만들어주어 아이의 효심을 완성시켜야 한다. 이를 통해 아이는 부모에게 효도하는 것이 행복한 일이라는 것을 느낄 수 있을 것이다. 또한 효심에 관련된 이야기들을 수집하여 아이에게 들려주고, 그것을 통해 아이들에게 효심을 가르쳐야 한다.

19

100 POINT of EDUCATION II

감사

타인에 대한 은혜를 알고
은혜를 갚는 것을 가르쳐라

하루는 샤오위(曉雨)의 엄마가 피곤한 몸을 이끌고 집에 돌아왔는데, 샤오위가 TV를 보고 있는 것을 보고는 말했다.

"딸, 엄마가 너무 피곤한데, 물 한 잔만 가져다 주겠니?"

샤오위는 엄마를 보더니 말했다. "나도 피곤하거든!"

"난 너를 위해 이렇게 많은 수고를 하는데, 너는 엄마한테 물 한 잔도 못 가져다 주니?"

"그건 엄마가 원해서 하는 거지, 누가 억지로 엄마한테 이렇게 고생하라고 하는 건 아니잖아요!"

많은 아이들은 다른 사람의 수고와 관심을 받는 것은 당연한 일인 것으로 생각한다. 비록 부모가 아이를 위해 수고하는 것은 보답을 받고자 하는 것은 아니지만 부모는 아이에게 감사를 가르쳐야 한다. 감

74

사를 이해하고 감사에 보답하는 것을 알게 하여 사랑하는 마음이 충만한 사람이 되게 해야 한다.

아이가 감사를 이해해야만 비로소 생명의 진정한 의의를 맛볼 수 있고, 인간의 온정을 느낄 수 있으며, 삶의 아름다움과 즐거움을 느낄 수 있다. 게다가 아이가 다른 사람의 수고에 감사하는 것을 이해하면 다른 사람들도 아이를 위해 기꺼이 수고할 것이고, 아이는 '얻음 – 감사 – 다시 얻음'의 선순환을 알게 될 것이다.

부모에 대한 감사를 알게 하라

자녀로서 가장 큰 은혜는 부모로부터 오는 길러주신 은혜이다. 만약 딸이 부모에 대해 감사하는 마음이 없다면 어떻게 다른 사람에게 감사하고, 조국에 보답하는 것을 이야기할 수 있겠는가? 따라서 아이가 부모에게 감사하도록 가르쳐야 한다.

먼저 아이가 부모의 덕을 이해하게 해야 한다. 자애로운 엄마의 10가지 깊은 은혜를 정리한 것이 있다. 즉 '뱃속에서 지켜주신 은혜, 분만의 고통을 겪은 은혜, 아이를 낳고 걱정을 잊은 은혜, 엄마는 쓴 것을 드시고 자식에게는 단 것을 먹이시는 은혜, 자식은 마른자리에 눕히시고 엄마는 진자리에 누우시는 은혜, 젖 먹이고 키워주신 은혜, 더러운 것을 씻어주신 은혜, 멀리 나갔을 때 그리워하는 은혜, 자상하게 돌봐주신 은혜, 최고의 사랑을 주신 은혜'이다. 아빠도 집안을 돌보고 식구들을 위해 종일 밖에서 분주히 뛰어다니며 많은 수고를 한다.

이와 함께 아이에게 부모에 대한 가장 좋은 보답은 바로 도덕적인 사람이 되고 학문 등의 방면에서 끊임없이 자신을 향상시키는 것이라고 알려주어야 한다. 아이는 부모에게 감사하는 것을 알게 되면 다른 사람, 세상의 모든 것에도 감사할 줄 알 것이다.

각종 기념일에 감사하는 마음을 표현하게 하라

중양절(重陽節) 날에 8살 딸과 엄마는 함께 할아버지댁에 갔다. 엄마는 특별히 시부모님께 드릴 선물을 샀다. 할아버지 댁에 도착한 후 엄마는 시부모님과 일상적인 이야기도 나누고, 집을 정리하다가, 채소를 씻어 식사를 준비했다. 딸은 엄마가 이리 저리 바쁜 것을 보고는 미안하여 엄마에게 물었다. "엄마, 저도 뭘 할 수 있을까요?"

"이렇게 하자, 너는 할아버지 할머니께 안마를 해드려. 등도 두드려 드리고 시간이 남으면 발도 씻어 드리고."

엄마의 말을 듣고 나서 딸은 즐겁게 할 일을 했다.

부모는 각종 기념일을 교육의 담체로 이용하여 아이의 감사하는 마음을 키워야 한다. 예를 들어 스승의 날이 되면 부모는 먼저 아이에게 선생님의 은혜를 이야기해준 뒤, 실제 행동으로 선생님께 감사의 정을 표현하게 해야 한다.

아이에게 노동의 기회를 줘라

사람들은 늘 '힘든 일을 해 봐야 감사한 줄 안다'는 말을 한다. 아이가 직접 노동의 과정을 겪은 후에야 비로소 노동의 힘듦을 깨달을 수 있고, 타인의 수고로움을 깨달을 수 있으며, 더 나아가서 타인에게 감사하는 것을 알게 된다.

따라서 부모는 아이에게 알려주어야 한다. 집, 학교, 단체 어디에 있든지 자신이 할 수 있는 일을 해야 한다고 말이다. 아이가 이렇게 일을 하고 나면 타인의 노동 성과를 이해할 수 있고, 실제 행동으로 타인의 고생스러운 수고에 감사할 줄 안다.

모든 것에 감사하라고 가르쳐라

우리 주위의 모든 것은 공짜로 온 것이 하나도 없으며, 모두 대자연의 은혜이다. 이것에 대해 부모는 아이와 함께 모든 것에 감사해야 한다. 쓰레기를 함부로 버리지 않는 것, 음식을 남기지 않는 것, 물과 전기를 낭비하지 않는 것, 주변의 물건들을 조심스럽고 신중하게 사용하는 것 등 주변의 모든 것에 대해서 부모는 아이가 경외감과 감사하는 마음을 갖고 행동에 옮길 수 있도록 격려해야 한다.

20

선량함

아이의 마음속에
인애(仁愛)의 씨앗을 심어라

미국의 저명한 작가인 헨리 제임스(Henry James)의 조카가 그에게 물었다. "사람의 일생에서 해야 할 것은 무엇인가요?" 제임스는 대답했다. "사람의 일생에는 세 가지가 가장 중요하단다. 첫 번째는 선량해야 하고, 두 번째는 선량해야 하고, 세 번째도 역시 선량해야 한다."

전통적인 계몽 경전인 『삼자경(三字經)』의 개편(開篇)에서 말한다. '사람이 태어난 처음에는 본성이 원래 착했다(人之初, 性本善.)' 선량함은 모든 사람이 태어날 때 가지고 있는 본성이다.

여자아이의 선량한 마음은 어른들보다 더욱 분명하게 나타난다. 예를 들어 아이는 자기보다 어린 꼬마가 상처를 받아 울고 있는 것을 보고는 가서 위로해주고, 심지어는 따라서 울기도 한다. 이는 여자아이의 착한 마음은 일단 자극을 받으면 타인의 감정을 이해하고 타인의 처지를 동정할 수 있다는 것을 말해주는 것이다.

부모의 마음속에는 '사람이 착하면 남에게 당한다'는 관념 때문에 아이에게 선량함을 가르치는 것을 소홀히 한다. 아이가 선량함의 교육을 받지 못하면 아이의 선량한 본성은 점점 사라질 것이다.

사실 선량함은 아이가 남에게 괴롭힘을 당하게 하는 것이 아닐 뿐만 아니라 오히려 더 많은 사람들의 사랑과 신임을 얻게 할 수 있다. '유유상종'이라고 본성이 착한 아이는 좋은 것과 나쁜 것을 분별할 수 있고, 취할 것과 버릴 것을 알기 때문에 반드시 착한 친구를 받아들일 것이다.

따라서 우리는 아이가 너무 착해서 다른 사람의 괴롭힘을 당할까 걱정하기보다는 지금 선량함과 인애의 씨앗을 아이의 마음속에 심어서 사랑이 아이에게 자양분이 되어 서서히 자라게 해야 한다.

사랑과 온정이 충만한 가정 분위기를 만들어라

사랑과 온정이 충만한 가정 분위기는 부부가 함께 만들어야 한다. 부부는 가정의 핵심이며, 부부가 서로 사랑하면 가정은 반드시 행복할 것이고, 아이의 선량한 마음은 반드시 길이 남을 것이다.

부부는 평상시에 서로 사랑하는 모습을 아이에게 보여주어야 한다. 아이는 부모가 서로 사랑하는 행동을 늘 보면서 자신이 사랑과 온정이 가득한 가정 분위기 속에서 생활하고 있다는 것을 느낄 것이고, 인애의 씨앗이 모르는 사이에 아이의 마음속에 심어질 것이다. 아이의 마음이 사랑으로 정화되는 순간, 아이는 사랑을 전달해서 실제 행동으로 부모를 사랑하고, 주변 사람들을 사랑할 수 있다.

사랑하는 마음을 표현할 수 있는 기회를 제공하라

원원(雯雯)은 10살이다. 어릴 때부터 가족들의 총애를 받아서 이기적이고 연약한 '응석꾸러기 공주'이다. 그러나 엄마가 원원을 데리고 사랑의 마음 공익활동에 참가한 후 아이에게 변화가 나타났다.

한 번은 엄마가 원원을 데리고 양로원에 가서 자원봉사를 했다. 원원은 할아버지와 할머니를 모시고 이야기를 하고, 재롱도 떨고, 방 청소도 해드렸다. 원원은 한 할머니가 무설탕 과자를 먹고 싶다는 말을 듣고는 전혀 주저함 없이 할머니께 과자를 사드렸다.

그리고 나서 원원은 남은 돈으로 아이스크림을 하나 사가지고 와서 엄마에게 말했다. "오전 내내 피곤하셨죠. 어서 드세요." 엄마는 아이스크림을 받고, 기쁘고 안심하며 말했다. "전에는 먹을 것이 있으면 자기만 생각하더니, 이제는 다른 사람을 생각할 수 있게 되었네. 내 딸이 정말 많이 컸구나!"

예전의 '응석꾸러기 공주'가 사랑하는 마음이 가득한 '착한 공주'로 변했다. 엄마가 아이에게 사랑하는 마음을 표현할 수 있는 기회를 만들어 준 것에서 비롯된 것이다. 부모는 본래 선량했던 아이의 마음을 자극해서 아이가 자신의 사랑하는 마음을 좋은 곳에 쓸 수 있도록 해야 한다.

가정에서 부모는 의식적으로 아이에게 사랑하는 마음을 표현할 수 있는 기회를 제공할 수 있다. 부모에게 어려운 일이 있을 때 아이에게 도움을 요청하면 아이는 자기 존재의 가치와 의미를 느끼게 될 것이고, 스스로 사랑의 마음을 나누게 될 것이다.

아이의 착한 행동을 보호하고 인정하라

아이가 착한 행동을 하려고 할 때, 예를 들어 자발적으로 부모의 물건을 들어주거나, 노인에게 자리를 양보하거나, 넘어진 사람을 부축해주거나 등의 행동을 할 때 부모는 아이의 착한 마음을 보호해주고 인정해주어 아이가 자신의 행동이 칭찬받을 만한 것이라는 것을 알게 해주어야 한다. 아이는 이러한 적극적인 행동의 결과를 경험한 후에야 착한 행동을 계속 유지할 수 있다. 그러면 아이의 착한 마음은 자연스럽게 길러져 나올 것이다.

선을 행하는 것은 보답을 바라는 것이 아니다

중국에는 '선한 일에는 선한 보답이 있다(善有善報.)'라는 말이 있다. 선한 일을 하는 것은 선한 씨앗 하나를 심는 것과 같아서, 이 씨앗이 시기가 성숙해질 때 선한 열매를 맺는다는 것이다.

부모는 아이에게 '선한 일을 하는 것은 성심성의껏 해야 하지만 어떠한 보답도 바라면 안 된다'라는 것을 알려주어야 한다. 진짜 선량한 사람은 착한 일을 하는 것은 마음속에 사랑이 있기 때문이지 다른 이익관계 때문이 아니다. 선한 일을 행하고 보답을 바라지 않는 것이야말로 숭고한 도덕적 표현이다.

겸손

'교만하면 손해를 보고, 겸손하면 이익을 본다'는 것을 가르쳐라

『역경(易經)』에는 64괘가 기록되어 있는데, 각 괘효에는 모두 '길함', '흉'이 들어 있지만 유일하게 '겸' 괘에는 모든 효가 '길'이다. 『상서(尚書)』에 '교만하면 손해를 보고, 겸손하면 이익을 본다(滿招損, 謙受益).'는 구절이 있다. 교만함은 사람에게 손실을 가져다주고, 겸손은 사람에게 이익을 얻게 할 것이라는 뜻으로, 사람의 일생에서 겸손이 매우 중요한 것임을 알게 하는 말이다.

어떤 아이들은 부유한 가정 환경에서 부모가 너무 오냐오냐 하기 때문에 오만해진다. 또한 아이의 자신감을 높이기 위해서 항상 칭찬하는 것은 오히려 아이가 우쭐거리거나 뽐내게 할 수 있으며, 칭찬받는 회수가 점점 많아짐에 따라 아이의 교만한 습성을 더 조장할 수 있다. 아이가 완전히 자신의 '교만 왕국'에서 살게 되면, 아이는 이기적이고 도량이 좁아질 것이며, 앞으로 나아갈 원동력이 부족할 것이다.

8살인 샤오판(小帆)은 그림 그리는 것을 좋아한다. 학교의 미술 수업에서 샤오판은 늘 선생님의 칭찬을 듣는다. 매번 샤오판이 학교에서 그린 그림을 가져 와서 엄마에게 보여줄 때마다 엄마는 이렇게 말한다.

"우리 샤오판 정말 똑똑하고, 그림도 정말 잘 그리네."

조금씩 조금씩 샤오판에게 교만한 마음이 생겨났다.

한 번은 샤오판이 그린 그림이 선생님과 엄마의 칭찬을 받지 못하자 아이는 화가 나서 그림을 찢어 버렸다. 그후 샤오판은 다시는 그림을 그리지 않았다.

아이가 칭찬 듣는 것에 습관이 되면 공격과 좌절을 견뎌내기가 어려워 아이의 심리 건강에 영향을 줄 수 있고, 아이의 성장에도 도움이 되지 않는다. 부모는 아이에게 이러한 이치를 알게 해야 한다. 능력 있는 사람일수록 더 겸손하고, 다른 사람의 칭찬 때문에 의기양양하지 않으며, 다른 사람의 비평 때문에 마음에 원한을 남겨 놓는 일은 하지 않는다. 이들은 주변 사람에게서 배우는 것을 좋아해 장점을 취하고 단점을 보충하여 자신을 꾸준히 향상시킨다.

아이가 교만한 마음을 극복할 수 있도록 도와줘라

부모는 먼저 아이를 오만하게 만드는 원인을 분명히 파악한 뒤, 전략적으로 이끌어 아이가 오만한 심리를 극복하도록 도와야 한다.

하루는 10살인 샤오샤오(曉曉)가 기뻐하며 집에 돌아와 엄마에게 말했다. "엄마, 내가 쓴 글이 전교에서 1등을 했어요."

"멋지다! 엄마도 너 때문에 기뻐."

"친구들이 저를 얼마나 부러워하는데요, 선생님이 저를 늘 칭찬해주셨거든요."

"음, 엄마도 너 때문에 기쁘구나!"

"엄마, 저 정말 대단하지 않아요?"

"샤오샤오, 좋은 성적은 너의 노력과 떼려야 뗄 수 없는 거야. 하지만 너는 선생님의 가르침과 함께하는 아빠, 엄마, 도와주는 친구들을 잊어서는 안 돼!"

샤오샤오는 잠시 생각을 하면서 고개를 끄덕였다.

그날 이후 매번 샤오샤오의 오만함의 '작은 꼬리가' 치켜 올라갈 때마다 엄마는 이런 방식으로 아이를 일깨워주고, 아이가 스스로가 잘났다고 생각하거나 교만해지지 않도록 지도한다.

부모는 아이가 한 순간에 겸손하게 변할 수 있을 것이라는 바람을 가지면 안 되고, 차근차근 아이에게 자주 이야기해주면서 인내심을 가지고 아이가 변하기를 기다리는 것이 중요하다.

칭찬이 아이를 오만하게 만들지 않게 하라

딸을 가르치는 과정에서 칭찬은 아이의 잘하고 싶은 마음을 자극하고 아이를 격려할 수 있는 꼭 필요한 방법이다. 그러나 과도한 칭찬은 아이가 자신의 능력을 과대 평가하게 되고, 오만한 심리가 자라게 하는 부작용을 만들 수 있다.

따라서 칭찬에도 기교가 필요하다. 칭찬은 구체적이어야 한다. 즉 아이가 똑똑하다고 칭찬하는 것이 아니라 아이가 노력한 것에 대해 칭찬해야 한다. 또한 칭찬은 실제적이어야 한다. 칭찬하는 방식도 적절해야 하며, 결코 물질적인 보상을 해서는 안 된다. 어떤 때는 가볍게 미소 짓는 것도 생각지 못했던 효과를 나타낼 수 있다.

다른 사람의 비평, 의견을 겸손하게 받아들이게 하라

아이의 입장에서 자신을 분명하게 그리고 전반적으로 인식하는 것은 매우 어렵다. 만약 아이가 타인의 비평과 의견을 자주 들을 수 있다면 자신의 부족함을 비교적 분명하게 인식할 수 있고, 그로 인해 자기에게 끊임없이 충실하고 완벽하게 할 수 있다.

그러나 어떤 아이들은 다른 사람의 의견을 받아들이지 못하고, 다른 사람이 자신을 비평하는 것은 더더욱 못견뎌한다. 이럴 때 부모는 다른 사람의 비평과 의견을 허심탄회하게 받아들이는 것은 한 사람의 성장에 도움이 된다는 것을 알게 해야 한다. 이렇게 하면 아이는 서서히 마음을 비우는 태도를 터득하게 될 것이다.

22

100 POINT of EDUCATION II

관용

아이의 마음이 크면
무대도 그만큼 크다

'마음이 크면, 무대는 그만큼 크다'는 말이 있다. 부모는 아이에게 인생의 큰 무대를 갖게 하고 싶다면, 아이에게 관용하는 마음을 갖게 해야 한다. 그러면 무엇이 관용인가? 미국의 저명한 작가인 마크 트웨인(Mark Twain)은 이렇게 설명했다. '관용: 한쪽 발로 스톡 꽃을 밟았는데, 그것은 향기를 발 위에 남겨 놓는다.' 이것이 바로 관용이다. 관용은 포용하는 것이고 타인의 잘못을 용서하는 것이다.

아이들은 아주 사소한 작은 일에도 주위 사람들과 갈등이나 마찰을 일으키며, 게다가 자발적으로 상대방을 용서하는 것도 원하지 않는다. 이때 부모는 관용의 씨앗이 아이의 마음에서 뿌리를 내리고, 싹을 틔우며, 꽃을 피우도록 가르쳐야 한다.

하루는 8살의 쥔쥔(君君)이 봉제인형을 가지고 이웃집의 민민(敏敏)과

놀았다. 조금 지난 후 줜줜은 화가 나서 뛰어 들어와 울면서 엄마에게 말했다. "이것 보세요. 민민이 내 인형을 망가뜨렸어요. 인형이 '노래를 못한다'면서요."

엄마는 아쉬운 마음으로 말했다. "정말 안타깝구나."

"그러니까요. 전 다시는 민민이랑 안 놀거예요."

"자기가 좋아하는 물건을 잃게 되는 것은 확실히 마음 아픈 일이지. 엄마는 네 마음을 충분히 이해할 수 있어. 하지만 민민이 결코 고의로 네 장난감을 망가뜨리지 않았을 것 같은데. 민민도 분명히 지금 걱정하고 있을 거야. 만약 네가 용서해주지 않는다면, 민민은 더 상심하지 않을까? 엄마는 네가 너그러운 마음으로 민민을 대해주면 좋겠어."

엄마의 말을 듣고 줜줜의 마음이 많이 풀려서 말했다. "지금 가서 알려줄래요. 전 이미 민민을 용서했다고요."

이처럼 부모는 아이가 관용을 배울 수 있도록 지도해야 하며, 다른 사람의 입장에서 문제를 생각하고, 일일이 따지지 않고, 마음을 좁게 먹어서는 안 된다고 알려주어야 한다.

아이의 잘못을 관용으로 대하라

부모는 아이가 '잘못을 저지름 – 잘못한 것을 앎 – 잘못을 고침'의 과정 속에서 성장해간다는 것을 알고 있어야 한다. 따라서 부모는 아이가 잘못할 수 있다는 것을 인정해야 하고, 관용의 마음으로 아이를 대하며, 이해함으로 아이를 감화시켜야 한다. 관용이 설교, 꾸짖음 또는 징벌보다 아이에게 자기의 잘못을 인식하고 고치는데 더욱 효과가 있다는 것은 여러 가지 사례가 증명하고 있다.

잘못한 아이를 관용으로 대하는 것은 결코 아이에 대한 단순한 방임이어서는 안 된다. 아이를 존중하는 마음을 기반으로 아이에게 자기반성의 기회를 준 뒤 아이가 자신의 잘못을 고치도록 도와주어 아이가 끊임없이 자신을 완비하도록 해야 한다. 또한 부모가 관용의 마음으로 잘못한 아이를 대하면, 부모의 말과 행동으로부터 관용을 배울 것이다.

'완전한 사람은 없다'는 이치를 알게 하라

아이의 교제 범위가 갈수록 넓어짐에 따라 아이는 서서히 주위 사람들에게도 결점이 있다는 것을 발견할 것이다. 이때 부모는 아이에게 세상에 완전무결한 사람은 없으며, 사람은 누구나 장점과 단점이 있고 아이 자신도 예외가 아니라는 것을 알게 해주어야 한다. 이렇게 함으로써 아이는 다른 사람을 가혹한 태도로 대하지 않을 것이고, 관용의 마음으로 다른 사람의 부족함과 잘못을 대할 것이다.

'역지사지'를 가르쳐 타인을 이해하고 용서하게 하라

9살의 난난(楠楠)은 엄마를 향해 원망하며 말했다. "원래 링링(玲玲)이랑 내일 도서관에 가자고 약속했는데, 링링이 또 바람맞혔어요."

"링링이 다른 일이 생겨서 부득이 하게 약속을 어긴 걸지도 모르잖아."

"하지만 분명히 같이 가기로 약속했단 말이에요."

"지난번 너희가 다른 친구 집에 가서 놀기로 약속했을 때, 우리 집에 약속이 있어서 네가 못 갔던 걸 엄마가 기억하는데."

난난은 수줍게 웃으며 말했다. "음. 아마도 링링이 비슷한 일이 생겼나 보네요. 좋아요. 다음번에 다시 링링이랑 도서관에 갈게요."

아이가 부모에게 "그 애는 어떻게 이럴 수 있어요!", "전 앞으로 다시는 그 애랑 안 놀 거예요"와 같은 말을 할 때, 부모는 아이에게 '입장을 바꿔 생각하는 것'을 가르쳐 아이가 상대방의 관점에서 문제를 생각하게 해야 한다. 이를 통해 아이는 진정으로 상대방을 이해할 수 있고, 더 나아가서는 상대방의 잘못도 용서할 수 있다.

23

반성

노력해도 얻지 못하면,
자신에게서 원인을 찾도록 알려줘라

속담에 이르기를 '금은 순금이 없고, 사람은 완벽한 사람이 없다(金無足赤, 人無完人)'고 했다. 세상에 완전무결한 사람은 없으며, 사람마다 부족함과 결점이 있다. 특히 성장 중에 있는 아이의 경우는 훨씬 더 부족함과 결점이 많다. 그러나 많은 아이는 자신의 부족함과 결점을 보지 못하고, 자신에게서 원인을 찾으려 하지 않는다. 이때 부모는 아이가 자기 스스로 반성할 수 있도록 가르쳐야 한다. 자아를 인식하고 분석하는 것을 통해서 자신을 끊임없이 향상시켜야 한다.

이한(一晗)은 2학년이 되었다. 엄마의 일이 많이 바쁘기 때문에 할머니가 아이의 생활과 학습을 돌봐주셨다. 한번은 할머니가 일이 생겨서 고향에 며칠 다녀오셨는데, 그동안 이한은 숙제를 빠뜨리고 가거나, 교과서를 안 가지고 학교에 갔다.

이한이 학교가 끝나고 집에 돌아와 잔뜩 화가 나서 엄마에게 말했다. "모두 할머니 때문이에요. 할머니가 고향에 내려가지 않으셨다면, 내가 숙제 가져가는 것을 잊지 않았을 거예요. 엄마도 왜 내게 알려주지 않으셨어요. 그래서 내가 선생님께 혼났잖아요."

이 말을 듣고 엄마는 화내지 않고 평화롭게 말했다. "이한, 선생님께 꾸중 들어 속상한 마음을 엄마는 충분히 이해해. 그런데 화부터 내지 말고 먼저 생각을 해보렴. 왜 숙제 가져가는 것을 잊어버렸지?"

"할머니랑 엄마가 알려주지 않아서요."

"공부하는 게 누구의 일이지?"

"저죠!"

"그럼 네가 숙제 가져가는 것도 챙겼어야지. 다시 생각해봐. 왜 가져가는 것을 잊어버렸을까?"

이한은 말했다. "왜냐하면 저는 늘 엄마랑 할머니가 숙제를 제 가방에 넣어줄 거라고 기대하거든요. 한 번도 제가 직접 해본 적이 없어요. 그러니 엄마랑 할머니가 절 도와주지 않을 때는 잊어버리지요."

"그럼 어떻게 해야 할까?"

"앞으로는 매일 교과서, 숙제, 학용품 챙기는 것을 기억해야겠어요."

"그래. 엄마는 네가 반드시 잘할 수 있을 거라고 믿어."

아이가 잘못을 했을 때 부모는 아이를 꾸짖기만 해서는 안 되며, 지혜롭게 아이의 생각과 행동의 차이를 대해야 한다. 옆에서 아이가 스스로 반성하도록 이끌어 장점을 살리고 단점을 피할 수 있게 해야 하며, 잠재력을 최대한 발휘할 수 있게 해주어야 한다.

노력해도 얻지 못하면, 자신을 돌아보게 하라

'노력해도 얻지 못하면, 자신에게 원인이 있는지 돌아보라'는 말이 있다. 어떠한 어려움과 좌절을 겪더라도 일이 잘 처리되지 않으면 자신에게서 원인을 찾아야 하며, 남을 탓해서는 안 된다는 뜻이다. 부모는 아이에게 이러한 이치를 이해시키고, 아이에게 일이 순조롭게 진행되지 않더라도 먼저 자기 스스로를 돌이켜 보아야 하며, 객관적인 환경만 원망해서는 안 된다는 것을 알게 해야 한다.

자기반성의 기회와 시간을 주어라

아이가 잘못을 했을 때 아이를 꾸짖고 비난하는 것에 급급해서는 안 되며, 아이의 잘못이 어디에 있는지를 직접 지적해서도 안 된다. 아이에게 반성의 기회와 시간을 주어야 한다.

예를 들어 부모는 아이에게 "한 번 잘 생각해봐. 왜 이런 일이 발생했는지"라고 말할 수 있다. 그리고는 아이에게 시간을 주고 반성할 수 있게 한다. 이렇게 하면 아이가 긴장할 것이고, 다음에 무슨 일이 생길지 몰라서 오히려 스스로 자신의 잘못을 반성할 것이다.

자기반성의 방법을 전수하라

증자(曾子)가 이르시되 "나는 매일 세 가지로 자신을 반성한다(吾日三省吾身)"고 하였다. 옛 성현은 이처럼 매일 자기반성을 통해 자기의 도덕적 수양을 높였다.

부모는 아이에게 자기반성의 방법을 전수해야 한다. 매일 자신의 마음을 되도록 평온하게 한 뒤 자신이 하루 동안 했던 말과 행동을 돌이켜 보고 어디에 적당하지 않은 곳이 있는지를 살펴본다. 자신에게 발생한 중요한 일을 기록하고, 이것으로 자신을 되돌아보고, 자신이 잘못한 것을 찾아낸다.

자기반성 후에는 되도록 빨리 고칠 수 있게 하라

아이가 자기반성을 하게 되면 자신의 잘못이 어디에 있는지를 알 수 있을 뿐만 아니라 고칠 수 있는 방법도 생각할 것이다. 그렇지 않으면 반성은 하나의 구호로 변하고 만다. 아이와 함께 계획을 세워보는 것이 좋다. 예를 들어 실수를 어떻게 고쳐야 하며, 얼마나 시간이 걸릴지를 생각해보는 것이다. 그런 다음 부모는 시시각각 아이를 일깨워주고 도와주어야 한다. 아이는 진정으로 잘못을 고치고, 발전하며, 성장할 수 있을 것이다.

신용

신용을 지키는 것의
중요함을 가르쳐라

신용을 지키는 것은 전통적인 미덕 중 하나로 모든 사람이 갖추어야 할 기본 소양이다. '신(信)'이라는 글자는 지혜로운 기호이다. 왼쪽은 '사람 인(人)', 오른쪽은 '말씀 언(言)'인데, 그 의미는 사람의 말이 바로 '믿음(信)'이다. 다시 말해 한 사람이 한 말은 반드시 실현되어야 하고, 신용 있게 말해야 한다는 것이다.

자고이래로 중국은 아이의 성실 교육을 매우 중시했다. 맹자(孟子)가 말하길 "수레는 끌채가 없으면 다닐 수 없고, 사람은 신용이 없으면 설 수 없다(車無輗而不行, 人無信而不立)"고 하였다. 한 사람이 신용을 중시하지 않으면 이 사회에서 살 수 없다. 따라서 아이가 어릴 때부터 부모는 아이의 신용을 지키는 성품을 기르는 것을 중요시해야 한다.

한한(韓涵)은 7살인데, 엄마는 신용을 지키는 교육을 매우 중시한다. 어

릴 때부터 엄마는 이야기를 들려주는 방식으로 아이가 사람답게 살아
가려면 신용을 지켜야 한다고 가르쳤다. 그것을 한한은 마음에 새겼다.

토요일 아침, 엄마가 한한에게 말했다. "한한, 오늘은 엄마가 시간이
있으니 수상 놀이공원에 데리고 갈게."

한한이 대답했다. "엄마, 오늘은 놀이공원에 갈 수 없어요. 왜냐하면 저
는 샤오원(曉雯)과 페이페이(菲菲) 집에 가서 놀기로 약속했거든요."

엄마는 떠보며 말했다. "그럼 이렇게 하면 어떨까? 친구에게 전화해서
다음에 놀자고 말야. 생각해봐. 엄마는 오늘 정말 어렵게 시간이 있고,
너희는 아무 때나 같이 놀 수 있잖아. 어때?"

"엄마, 저한테 신용을 지켜야 한다고 늘 가르쳐 주셨잖아요? 이번엔
저는 같이 갈 수 없어요. 우리는 다음번에 다시 놀이공원에 가기로 약
속하는 게 어때요?"

엄마는 기뻐하며 말했다. "당연히 괜찮지. 우리 한한은 정말 신용을 지
키는 좋은 아이구나."

부모는 아이에게 '무릇 말을 했으면, 신용이 먼저다'라는 것을 알려
주고, 타인에게 약속한 일은 반드시 지켜야 한다는 것을 가르쳐야 한
다. 아이가 신용을 지키는 미덕을 가지고 있다면, 날로 치열해지는 사
회에서 불패의 자리에 설 수 있을 것이다.

부모는 아이의 신용 지킴이의 본보기가 되어야 한다

EQ가 발육할 시기에 놓여 있을 때, 아이가 가진 사람으로서의 태도

는 모두 부모의 말로 전해지고 몸으로 가르치는 것에서 온 것이다. 평상시에 부모는 반드시 자신의 말과 행동이 신용을 지키고 있는 것인지, 주위 사람들에 대한 약속을 이행하고 있는지에 주의해야 하며, 약속을 지키는 미덕을 아이에게 '연기' 해야 한다.

특히 아이의 일을 약속한 것에 대해서는 반드시 최선을 다해 지켜주어야 하며, 만약 어떤 이유 때문에 할 수 없다면 자발적으로 아이에게 이유를 설명하고 아이의 이해를 구해야 한다. 아울러 기회가 되면 이러한 결함을 보충해주어야 한다. 이런 모습을 통해 신용을 지키려는 마음의 씨앗이 서서히 아이의 마음속에 심어질 것이다.

아이에게 신용을 지키려는 의식을 심어주어라

부모는 아이가 신용을 지키고자 하는 의식을 세울 수 있도록 도와야 한다. 부모는 평소에 여러 가지 기회를 만들어 아이에게 신용을 지키는 것이 무엇인지를 알게 해야 한다. 예를 들어 신용과 관련된 이야기를 해주고, 이야기 속에 전해지는 사상이 아이에게 스며들게 하여, 신용을 지키는 아이의 성품에 자양분을 얻게 해야 한다. 부모는 아이와 함께 이야기 속 인물을 분석해보고, 아이가 정확한 신용관을 수립할 수 있도록 도와야 한다.

작은 일에서부터 신용을 지키는 훈련을 시작하라

신용을 지키는 미덕을 키우는 것은 조금씩 조금씩 쌓여서 형성되는 것이다. 따라서 부모는 생활 속 작은 일에서부터 아이의 신용을 지키는 미덕을 길러주어야 한다. 예를 들어 아침에 몇 시에 기상하고, 밖에 나가서 얼마나 놀 건지, 마트에 가서 무슨 물건을 살 건지, TV 시청은 몇 시간만 할 것인지 등을 결정한다. 또 아이가 주위 사람들과 약속한 일들을 제대로 해내고 있는지를 감독해야 한다.

신용을 지키는 말과 행동을 인정해 주어라

일반적으로 아이의 감정 세포는 비교적 민감하여 자신에 대한 부모의 평가에 매우 신경을 쓴다. 따라서 아이가 신용을 지키는 말과 행동을 했을 때, 부모는 반드시 그 자리에서 아이를 인정해 주어야 한다. 예를 들어 "잘했어!", "정말 약속을 잘 지키는 착한 아이구나" 등의 말로 인정해 주거나, 활짝 웃어주거나, 따뜻하게 안아 주거나 하는 행동을 통해 보여주는 것이다.

나눔

아이에게 관대함을 가르치고,
이기적이지 않게 하라

유가 경전인 『맹자(孟子)』에 이런 기록이 있다. 맹자가 양혜왕(梁惠王)을 뵙고, 물었다.

"홀로 음악을 즐기는 것과 남들과 음악을 즐기는 것 가운데 어느 것이 더 즐겁겠습니까?(獨樂樂, 與人樂樂, 孰樂?)"

양혜왕이 대답했다. "남들과 즐기는 것이 더 낫소(不若與中)."

맹자가 또 물었다. "적은 사람과 음악을 즐기는 것과, 많은 사람과 음악을 즐기는 것 가운데 어느 것이 더 즐겁겠습니까?(與少樂樂, 與衆樂樂, 孰樂?)"

양혜왕이 또 대답했다. "많은 사람과 즐기는 것이 낫소(不若與衆)."

대략적인 의미는 한 사람이 음악을 감상하면서 얻는 즐거움은 많은 사람이 함께 음악을 감상하는 즐거움만 못하다는 것이다.

만약 부모가 아이에게 나누는 것을 가르치지 않는다면 아이는 자기

혼자 모든 것을 독점하는 것이 습관이 될 것이다. 이것은 아이의 인간관계 및 미래의 가정과 사업에도 영향을 준다. 따라서 부모는 생활 속에서 아이가 나눔에 관련된 지식이나 활동을 많이 접하고 배울 수 있는 기회를 주고, 이를 통해 아이에게 나눔 의식을 길러주어야 한다.

이이(依依)는 4학년이다. 선생님은 반 아이들의 독서 범위를 넓히기 위해 아이들에게 서로의 책을 교환해서 읽으라고 지도했다.

하루는 이이가 학교에서 돌아왔는데, 많이 우울해보였다.

엄마가 물었다. "딸, 왜 그러니?"

"오늘 같은 반 친구가 세계 명작을 한 권 가져왔는데, 정말 보고 싶었거든요. 그런데 내 책을 더럽히고, 망가뜨릴까 걱정되어서 바꾸지 않았어요. 엄마, 그 책 사주실 수 있나요?"

"엄마가 새 책을 사 줄 수는 있지만, 이러면 너는 다른 사람과 나눌 수가 없잖아. 더러워지고 찢어져도 상관없어. 좀 더 마음을 크게 가져. 그래야 나눔의 즐거움을 경험할 수 있단다."

엄마의 이런 설득을 통해서 이이는 나눔은 '자기가 아끼는 책을 잃어버리는 것이 아니라 즐거움을 얻는 것'임을 깨닫게 되었고, 내일 자기의 책을 가져가서 친구와 교환하겠다고 결정했다.

나눔은 잃어버리는 것이 아니라 얻는 것이다. 나눔을 깨달은 아이는 자연히 즐거움과 우정을 얻을 수 있고, 더 많은 친구들을 얻을 것이다.

아이에게 나눔의 즐거움을 경험하게 하라

아이가 마음에서부터 나눔을 받아들이게 하고 싶다면, 아이에게 나눔이 가져다주는 즐거움을 경험하게 해야 한다. 아이의 관대한 행동에 대해서 부모는 바로 인정하고 격려하여 아이에게 즐거움을 얻을 수 있도록 할 뿐만 아니라 아이의 나누는 행동을 강화할 수 있다. 아이가 나눔이 가져다주는 즐거움과 만족을 경험하고, 나눔이 상대방에게 가져다주는 즐거움을 볼 때, 아이는 나눔의 진정한 의미를 이해하고 스스로 다른 사람과 나눌 것이다.

나눔에 대한 지혜로운 지도가 필요하다

아이가 다른 사람과 나누는 것을 원하지 않을 때, 부모는 아이의 '소심함' 때문에 아이를 꾸짖거나, 억지로 아이가 좋아하는 물건을 다른 사람에게 나누도록 강요하지 않아야 한다. 그렇지 않으면 아이에게 불만과 원한의 감정이 생기게 될 것이다. 부모는 공감 훈련을 통해 아이가 다른 사람에게 자신의 물건을 나누도록 서서히 유도해야 한다. 만약 아이가 그래도 나누기를 원하지 않는다면, 부모는 인내심을 가지고 아이에게 성장의 시간과 공간을 주어야 한다.

26

절약검소

아이에게 일생의 재산을 가져다 준다

당나라 때 유명한 시인인 이상은(李商隱)의 『영사(詠史)』에 '이전 나라와 집안을 살펴보니, 성공은 근검에서 나왔고, 실패는 사치에서 나왔다(歷覽前賢國與家, 成由勤儉敗由奢)'는 구절이 있다. 근검은 국가를 창성하게 할 수 있고, 사치는 국가를 멸망하게 할 수 있다.

많은 부모는 아이를 과잉보호하고 응석꾸러기로 키우면서 어릴 때부터 입고 먹는 것에 걱정 없는 생활을 하게 한다. 그렇게 자란 아이들이 근검절약을 모르고 사치하는 현상을 곳곳에서 볼 수 있다. 따라서 부모는 아이에게 절약과 검소함을 가르쳐야 한다.

하루는 한 젊은 부부가 초등학교에 입학할 아이를 데리고 쇼핑을 했다. 그들이 번화한 거리에 도착했을 때, 한 할아버지가 신문을 팔고 계신 것을 봤다. 아빠는 5위안을 아이에게 주면서 신문 10부를 사오라고 했다. 나중에 부모는 아이와 상의하여 원래 가격대로 신문을 파는데 시간이 얼마나 걸리는지를 살펴보았다.

부모의 도움 하에 아이는 10부의 신문을 다 팔았다. 부모는 아이에게 할아버지께 가서 신문 한 부 팔면 얼마나 벌 수 있는지를 알아오도록 했다. 아이는 할아버지로부터 신문 한 부를 팔면 겨우 몇 마오* 정도가 남는다는 것을 알게 되었다.

아이는 계산해보고 이렇게 긴 시간 동안 고작 얼마 벌지 못했다는 것을 알았다. 아이는 부모에게 말했다. "아빠, 엄마! 돈을 버는 게 정말 쉽지 않네요. 앞으로 다시는 돈을 함부로 쓰지 않을래요."

아이는 직접 경험한 것을 통해서 돈 버는 것이 쉽지 않음을 이해하게 되고, 더 나아가서는 절약과 검소함의 중요성을 깨닫게 되었다. 아이가 성인이 되면 가정을 관리해야 하기 때문에 어릴 때부터 절약과 검소를 배우게 하면 적합한 '좋은 관리자'가 될 수 있을 것이다.

아이와 함께 절약하고 검소하기 위해 노력하라

부모는 생활 속에서 절약하고 검소한 행동을 함으로써 아이가 보고 배울 수 있도록 해야 한다. 예를 들어 밥을 먹을 때 밥을 남기지 않고, 물을 쓸 때 절약하고, 방에서 나갈 때는 등을 끄는 등의 행동이다. 부모가 노력하는 것을 보면서 아이는 절약의 좋은 습관을 기를 수 있다.

---

*마오(毛)는 위안(元)의 1/10이다.

아이에게 적당한 '고생'을 맛보게 하라

요즘의 아이들은 거의 고생을 해 본적이 없어서 절약하는 것의 필요성을 못 느낄 뿐만 아니라 현재의 행복한 생활을 귀하게 여길 줄도 모른다. 따라서 부모는 아이에게 적당하게 '쓴 맛'을 맛보게 해야 한다.

예를 들어 빈곤지역에 가서 그 곳의 아이들이 어떤 환경에서 공부하고 생활하는지를 보고, 아이가 체험해 볼 수 있도록 한다. 또한 농촌활동에 참가하여 씨를 심고, 비료를 주며, 잡초를 뽑고, 물을 주는 등 직접 몸으로 '낟알 하나 하나가 모두 수고'라는 말에 담겨진 의미를 경험하게 한다. 아이가 이러한 '고생'의 경험이 있으면 현재의 생활을 소중하게 여겨서 절약하는 습관의 필요성을 깨달을 것이다.

아이에게 돈 버는 수고를 경험하게 하라

아이가 돈 버는 것의 고생스러움을 모르면 돈을 쓸 때 자연히 거리낌 없이 쓰고 절약하지 않을 것이다. 부모는 아이에게 몸소 돈을 버는 수고로움을 경험하게 할 수 있다. 예를 들어 아이를 데리고 출근을 하거나, 아이에게 방학을 이용해 아르바이트를 하도록 하는 것이다. 이러한 경험을 통해 아이는 돈을 함부로 쓰지 않고, 낭비하지 않으며, 절약하는 좋은 습관이 서서히 길러질 것이다.

공중도덕

아이가 매 순간
사회인의 역할을 잊지 않도록 가르쳐라

소위 '공덕(公德)'이라는 것은 바로 공중도덕으로, 사람들이 사회에서의 왕래와 공공 생활 속에서 마땅히 지켜야 할 도덕 준칙이다. 아이는 사회성을 가진 독립적인 개체로서 자연히 공중도덕을 지켜야 하며, 단체 안에 있을 때 무엇을 해야 하는지를 알아야 한다.

그러나 집에서 너무 응석꾸러기로만 자라서 모든 일을 자기중심으로 하고, 자신의 뜻이 기준이 되는 아이들은 다른 사람의 감정을 결코 이해할 수 없어서 사회로 나갔을 때 공중도덕을 준수해야 한다는 생각을 하기가 어렵다.

부모는 온화하고 교양 있으며, 어디를 가든 자신의 이미지를 고려하고, 공중도덕을 준수하는 아이로 키우길 원한다. 이를 위해 공덕의식을 아이에게 전수해주어 아이가 어떤 곳에서도 모두에게 아름다운 느낌을 가져다 줄 수 있게 해야 한다.

아이를 유아독존으로 키우지 마라

공덕의식의 구축에서 강조하는 것은 타인의 존재를 중시하고, 단체의 이익을 중시하며, 개인의 요구와 느낌은 강조하지 않아야 한다는 것이다. 그러나 한 가정에서 유아독존으로 자란 아이는 집에서 본인이 하고 싶은 것을 다 하기 때문에 어디를 가도 제멋대로일 것이다.

난난(楠楠)은 늘 집에서 소파 위에 엎드려 있으면서 이것은 자신의 소파이니 누구도 앉아서는 안 된다고 떠든다. 한 번은 엄마가 난난을 데리고 상점에 갔는데, 난난이 의자에 엎드려 있는 바람에 다른 고객들은 앉아서 신발을 신을 곳이 없어져 버렸다.

어떤 사람이 "저 아이는 공중도덕이라고는 전혀 모르는 아이네"라고 말했을 때, 그제서야 엄마는 문제가 작지 않다는 것을 깨달았다.

가정은 아이의 공중도덕 의식을 세우는 근거지이며, 아이는 가정에서 다른 구성원의 이익을 위해 배려하는 것을 배워야만 기본적인 공중도덕 의식을 서서히 세워갈 수 있다. 이렇게 되면 아이가 공공장소에서 자신의 '사적인 욕구'로 인해 '공덕'을 소홀히 하지 않을 것이다.

아이가 법을 준수하도록 가르쳐라

'법이나 규칙을 준수하다'라는 말이 담고 있는 내용은 매우 넓다. '규율을 준수하다'라는 말은 바로 규칙과 규정을 준수하는 것이다. 아이가 학교에 가면 학급 구성원으로서 반드시 학교와 학급의 각종 규정을 지켜야 한다. 아이가 밖에 나갈 때는 각종 교통규칙을 지켜야 한다. 이것은 자기의 생명 안전을 최대한으로 확보할 수 있을 뿐만 아니라 공공 교통질서를 지킴으로써 더 많은 사람들의 안전을 확보하는 것이다. 또한 아이가 은행, 상점, 도서관, 영화관, 공원 등 공공장소에 있을 때도 그곳의 규정을 지켜야 한다.

국가가 법률을 제정한 목적은 절대다수의 국민의 이익을 보호하기 위해서이며, 법률을 위반한 사람들은 개인의 득실만을 고려한 것이다. 부모는 아이에게 법을 이해하고, 법을 지키며, 법률을 위반하는 일은 절대로 하지 않는 자격 있는 국민이 되도록 가르쳐야 한다.

아이가 공공환경을 보호하도록 격려하라

아이는 사회인으로서 마땅히 공공위생의 의무를 지켜야 한다. 부모는 아이에게 아무렇게나 쓰레기를 버리지 않는 습관을 길러줘야 한다. 꽃이나 풀, 나무를 멋대로 자르지 않고, 공공기물을 망가뜨리지 않는 것 등은 모두 공공환경을 지키는 행동이다. 환경은 하드웨어로 구성되었을 뿐 아니라, 분위기와 관련 있는 소프트웨어로도 구성되어 있다. 따라서 부모는 아이가 공공장소에서 쓰레기를 버리지 않는 동시에 공공의 분위기를 조화롭게 만들기 위해 노력하도록 격려해야 한다.

PART 4

아이의
우아한 성품을 기른다

우수한 여자아이가 반드시 아름다운 외모를 가지고 있는 것은 아니지만, 그 아이는 반드시 우아
한 성품을 가지고 있다. 우아한 성품은 내면으로부터 외부로 뿜어져 나오는 것이며, 훌륭한 성
품이 집중적으로 드러난 것이다.

심미관

알맞은 미적 감각을 키워
단정하고 아이다운 겉모습을 하게 하라

아이가 3살이 된 후부터는 자아와 환경에 대한 심미적인 요구가 시작된다. 특히 여자아이의 경우에는 자신의 외모를 어떻게 꾸밀 것인지에 깊은 흥미를 나타내며, 자신의 옷차림에 관심을 갖기 시작한다.

이 단계에서 아이는 색상이 선명하고 예쁜 치마를 입는 것을 좋아하고, 다양한 스타일의 땋은 머리를 좋아하며, 리본 모양의 작은 장신구를 좋아한다. 또한 어떤 아이는 엄마의 옷을 입고, 엄마의 핸드백을 메고, 엄마의 하이힐을 신고 거울 앞에서 '우쭐해하며' 이리 저리 걸어 다니기도 한다. 이러한 것들은 모두 아름다움을 추구하고 탐색하는 아이의 표현이다.

아름다운 것을 사랑하는 것은 여자아이의 천성이다. 이것은 매우 정상적인 현상이다. 그러나 아름다운 외모를 꾸미는 것을 자신이 추구해야 할 유일한 일로 생각해서는 안 된다. 이렇게 되면 아이는 대부분의 힘과 마음을 옷차림과 꾸미는 데에 쏟을 것이고, 자신의 인격수양과 능력을 향상시키는 것에는 소홀할 것이다. 따라서 아이가 장래에 우아한 성품과 고상한 품위를 갖게 하기 위해서는 아이가 어릴 때부터 정확한 심미관을 배울 수 있게 해주어야 한다.

아이가 자신을 꾸미는 것을 허락하라

여자아이가 심미 민감기에 나타내는 행위는 장래의 심미관 형성에 기초를 다지게 될 것이다. 따라서 부모는 아이가 표현해내는 말과 행동을 비평하거나 막아서는 안 되며, 될 수 있는 한 아이의 심리적 요구를 만족시키고, 아이가 스스로를 꾸미는 것을 허락해야 한다.

이것은 아이가 어떻게 꾸미든지 상관하지 말라는 것이 아니다. 아이의 뜻과 선택을 존중하는 기초에서 지도하고 의견을 제시하며, 아이와 어떻게 꾸미는 것이 나이에 맞는지를 찾아봄으로써 아이에게 정확한 심미관을 형성시켜 주어야 한다.

아이가 어울리는 옷을 고르도록 가르쳐라

옷차림은 여자아이의 내재해 있는 품위와 성품의 소리 없는 표현이며, 여자아이의 개성과 아름다움을 드러내는 기호이다. 따라서 부모는 아이가 자신에게 어울리는 옷차림을 하도록 도와주고, 아이가 자기에게 적합한 옷을 고르는 능력을 터득하게 해야 한다.

부모는 아이에게 몇 가지 주의점을 알려주어야 한다. 옷차림은 너무 화려해서는 안 되며, 반드시 청결하고, 나이에 맞아야 한다. 또한 장소에 맞는 옷차림을 해야 한다. 예를 들어 학교에 갈 때는 보통 교복을 입고, 평상시에는 개인의 취향에 따라 자기가 좋아하는 옷을 입을 수 있다. 부모는 옷차림의 색상, 디자인의 어울림에 대해 아이와 함께 이야기하고, 아이에게 약간의 의견을 제시할 수도 있다.

아울러 부모는 아이에게 무엇이 진정한 아름다움인지를 알게 해주어야 한다. 부모는 아이에게 '아름다움은 노출이나 기형적인 모양의 옷에 의해서 돋보이는 것이 아닌, 자신에게 어울리고 세련된 것이 진정한 아름다움'이라는 것을 가르쳐 주어야 한다.

내면의 아름다움이 중요함을 이해시켜라

오늘은 야난(亞楠)의 8살 생일인데, 고모가 야난에게 예쁜 원피스를 선물하였다. 야난은 이 원피스가 너무 마음에 들었고, 엄마에게 말했다.

"엄마, 이 치마 정말 예뻐요. 이거 지금 갈아입어도 돼요?"

엄마가 웃으며 말했다. "네 옷인데, 당연히 갈아입어도 되지."

야난은 바로 방에 들어가 치마를 갈아입고, 머리에는 리본 핀을 꽂고 거울 앞에서 우쭐거리며 혼잣말을 했다. "난 아름다운 공주야……."

그리고는 야난이 엄마에게 물었다. "엄마, 예뻐요?"

"그럼, 예쁘지. 원피스를 입어서도 예쁘지만 엄마는 네가 말도 잘 듣고, 이해심도 깊은 아이라서 훨씬 더 예쁜 것 같아."

야난은 생각에 잠긴 듯 고개를 끄덕였다.

엄마는 야난의 심리적 요구를 만족시켰을 뿐만 아니라 이 기회를 통해 외모보다 더 아름다운 것은 내면의 아름다움이라는 것을 알려주었다. 이러한 교육환경 속에서 성장한 아이는 자신이 진정으로 추구해야 할 것이 무엇인지를 더욱 잘 이해할 수 있다.

아이가 어릴 때부터 부모는 아이에게 이러한 관념을 심어줘야 한다. 아이가 '진정한 아름다움'을 이해해야만 에너지와 마음을 내면의 수양과 자신의 능력을 향상시키는데 쏟을 수 있고, 이로써 우아한 성품이 뿜어 나올 것이다.

29

100 POINT of EDUCATION II

온유함

너무 강하지 않도록 가르쳐라

많은 사람들은 '온유함'으로 여자아이를 표현한다. 온유한 여자아이는 따뜻함과 단아한 느낌을 주어 다른 사람을 편안하게 해준다. 그러나 일부 여자아이는 온유한 천성을 잃어버려서 성격이 점점 더 중성화 되고 강해 보인다. 이런 모습은 아이가 어릴 때부터 받은 교육과 관계가 있다.

샤오웨(曉月)는 귀여운 아이이다. 엄마는 아이의 말에 무조건 따르며 아이의 모든 요구를 만족시켜준다. 샤오웨는 '제멋대로 공주'처럼 마음대로 하지 않는 것이 거의 없고, 울고불고 떼쓰는 일이 다반사였다. 이럴 때마다 엄마는 "다 엄마 잘못이야. 괜찮아. 울지 마!"라며 위로했다. 게다가 샤오웨는 성격이 너무 강해서 주위 사람들이 반드시 자신의 계획대로 따라야 했고, 만약 그 말을 듣지 않으면 자기의 목적을 달성할 때까지 울고 떼를 썼다. 그 결과 샤오웨는 점점 더 무개념의 무례한 아이가 되었고, 심지어는 포악한 성격이 형성되었다.

부모의 과잉보호가 아이의 온유한 천성을 감추는 것을 용인한 것이다. 부모는 아이가 태어날 때부터 가지고 있는 온유한 성품을 지켜주어야 한다.

진정한 여자아이로 키워라

요즘 대부분의 아이들은 가정에서 외동이다. 어떤 가정에서는 여전히 '남존여비'의 관념을 가지고 있어서, 아들이 있었으면 하는 간절한 바람으로 딸을 일부러 아들처럼 키우고 싶은 마음에 여자아이가 용감하고 과감하며, 굳세고 강한 성품을 가지기를 바란다. 이렇게 되면 딸에게는 여자아이의 모습이 없어지고, 온유한 천성도 잃어버리게 된다. 따라서 부모는 딸을 진정한 여자로 키워야 하며, 교육과정 속에서 아이의 성격과 소질을 어떻게 키울지에 집중해야 한다.

아이의 온화한 성격을 키워라

딸이 진정으로 온유하게 변하기를 바란다면 아이의 온화한 성격을 드러내도록 해야 한다. 예를 들어 아이가 다른 사람과 함께 있을 때 아이는 온화한 태도를 보여 주어야 한다. 말을 할 때는 평온한 억양, 적당한 속도로 말하며, 말소리는 너무 크지 않고, 동작은 세련되고 보기에 거부감을 느끼게 해서는 안 된다. 이런 행동들이 쌓이면서 아이의 성격은 서서히 온화하게 변할 것이며, 성품도 온유하게 변할 것이다.

아이를 강하게 만든 근본원인을 찾아라

아이가 강하게 변한 것은 반드시 모방의 근원지가 있을 것이다. 어쩌면 부모나 친구 등 주변 사람들에게서 배웠거나, TV 프로그램에서 배운 것일 수도 있다. 이에 대해서 우리는 아이가 '강하게' 변한 근원지를 찾아 되도록 차단해야 한다.

통통(彤彤)은 7살이다. 엄마는 최근 들어 아이의 성격이 좀 과격해진 것 같아서 주시하고 있었다. 한 번은 아이가 친구에게 "내가 솥단지로 네 머리를 때려서 네 머리에서 피가 철철 나게 만들거야"라고 하는 것이다. 엄마는 깜짝놀랐다. 나중에 엄마는 통통이 좋아하는 만화 영화에 나오는 한 캐릭터가 강한 역할인 것을 발견하였다. 엄마는 통통이에게 친구에게 큰 소리로 고함치면 안 된다고 알려주었다.

아이가 과격해진 것을 발견했다면 그 원인을 차단하여 아이에게 올바른 자세를 가르쳐야 한다.

30

전통적인 재능과 재주

집안일을 가르쳐라

오늘날의 여자아이에게는 바늘에 실을 꿰는 것, 설거지와 식탁 정리 조차도 어려운 일이 되어 버렸다. 여자아이의 재능을 가르치는 과정 에서 피아노, 바이올린, 라틴 댄스 등 신식 재능의 가르침만 중요시 하면서 전통적인 재주를 가르치는 것에는 소홀했기 때문이다.

엄마가 주방에서 식사 준비를 하고 있었는데, 7살인 딸이 엄마 옆으로 와서는 물었다. "엄마, 제가 식사 준비 도와드려도 될까요?"
엄마는 대답했다. "괜찮아. 엄마 혼자서 충분히 할 수 있으니까, 넌 어 서 가서 숙제나 하렴! 네가 지금 해야 할 임무는 바로 공부야."

이러한 장면은 아마도 우리 주변에서 늘 일어나는 일일 것이다. 아 이가 더 많은 시간을 공부하게 하기 위해서이지만 모르는 사이에 우리는 아이가 요리를 배울 기회를 빼앗은 것이다.

어떤 엄마는 아이가 자칫 칼에 베이거나, 기름이 튀거나 할 것을 두려워하여 요리를 못하게 한다. 바느질의 경우도 아이가 잘못하여 바늘에 찔릴까봐 하지 못하게 하는 엄마도 있다. 그 결과 많은 딸들은 '스스로는 꼼짝도 할 수 없는 응석꾸러기 공주'로 변해버렸다. 따라서 부모는 아이가 장래에 '자신의 일에서도 능력을 나타내고, 가사일도 훌륭히 해내는' 우수한 여성이 되도록 해야 한다.

배울 기회를 제공하라

8살인 샤오윈(曉雲)이 엄마에게 말했다. "엄마, 제 옷에 단추가 떨어졌어요. 좀 달아주세요."

엄마가 미소를 지으며 말했다. "네가 방법을 생각해보렴!"

"하지만 저는 옷을 꿰맬 줄 모르는걸요."

"못하면 배우면 되지! 이렇게 하자. 엄마가 먼저 가르쳐줄테니, 네가 한 번 단추를 스스로 달아봐."

엄마는 샤오윈에게 어떻게 실을 꿰고, 어떻게 꿰매는지를 가르쳐주었다. 마침내 샤오윈은 옷을 꿰매는 법을 배웠고, 옷에 있는 단추를 달았다. 자기 손으로 직접 꿰맨 옷을 보면서 샤오윈은 매우 기뻤다. 또한 샤오윈은 자신이 직접 단추를 단 이 옷을 매우 좋아하게 되었다.

부모가 아이에게 배울 기회를 준다면 아이는 열심히 배울 것이고, 결과를 보면서 자신이 자랑스러울 것이다. 따라서 아이에게 일상적인 소소한 일에 참여할 수 있는 기회를 많이 찾아 주어야 한다.

아이에게 기본적인 집안일을 가르쳐라

온 가족이 함께 밥하는 준비 과정에 참여할 수 있다. 예를 들어 재료 고르기, 채소 다듬기 등이다. 아이에게 간단한 요리도 하게 할 수 있다. 부모가 먼저 재료를 썰어 놓고 양념을 준비해 둔 후 아이에게 이것들을 섞게 하는 것이다. 반드시 아이가 정확하게 불과 전기를 사용하도록 가르쳐 아이가 주방의 안전 상식을 파악하도록 해야 한다.

또한 아이에게 간단한 바느질을 알려 줄 수 있다. 부모는 아이에게 바느질에 필요한 도구와 용도를 알려주고 어떻게 바늘에 실을 꿰는지와 어떻게 꿰매는지를 가르쳐준다. 아이가 이러한 기본적인 바느질을 배웠다면, 꿰매야 할 일이 생겼을 때 어렵지 않게 할 수 있을 것이다.

31

100 POINT of EDUCATION II

예술

음악, 무용, 회화로
아이의 자질을 높여라

　음악, 무용, 회화는 모두 마음속에서 느끼는 것을 표현하는 방식 중
의 하나이다. 이를 통해 아이는 정서를 단련시키고, 성품과 소질을 향
상시킬 수 있다.　아이에게 음악, 무용, 그림 등을 가르치는 것은 반드
시 아이의 흥미와 취미가 출발점이 되어야 하고, 아이의 뜻과 생각을
존중해 주어야 한다. 이렇게 해야 만이 아이는 그 속에서 즐거움을 얻
을 수 있고, 아이의 예술적 기질도 향상될 수 있다.

자연스럽게 음악을 접할 수 있는 환경을 만들어줘라

　어떤 부모는 자신의 아이가 음악 세포가 없어서 음악을 배워도 별
다른 의미와 효과는 없을 것이라고 생각한다. 그렇지 않다. 아이에게
음악 세포가 있든 없든 꾸준히 음악적 분위기를 제공하면 아이는 마

음으로 음악을 느끼게 될 것이고, 몸으로 자연스럽게 음악적 영감을
표현해낼 수 있을 것이다.

쟈쟈(佳佳)가 어릴 때부터 엄마는 아이를 위해 즐거운 음악적 분위기를
만들어 주었으며, 줄곧 그런 분위기를 따라 성장했다. 아침에 일어날
때는 즐거운 곡을, 밥을 먹을 때는 편안한 곡을, 놀 때는 활발한 곡을,
자기 전에는 조용한 곡을 틀어 주었다. 어떤 때 엄마는 아름답고 우아
한 곡을 틀어주기도 했다. 이러한 음악적 분위기의 영향으로 쟈쟈는
리듬감과 음악을 감상하는 능력이 매우 뛰어나다.

부모는 시간대마다 각각 다른 음악을 틀어 주어, 아이가 충만하고
미묘한 음악적 환경 속에서 자랄 수 있도록 해야 한다.

아이가 가진 춤의 본능을 캐내라

과학 연구에 따르면 아이가 영아기일 때는 음악을 듣자마자 아이의
몸이 자연적으로 어떤 반응을 보인다고 한다. 따라서 아이가 3~4세
때가 무용을 배우기에 가장 좋은 시기라고 말할 수 있다. 부모는 아이
가 이 시기에 무용을 배우고 싶어 하는 마음이 생기도록 계기를 만들
어주고, 아이가 무용을 배우도록 격려해야 한다.

아이가 무용을 배울 때 아이의 몸에는 활력과 예술적 기질이 뿜어
져 나올 것이다. 이러한 예술적 기질은 무용을 할 때에만 나타나는 것
이 아니라 평상시의 일거일동에서도 나타날 것이다.

자유롭게 그리게 하면서 적당한 지도를 하라

그림을 그리는 것은 아이에게 아름다움을 창조하는 기회를 주는 것으로, 아이가 그림 그리는 것을 통해서 자신의 감정을 내보이고 자기의 사상을 표현할 수 있다. 여자아이의 3~4세 때는 '회화 민감기'를 겪을 수 있는데, 자기의 느낌과 생각에 따라 '낙서'를 할 수도 있다.

이때 부모는 아이에게 너무 많은 간섭을 해서는 안 되며, 아이가 자유롭게 그릴 수 있게 해야 한다. 자유로운 분위기가 충분히 조성되어 있는 환경에서 아이의 그림 그리는 열정도 이어질 수 있다. 이후 적당한 때에 아이에게 필요한 지도를 해야 한다.

7살의 커신(可欣)은 그림 그리는 것을 좋아한다. 하지만 늘 그림책을 따라 그리기만 해서 영감은 부족했다. 그래서 매번 주말이 되면 엄마는 커신을 데리고 여기 저기를 여행다녔다. 이 과정에서 아이는 더욱 집중력을 발휘해서 대자연을 접하고 관찰하면서, 커신이 그린 그림은 갈수록 생동감이 넘쳤다.

어쩌면 부모는 아이의 그림에 대해 세심하고 적절하게 가르쳐 줄 능력이 없을 수도 있다. 이럴 경우에는 아이에게 대자연을 느끼게 함으로써 간접적으로 아이의 회화 능력을 발전시킬 수 있다. 필요한 때에 아이를 미술학원에 보내어 정규적인 학습 훈련을 받게 하는 것도 좋다.

예의

교제와 처세의 '통행증'

여자아이에게 있어서 우아한 성품은 외모, 말하는 스타일만을 나타내는 것이 아니라 예의에서도 나타난다. 아이가 예의를 중시해야 더욱 우아한 성품을 가질 수 있으며, 이것은 아이의 사교와 처세의 '통행증'이다. 개인의 예의는 일상생활 속에서 길러줘야 하며, 특히 생활의 사소한 부분에서 예의 바르게 행동하는 것을 중시해야 한다.

9살인 샤오멍(曉夢)은 영리하고 사람을 대할 때 점잖고 예의 바르다. 한 번은 엄마의 친구가 집에 손님으로 왔다. 샤오멍은 매우 다정하게 손님을 맞이하면서 적당한 자리를 안내하고 차를 따라드리며 자연스럽게 이야기했다.

샤오멍의 예의 바른 모습을 본 엄마 친구는 샤오멍이 어떤 방법을 통해 교육되었는지 알고 싶었다. 그래서 샤오멍의 엄마에게 물었다. "네 딸 정말 착하다. 아직 크지도 않았는데 예의 바르고, 손님을 접대할 줄 알다니. 어떻게 가르친 거야?"

엄마는 기뻐하며 말했다. "우리는 한 번도 샤오밍을 따로 가르쳐본 적은 없어. 아이가 어릴 때부터 손님이 오시면 우리는 아이를 우리 옆에 두고 어떻게 손님을 대하는지를 보게 했어. 시간이 오래 지나니까 아이가 다 배우더라고. 아직도 가르쳐야 할 것들이 많아."

이를 듣고 엄마 친구는 자신의 딸에게 손님을 접대하는 예의를 가르쳐야겠다고 결심했다.

아이에게 예절교육을 할 때는 억지로 가르치거나 훈련시켜서는 안 된다. 부모는 좋은 환경에서 영향을 받게 하고, 아이에게 학습의 모범이 되어야 하며, 필요한 경우에는 적당한 지도를 해야 한다. 이런 방식의 교육을 통해 아이는 예의를 아는 사람이 될 것이다.

자연스럽게 예의를 배우게 하라

부모의 기억 속에서 딸은 어릴 때 대부분 영리하고 귀여우며, 예의를 안다. 하지만 그들이 자신의 생각이나 주관이 생긴 후에는 기본적인 예의를 던져 버리고 제멋대로로 변해버릴 수도 있다. 그 원인은 아이가 어렸을 때 강압적인 교육 하에서 예의를 배워 마음속으로부터 받아들이고 학습하지 않았기 때문이다.

진정한 예절교육은 봄바람처럼 천천히 아이의 마음 깊은 곳으로 스쳐가야 한다. 따라서 부모는 아이에게 강요에 의해 예의바르게 행동하도록 하지 말고, 아이 스스로 예의를 지킬 때 생기는 훈훈한 느낌을 느낄 수 있게 해야 한다. 아이가 마음속으로부터 예의를 중시하도록 하면 오래 지속되는 성품이 형성된다.

나이에 맞는 외모와 차림새를 하게 하라

아이의 겉모습은 아이의 심리 상태와 예의 및 교양을 반영하는 것이며, 타인과의 교제와 처세에서 '첫인상'을 좌우한다. 대부분의 사람들은 아이가 단정하고 나이에 맞는 차림을 하며 행동이 올바르면 사랑스럽다고 느낀다.

따라서 아이는 나이에 맞는 외모와 차림새를 유지하고 자신의 매력과 자질을 발산할 수 있도록 해야 한다. 이때 부모는 아이에게 몇 가지 주의사항을 알려줄 수 있다. ① 개인위생에 주의한다. ② 옷차림에 주의한다. 청결해야 할 뿐 아니라 자기의 신분에 맞아야 한다. ③ 자신감이 충만해야 한다. ④ 행동이 신중하고 대범해야 한다.

다른 사람과의 교제 속에서 예의를 배우게 하라

아이에게 예의를 배우게 하고 싶다면 다른 사람과의 교제 속에서 경험을 쌓도록 할 필요가 있다. 경험하는 과정 속에서 부모는 아이에게 적당한 가르침을 줄 수 있어야 한다. 집에 손님이 오면, 딸을 옆에 두고 어떻게 손님을 접대하는지를 보게 한 후 아이에게 주인의 신분으로 손님을 접대하게 한다. 아이는 손님을 접대하는 과정 속에서 자연히 손님을 대하는 예절을 이해하고 터득하게 될 것이다.

우리가 손님으로 갈 때에도 아이에게 손님으로서의 예의를 이해하고 파악하게 할 수 있다. 타인의 물건을 함부로 만지지 않으며, 허락을 구하지 않고 타인의 방에 들어가서는 안 되고, 밥 먹을 때 식사 예절에 주의하도록 한다.

만약 아이가 다른 사람과 교제하는 과정 속에 어떤 적당하지 않은 점을 발견했다면, 아이와 단둘이 이야기를 나누어 '어디에서 적당하지 않은 행동을 했는지, 어떻게 개선해야 할지'를 알려주어야 한다. 사람들과의 교제 경험을 통해 아이는 예의 바른 행동이 가져오는 장점을 직접 느낄 수 있을 것이다.

교양 있는 말투

아이의 말투에서
우아한 성품이 드러나게 하라

언어는 사람들의 생각과 감정을 교류하는 도구이며, 아이에게도 예외는 아니다. 어떤 아이는 재미있게 이야기하고, 유머가 있으며, 목소리도 듣기 좋다. 또한 이야기 속에 다른 사람에 대한 존경의 마음을 충분히 담고 있어서 그 아이는 다른 사람의 칭찬과 사랑을 받는다. 그러나 어떤 아이는 말할 때 어물어물하고 목소리도 작으며 심지어 입을 열면 '더러운' 말을 내뱉기도 하는데, 이런 아이에게는 우아한 성품을 기대할 수 없다.

한 엄마는 아이의 언행에 관심을 갖기 시작하면서 가정에서 모든 가족이 예의를 차리는 말투를 사용하기로 규칙을 세웠다. 예를 들어 '부탁합니다', '감사합니다', '미안합니다'와 같은 말을 하며, 딸이 어른들께 말을 할 때는 존댓말을 하도록 했다. 그 결과 얼마 지나지 않아 딸에게 큰 변화가 생겼다. 한번은 아이가 엄마에게 사과를 가져다 달라고 했는데, 예전 같았다면 아이는 "엄마, 사과 줘!"라고 했겠지만 이번에는 아이가 "엄마, 제게 사과를 하나 가져다주실 수 있을까요?"라고 하는 것이다. 뿐만 아니라 엄마가 사과를 건네주던 그 순간, 딸은 조용하게 한 마디 했다. "엄마, 고맙습니다."

말은 아이의 교양 있고 우아한 성품과 공손하며 예의바른 태도를 드러나게 할 수 있다. 말하는 것도 일종의 능력이다. 예를 들어 어떤 아이는 말이 청산유수 같고 말재주가 아주 뛰어나지만 요점을 말하지 못한다. 또 어떤 아이는 말은 간결하지만 뜻이 분명하여 많은 말을 하지 않아도 다른 사람의 마음에 와 닿게 하여 듣는 사람을 기쁘게 할 수 있다.

아이에게 공손한 표현을 가르쳐라

공손한 표현은 타인에 대한 존경을 나타내며 사람간의 거리를 가깝게 해준다. 부모는 아이가 '안녕하세요', '감사합니다', '부탁합니다', '죄송합니다' 등의 가장 흔한 공손한 표현을 입에서 항상 나올 수 있도록 가르치고, 아이가 어른들께 경어를 사용하도록 격려해야 한다. 동시에 부모는 교양 있는 가정 분위기를 조성하여 아이가 교양 있는 언어를 사용하는 습관을 길러줘야만 한다.

한 가지 주의해야 할 점은 아이가 공손한 표현을 사용하도록 가르칠 때, 훈계하고 명령하는 말투로 하지 말고 차근차근 잘 타일러 가르쳐야 훌륭한 성품을 가진 아이로 자랄 것이다.

당당한 태도로 말하게 하라

말을 할 때 우물쭈물 하거나 더듬거리는 아이들은 사람들에게 대범하지 못한 느낌을 준다. 하지만 말하는 목소리가 듣기 좋고 억양이 평온한 아이는 반대로 대범해 보이고 사람들에게 깊은 인상을 주기 쉽다.

따라서 부모는 억양, 말하는 속도, 음량의 세 가지 부분에서 아이의 말하는 방식을 훈련시켜야 하며, 그것을 통해 아이의 대범한 성품을 길러주어야 한다. 동시에 아이가 다른 사람과 이야기할 때 상대방을 바라봄으로써 집중해서 경청해야 함을 알려주어야 한다.

어떤 아이는 아는 사람과는 말도 잘하고 잘 웃기도 하지만 낯선 사람을 만났을 때는 무슨 말을 해야 할지 모른다. 따라서 부모는 아이의 낯선 사람과의 교제 능력을 키워야 한다. 상점에 물건을 사러 갔을 때 우리는 아이가 직접 돈을 지불하도록 하고, 길을 물을 때도 아이가 스스로 낯선 사람에게 물을 수 있도록 기회를 주어야 한다.

아이에게 신중한 언행을 가르쳐라

옛말에 이르기를 '황제의 말은 땀과 같다(綸言如汗)'고 했다. 그 의미는 말은 일단 뱉어지면, 다시는 주워 담을 수 없다는 것이다. 때문에 부모는 아이가 언행에 신중하도록 가르쳐야 하며, 말할 때의 수위를 파악하도록 해야 한다. 예를 들면 다른 사람에게 완곡하게 거절하기, 다른 사람의 뒤에서 나쁜 말 하지 않기, 다른 사람과 가볍게 약속하지 않기 등이다.

다독하는 습관

아이의 지적인 성품과 교양을 키워라

현대 사회에서 외모는 한 사람을 평가하는 중요한 표준이 아니며, 사람들은 한 사람의 내재해 있는 성품과 교양에 더욱 관심 있어 한다. 옛 사람들은 "뱃속에 시경과 서경이 있으면 성품이 스스로 화려해진다(腹有诗书气自华)"고 말했다. 책을 많이 읽을수록 지식이 풍부해지며 정서가 단련될 수 있고, 성품과 교양을 키울 수 있다.

어릴 때부터 책 읽는 것을 좋아하는 아이는 지적 욕구, 표현 능력, 사고 능력 등 다방면에서 모두 명확한 강점을 나타낼 수 있다. 또한 아이는 다독을 통해서 풍부한 지식을 쌓을 수 있다.

9살인 웨이웨이(薇薇)는 교양이 있고 사리에 밝으며, 영리함을 잃지 않는 아이이다. 또한 학업 성적이 좋아서 반에서 상위권이며, 친구들이 이해하지 못하는 문제가 생기면 모두 웨이웨이에게 물어보는데, 일일이 대답해준다. 게다가 선량하고 행동에서 우아한 성품을 드러내어 친구들도 그와 함께 놀기를 무척 좋아한다.

주위의 이웃들도 모두 웨이웨이를 좋아한다. 어떤 사람은 웨이웨이의 엄마에게 딸을 가르친 비법을 묻기도 하는데, 그럴 때마다 그녀는 웃으며 이야기한다. "무슨 비법이 있겠어요. 우리는 늘 아이에게 맞는 책을 사주었고, 아이는 책을 많이 읽을수록 더욱 교양있어졌지요."

아이가 재능과 학문을 갖추면 비로소 교양도 성품도 생기는 법이다. 따라서 부모는 아이가 책 읽는 것을 좋아하게 하고, 다독을 통해서 아이의 지적인 성품과 교양이 쌓이도록 해야 한다.

책이 아이의 스승이 되게 하라

책은 인류의 가장 좋은 선생님이다. 부모는 책이 아이의 스승이 되게 해야 한다. 아이가 뱃속에 있을 때에도 부모는 아이에게 우아한 시나 고전에 나오는 문장을 읽어 주어야 한다. 아이가 비록 그 속의 뜻은 모르지만 아이의 잠재의식에 깊은 인상을 남길 수 있다.

아이가 말을 할 수 있을 때 부모는 아이와 함께 줄거리가 잘 짜여 있고, 함축된 뜻이 담겨 있는 어린이 책을 같이 읽는 것이 좋다.

아이가 초등학교에 입학한 후에는 지적 욕구가 점점 강해지기 때문에 더 많은 의미가 있고 건강한 책을 접하게 해야 한다. 부모는 아이들이 책을 많이 읽고 좋아할 수 있도록 이끌어주는 역할을 잘 해야 하며, 아이가 일부 건강하지 못한 책을 읽는 것은 엄격히 막아야 한다.

아이를 위해 좋은 독서 환경을 만들어라

10살인 팅팅(婷婷)은 책 읽는 것을 매우 좋아한다. 팅팅의 집에는 규정이 하나 있는데, 매일 저녁을 먹고 나면 각자 좋아하는 책을 읽는 것이다. 팅팅이 어렸을 때는 엄마가 팅팅과 함께 책을 읽었고, 팅팅이 혼자서 책을 읽을 수 있는 능력을 가진 후에는 스스로 책을 읽기 시작했다.

만약 부모는 여가 시간에 TV 앞에서 시간을 소모하면서 아이에게만 책 읽기를 요구한다면, 아이가 마음 놓고 책을 읽을 수 있을까? 부모는 아이를 위해 좋은 독서 환경을 만들어야 하며, 가정에서 가볍고 재미있는 독서 분위기를 조성하여 아이가 책읽기를 좋아하게 해야 한다.

여행을 통해 아이의 견문을 넓혀라

'만 권의 책을 읽는 것은 만 리의 길을 가는 것이다'라는 말이 있다. 여행은 동적인 학습활동의 하나이며, 아이의 식견을 넓히는 아름다운 방법 중 하나이다. 여행의 과정 속에서 아이는 아름다운 자연 풍경을 감상할 수 있고 역사, 지리, 건축 등 다방면의 지식을 이해할 수 있어서 식견이 넓어질 뿐만 아니라 정서도 함양될 수 있다.

아이가 더 많은 지식을 습득하고 여행에 대한 흥미를 갖게 하기 위해서 여행 전에 아이에게 문제를 내어 아이가 문제를 탐색해갈 수 있게 하면 좋다. 여정 중에는 아이에게 역사 이야기를 들려주어 아이가 가벼운 분위에게서 역사 문화를 이해할 수 있게 한다.

35

당당하고 의젓한
아이로 키워라

성품이 우아한 아이는 대가의 품격을 가지고 있어서, 어떤 장소에
있든지 당당하고 그 자리에 어울리며 교양 있는 태도를 나타낸다. 그
러나 어떤 아이들은 부끄러워하고 어색해 한다. 예를 들어 집에 모르
는 사람이 왔을 때 한 마디도 하지 못하고, 수업 시간에 손을 들고 문제
에 답하지 못하거나, 친구들 앞에서 장기자랑을 할 수 없는 경우도 있
다. 부끄러워하는 아이는 대부분 스스로 사람들과 교제하고 싶어 하
지 않으며, 심각하게는 사교 공포증이 생겨나기도 한다.

경쟁이 치열한 사회에서는 대범하고 품위 있는 사람만이 끊임없이
변화하는 사회환경에 적응할 수 있고, 더욱 좋은 인간관계를 가질 수
있다. 따라서 부모는 아이가 부끄러움과 수줍음에서 벗어날 수 있도
록 격려하고 도와줌으로써 아이가 당당하고 교양 있는 우수한 여성이
될 수 있도록 해야 한다.

수줍음 많은 아이는 혼내지 말고 격려하라

쳰쳰(芊芊)은 7살인데, 엄마는 쳰쳰을 데리고 나갈 때마다 먼저 아이에게 '예방침'을 놓곤 한다. 아는 사람을 만났을 때 용감하게 인사하라고 말이다. 그러나 쳰쳰은 아는 사람을 만났을 때 얼굴을 한 쪽으로 돌리고 상대방이 인사를 해도 인사를 받지 않는다. 매번 이럴 때마다 엄마는 조급한 나머지 설명을 한다. "제 딸이 너무 수줍음이 많아요." 집에 돌아와서 엄마는 늘 쳰쳰을 혼내며, "넌 어쩜 인사도 못하니. 정말 창피해 죽겠네"라고 말한다.

부모는 아이의 수줍어하는 행동을 대할 때 아이를 혼내지 말고 더 많이 격려해야 한다. 예를 들어 이렇게 말할 수 있다. "내 딸이 다 큰 아가씨가 됐네. 아줌마가 특별히 널 좋아하시니까 가서 얼른 인사해야지?" 부모의 격려로 아이는 서서히 대범해질 것이다.

의식적으로 아이의 담력을 훈련시켜라

일반적으로 부끄러워하고 수줍어하는 아이는 담력이 작아서 스스로 어떤 일을 시도하려고 하지 않는다. 부모는 의식적으로 아이의 담력을 단련시켜서 아이가 부끄럽고 수줍은 심리를 극복하고 차츰 대범하고 용감하며 자신감 있게 변하도록 도와주어야 한다. 이렇게 하면 아이의 우아한 성품은 저절로 형성될 것이다.

평상시에 부모는 아이가 이전에 시도해보지 못했던 일을 혼자서 완성하도록 할 수 있다. 예를 들어 밖에 나가 물건을 살 때 아이에게 게

산을 시킨다거나, 아이에게 이웃에 물건을 빌려오게 하는 작은 일부
터 해보게 하는 것이다. 이러한 일을 통해서 담력을 단련하고 자신감
을 강화함으로써 아이가 부끄러움과 수줍은 마음을 벗어날 수 있도록
도와줄 수 있다.

사교 기회를 늘리고, 대범한 성품을 훈련시켜라

아이가 부끄러움과 수줍은 심리를 벗어버리게 하고 싶다면, 아이의
사교 기회를 늘려서 그 속에서 아이가 단련되게 해야 한다.

8살인 이판(一帆)의 성격은 다소 수줍음이 있는 편이어서 낯선 사람과
접하려고 하지 않는다. 그것 때문에 엄마는 많은 고민을 했다. 토요일
저녁, 엄마가 말했다. "이판, 안경 썼던 류(劉) 아줌마 기억나니?"
"기억나요. 왜요?"
"그 아줌마의 딸이 너랑 나이가 비슷한데, 샤오샤오(笑笑)라고 해. 내일
우리 집에 오기로 했는데, 네가 샤오샤오 데리고 잘 놀아줘야 해."
"싫어요. 난 알지도 못하는데."
"괜찮아. 내일 만나서 알면 되지 뭐. 샤오샤오한테 네 방도 보여주고,
같이 게임도 하고. 걱정하지 마. 엄마가 있잖아!"
그다음 날, 류 아줌마와 샤오샤오가 오자 이판은 물도 따라주고, 과일
도 가져다주었다. 그런 뒤 이판은 샤오샤오와 함께 놀았다.

만약 부모가 아이에게 함께 사는 이치를 다시 가르치려고 한다면, 아

이가 익숙해서 자유롭게 할 수 있는 것부터 시작하게 해야 할 것이다. 아이가 사람들과 교제하는 것을 서서히 좋아하게 되면 부모는 아이를 데리고 친한 친구의 집에 손님으로 가거나, 모임에 간다거나, 다양한 사회활동을 할 수 있다.

이런 과정에서 아이에게 어떤 일을 강압적으로 시키지 말고, 먼저 아이가 낯선 환경에 적응하게 한 뒤, 아이가 다른 사람과 교제할 수 있도록 격려하고, 적당한 때에 아이의 말과 행동이 더욱 대범해지고 격에 맞을 수 있게 가르쳐야 한다.

36

100 POINT of EDUCATION II

잘못된 성품 고치기 1

어리광 부리지 않게 하기

아이가 부모에게 어리광 부리는 것은 감정교류의 한 형식이다. 그러나 만약 아이가 마음에 맞지 않는 일을 만날 때마다 어리광을 부린다면, 이것은 아이의 성장에 좋지 않다. 부모는 아이에게 어리광 부리는 것으로는 문제를 해결할 수 없으며, 용감하게 마주하여 해결할 방법을 생각해야 한다고 알려주어야 한다.

어떤 아이는 자신에 대한 부모의 사랑을 이용하여 어리광을 '협박'의 수단을 삼아 부모와 타협하여 자신의 불합리한 요구를 만족시키려고 한다. 이러한 상황에 대해서 부모는 아이의 말대로 무조건 따라서는 안 되며, 아이의 어리광 부리는 행위를 제지해야 한다.

내 딸은 어리광을 잘 부린다. 아이가 엄마에게 위로를 받고 싶어서 어리광을 부릴 때는 아이의 이러한 심리적 요구를 만족시켜 준다. 그러나 불합리한 요구를 위해 어리광을 부릴 때는 나름의 원칙을 지키기 위해 아이에게 말해왔다.

"네 모습은 정말 사랑스럽지만 너도 엄마가 이런 요구를 들어주지 않을 것이라는 것을 알고 있지? 엄마가 이렇게 하는 것은 너를 위해서야."

딸은 내 입장을 확인한 후 어리광을 부리더라도 자기의 목적을 달성할 수 없다는 것을 알게 되고, 더 이상 나를 귀찮게 하지 않는다.

부모는 아이를 사랑하지만 아이의 어리광 부리는 행동에 대해서는 이성적으로 분명하게 대처해야 함을 명심해야 한다. 이렇게 하면 아이는 어리광 부리는 것을 자기의 목적을 달성하는 수단으로 이용하는 것을 서서히 포기할 것이다.

아이의 어리광을 적당히 모른 척하라

만약 아이가 자기의 요구가 만족되지 못할 때 어리광을 부린다면, 부모는 아이에게 끌려 다녀서는 안 되고 아이에게 조건을 이야기해서도 안 된다. 적당하게 아이를 모른 척하며 어리광 부리는 행위로 요구를 만족시키는 효과가 없음을 알게 해야 한다. 아이는 자연히 양보할 것이고, 자신의 어리광 부리는 행동을 자제할 것이다.

일이 지나간 후 부모는 적당한 기회를 찾아 아이와 솔직하게 소통하며, 아이에게 그렇게 해서는 안 되는 원인을 설명하고, 아이가 부모의 생각을 이해하게 해야 한다.

아이의 관심을 적당하게 옮겨라

나이가 어린 여자아이는 새로운 사물에 푹 빠지기가 쉽다. 아이가 어리광 부리는 행동을 보일 때 부모는 아이의 심리적 특징을 이용하여 아이가 흥미를 느낄 수 있는 사물 또는 일로 옮길 수 있다. 그렇게 함으로써 아이의 어리광 부리는 행동이 서서히 고쳐질 것이다.

부모가 아이를 데리고 공원에 갔다가 집으로 돌아오려고 준비할 때, 아이는 아마도 어리광으로 집에 돌아가기 싫다는 표현을 할 것이다. 이때 부모는 "네 바비 인형이 네가 돌아오기를 기다릴 텐데"라는 등의 이야기로 아이의 관심을 옮기면 아이는 즐겁게 대답할 수도 있다.

정상적인 어리광은 허락하라

어떤 경우는 아이의 어리광이 부모에게 자신의 요구를 응답받기 위해서가 아닌 어떤 감정적 요구일 수도 있다. 예를 들어 아이가 학교에서 억울한 일을 당했을 때, 부모에게 어리광을 부려서 위로를 얻기를 바랄 수도 있다. 이러한 행동은 정상적인 것이며, 부모는 최대한 아이를 위로해주어야 한다.

아이의 어리광에 대하여 부모는 아이의 마음으로부터 어떤 것이 합리적인 것이며, 어떤 것이 불합리적인 것인지를 구분해야 한다. 아이의 정상적인 어리광 부리는 행위는 마땅히 받아주어야 한다.

37

100 POINT of EDUCATION ||

잘못된 성품 고치기 2

성품은 물질과 돈으로
'무장'할 수 없다

자고이래로 사람들은 딸을 '천금'으로 표현했다. 오늘날 많은 부모는 딸을 '천금 공주'로 만들기를 바라며, 아이가 근심 걱정이 없는 생활 속에서 살기를 바란다. 이렇게 해야만 아이의 식견이 넓어지고, 아이를 고귀하고 우아하게 보이게 할 수 있다고 생각한다.

물질과 돈이 정말로 아이를 성품이 아름다운 사람으로 만들어 낼 수 있을까? 사실 성품은 물질과 돈에 의해 '무장'되어 이루어지는 것이 아니며, 한 사람의 고귀한 성품이 밖으로 드러난 것들 중 하나로, 일거수일투족이 내면으로부터 밖으로 흘러나오는 것이다. 따라서 부모는 아이의 내재적인 성품을 진정으로 부유하게 해야 한다.

지나친 물질적인 풍요로움은 독이 된다

오늘날 많은 아이들은 소비주의의 '조류'에 서서히 말려들어가서 물질의 향유를 추구하는 것에 열중하기 시작했다.

샤오웨(曉月)는 11살이다. 엄마는 샤오웨가 훌륭한 교육을 받게 하기 위해서 기숙사형의 귀족학교에 보냈다. 학교에서 많은 여자아이들은 예쁘게 치장했고, 샤오웨는 그렇게 하는 것이야말로 품격이 있는 것이라고 생각했다. 샤오웨는 방학 때마다 어리광을 부리고 생떼를 쓰는 방법으로 엄마에게 명품 옷을 사달라고 했다. 샤오웨가 쓰는 돈은 갈수록 커져서 매월 대략 4~5천 위안(100만 원 정도) 가량 되었다.

너무 좋은 물질을 누리는 것은 아이를 물욕 속으로 빠뜨려 헤어 나올 수 없게 할 뿐이며, 아이에게 잘못된 가치관과 소비관념을 형성하게 한다. 따라서 부모는 아이가 물질적인 풍요함을 너무 과하게 누리지 않고, 그것을 추구하지 않도록 가르쳐야 한다.

아이가 부모에게 다소 불합리한 쇼핑을 요구할 때에는 반드시 단호하게 거절해야 한다. 부모는 아이에게 매 순간 자신의 내재적인 성품과 교양을 높이는 데 집중해야 한다고 알려주어야 한다. 이렇게 하면 아이는 외부 세계의 사물에 의해 유혹을 당하지 않을 것이며, 시선을 물질적 풍요함을 누리는 것에 머물지 않을 것이다.

아이에게 품위와 돈은 무관하다고 알려줘라

여자아이에게 있어서 품위를 높이는 것은 매우 중요한 일이다. 그래서 많은 여자아이들은 '매우 비싼 물건이 있어야 자신의 품위를 보여줄 수 있다'는 잘못에 빠지기 쉽다.

첸첸(茜茜)은 어릴 때부터 부유한 가정환경 속에서 생활했다. 첸첸는 명품 옷만이 자기에게 자신감을 주고 자기의 품위를 높여줄 수 있다고 생각했다.

엄마는 방법을 하나 생각했다. 한번은 첸첸에게 자주색과 검정색 원피스 두 벌을 사주었는데, 두 가지 원피스를 비교해보니 첸첸는 자주색 원피스가 훨씬 마음에 들었다. 엄마가 말했다.

"검정색은 전문 샵에서 사온 것이고, 자주색은 바깥의 작은 가게에서 중고를 사온 거야. 명품 옷이라고 꼭 예쁜 것은 아니야. 네게 맞는 옷이면 너의 아름다움과 품위를 드러낼 수 있단다. 첸첸, 너는 이 말을 반드시 기억해야 해. 품위는 돈으로 측량할 수 있는 것이 아니야."

엄마의 말을 듣고, 첸첸은 깨달았다.

품위와 돈은 관계가 없으며 진정으로 자기에게 맞는 물건이면 자신의 품위를 드러낼 수 있다. 부모는 아이에게 만약 품위가 단순히 물질과 돈의 기초에서 세워진다면 언젠가는 무너질 것이고, 품위를 고상한 성품의 기초에 세우면 고결한 여자아이로 자랄 수 있다는 것을 이해시켜야 한다.

PART 5

아이의 사고 능력을
성장시킨다

100 POINT OF EDUCATION

딸의 성장 과정 속에서 만약 우리가 아이를 과잉보호하지 않고 아이의 응석을 받아주지 않으며, 아이에게 더 많은 일들을 경험하게 하고, 아이를 데리고 다니며 시야를 더 많이 넓혀주어서 아이가 자기의 장단점을 인식하고 분석하도록 도와준다면, 아이는 인생의 길에서 깊은 구덩이에 빠질 때 상황을 바로 볼 수 있고, 낙관적이고 적극적이며 관용을 베푸는 훌륭한 성품을 가질 것이다. 그에 따라 아이는 사고 능력이 더욱 성숙해질 것이다.

38

아이가 실제 사회를
이해할 수 있는 기회를 만들어라

부모는 모두 아이가 행복하고, 즐거우며, 달콤한 시대에서 계속 살아갈 수 있기를 바란다. 그러나 이것은 현실적이지 않다. 설사 우리가 모든 노력을 다한다고 하더라도 아이가 자라면 언젠가는 실제 사회를 대면해야 한다.

실제 사회는 동화 속 이야기와 달리 진실·선함·아름다움도 있고, 거짓·악함·추함도 있으며, 좋은 사람이 있고, 나쁜 사람도 있다. 이러한 설명만 가지고는 아이는 무엇이 실제 사회인지를 이해할 수 없을 것이다. 실제 사회는 아이가 직접 경험해야만 한다.

비록 오늘날은 TV, 신문, 인터넷 등 여러 가지 매스컴이 있어서 아이가 사회의 갖가지 사건들을 이해하는 데에 도움을 줄 수는 있지만 매스컴 속에서 세계를 아는 것만으로는 부족하다.

아이의 사회 교육을 중시하라

오늘날 적지 않은 부모들은 아이의 사회 교육은 소홀히 하는 경향이 있다. 이렇게 하는 것은 타당하지 않다. 사실 아이가 있는 어떤 환경도 모두 사회의 축소판의 한 부분이다. 부모는 아이에게 어떠한 환경 속에서도 사회 교류를 중시하도록 해야 하며, 아이가 현실을 벗어나게 해서는 안 된다. 아이에게 사회에는 다양한 면이 있음을 알게 해야 하고, 아이가 어려서부터 사회를 더 전체적으로 인식하게 해야 한다.

아이가 사회의 다양한 계층의 사람들을 만나게 하라

아이는 매일 똑같은 친구와 놀고, 등교하고, 하교하며, 집에 돌아온다. 만나는 사람과 일 모두 제한적이기 때문에 아이의 사회에 대한 이해 역시 비교적 적다.

한 엄마는 회사의 경영자이다. 그녀는 자신의 딸을 노동자들 자녀가 많은 공립학교에 다니게 한다. 아이는 이 학교에서 전국 각지에서 오는 수많은 친구들을 사귀고 이 친구들로부터 다양한 풍속과 생활 형편을 알게 되었다. 어떤 사람이 이 엄마의 방법을 이해하지 못하고 물었다. "당신은 돈이 이렇게 많으면서 아이를 왜 공립학교에서 공부시키십니까? 당신 딸이 그 애들한테 물들지 않도록 조심하세요."

이 엄마는 오히려 이렇게 대답했다. "제 생각엔 아이에게 사회를 이해하게 할 수 있는 가장 좋은 기회인 것 같은데요. 제 딸은 전국 각지에서 온 아이들을 통해서 수많은 다른 사정을 이해할 것이고, 사람들이 다

른 성격, 다른 생활 습관을 가지고 있는 것을 알게 될 거예요. 이런 게
좋은 게 아닐까요?"

부모는 아이에게 사람들이 다른 방식으로 이 사회에서 생존해가고,
각 사람마다 반드시 노력을 해야만 그에 상응하는 보수를 얻을 수 있
으며, 일하지 않고 얻는 사람은 아무도 없다는 것을 이해시켜야 한다.

아이에게 가상의 생활을 만들어주지 말라

어떤 부모들은 아이에게 실제 사회를 알게 하지도 않을뿐더러 심지
어는 인위적으로 아이에게 가상의 생활을 만들어주기까지 한다. 예를
들어 어떤 사람은 아이를 '작은 공주'로 대하면서 될 수 있는 한 아이
가 내놓는 각종 요구를 들어준다. 겉으로 볼 때는 마치 아이에게 좋은
것 같지만 오히려 좋은 마음으로 나쁜 일을 한 것이 된다.

부모의 이런 양육태도로 인해 아이는 '사회는 자신을 중심으로 돌
아가야 하며, 그것이 바로 사회'라는 잘못된 인식을 하게 된다. 그러
나 아이가 실제 사회'를 접한 후 현실은 결코 아이가 상상한 것 같지
않다는 것을 알게 될 것이고, 이에 대해 실망하고 심지어는 방황할 수
도 있다. 따라서 부모는 아이가 이러한 착각을 하지 않게 해야 한다.

39

100 POINT of EDUCATION Ⅱ

풍부한 인생 경험을 쌓고,
세상을 더 많이 보게 하라

풍부한 인생의 경험은 아이가 인생의 귀한 경험을 쌓도록 도와 줄
수 있고, 아이 스스로의 인생관과 가치관을 형상화할 수 있게 하며, 앞
으로의 학업과 생활 속에서 노력해야 할 목표와 방향을 정확하게 세
울 수 있게 한다. 따라서 부모는 아이가 더 많이 나가 세상을 보고, 더
많은 경험을 하게 해야 한다.

10살인 위페이(羽霏)는 평소에 노래와 춤을 좋아한다. 위페이는 학교
의 댄스팀에 뽑혔는데, 어느 날 선생님은 댄스팀에게 학교 대표로 시
전체의 초등학교 '문예대공연'에 참가할 것이라고 설명했다. 위페이는
긴장하기 시작했고, 평상시보다 더 열심히 연습했다.
공연 당일 위페이가 무대 뒤에서 조용히 관중석을 보았을 때, 까만 사
람들이 보이자 순식간에 겁이 났다. 마음에는 한 번도 경험해보지 못

한 긴장감 같은 것이 생겨났고, 계속 화장실만 가고 싶었으며, 무대로 올라가야 할 그 시점에 긴장해서 갑자기 배가 아프기 시작했다. 위페이의 증상을 보고 이상하다고 생각한 선생님은 재빨리 보조 단원을 대신 무대에 오르게 했다.

이러한 경험을 가진 아이들이 많을 것이다. 이것은 아이에게 약간의 경험을 쌓게 해주고 단련을 하면 나아진다. 아이의 경험이 많아지고 본 것도 많아지면 아이는 자연히 긴장하지 않을 수 있다.

아이가 직접 세상을 보도록 손을 놓아라

여자아이의 연약함은 부모에게 보호욕구를 일으켜서, 아이를 품 안에 안고 있지 않으면 불안하고, 아이에게 일을 시키기를 원치 않는다. 이러한 부모의 행동은 아이가 경험하고 단련할 기회를 빼앗는 것이며, 아이의 시야와 마음을 좁아지게 하는 것이다.

따라서 부모는 아이를 우리의 품에서 밀어내 인생을 경험하도록 해야 한다. 아이를 학교의 조직 활동에 많이 참가시켜 아이가 시합 중에 승패를 경험하고, 감정과 심리의 변화를 느끼며, 경험을 쌓고, 적당한 시기에 자기의 진정한 능력을 발휘할 수 있게 해야 한다.

독서나 방송을 통해서도 사회를 이해하고, 타인을 이해하며, 인생을 이해할 수 있다. 부모는 아이를 데리고 박물관, 과학관 등 의미 있는 예술 전람회를 견학한다든지, 영화관에 가서 의미가 있는 영화를 본다든지, 훌륭한 자연경관과 유명한 도시로 여행을 갈 수도 있다.

일하는 과정을 많이 보고, 결과는 적게 보라

아이가 무언가를 할 때, 부모는 결과에 너무 관심을 두어서는 안 되며, 아이가 일을 하는 과정을 봐야 한다. 일이 성공하든 실패하든 아이에게 있어서는 모두 하나의 경험이다.

따라서 부모는 일이 끝난 후에 아이가 맞았는지 틀렸는지만 알려주면 된다. 아이가 성공했을 때 과하게 칭찬을 하거나, 실패했을 때 엄격하게 비평하는 것은 안 된다. 그러면 아이는 승패에만 집중하고 결과만 중시하게 되어 오히려 일하는 과정은 소홀히 하기 때문에 경험을 쌓을 수가 없다.

부모는 아이가 어떤 마음을 가지고 일하는지와 일하는 방식을 중요하게 평가해야 한다. 왜냐하면 아이의 일하는 태도가 적극적인지 낙관적인지, 일하는 방식이 정확하고 건강한지 아닌지는 모두 아이의 인생관과 가치관의 확립에 직접적으로 영향을 주기 때문이다. 만약 아이가 일을 할 때 소극적인 방법, 적합하지 않은 곳이 있다면 바로잡아주어야 한다.

아이를 계속
어린아이로 대하지 말라

여자아이는 꽃송이 같아서 우리가 모르는 사이에 조용히 피어난다. 아이와 매일 같이 있는 부모이지만 신경써서 관찰하지 않고 아이를 어리다고만 생각하고 대하면, 어느새 자라있는 아이는 마땅히 받아야 할 존중과 신임을 받지 못한다고 생각할 것이다.

11살인 장원(張雯)은 엄마가 아직도 자신의 일에 간섭이 심해서 아무것도 하지 못하게 하고, 어떤 의견도 내지 못하게 하여 고민하고 있었다. 그날은 장원이 자기의 곰 인형이 더러워진 것을 보고, 세탁실에 가져가서 빨기 시작했다. 엄마는 장원이 빨래하는 것을 보고 다가와서 말했다. "에구, 귀한 딸! 넌 이것 못 빨아. 거기에 두렴. 좀 이따 엄마가 할게." 장원이는 엄마에게 말했다. "엄마, 제가 할 수 있어요. 제가 빨게 해주세요!" 그러나 엄마는 또 말했다. "네가 다 크고 나서 다시 이야기하자.

너는 깨끗하게 빨지 못하고, 결국은 엄마가 다시 빨아야 하고 정리도 해야 하잖아!" 이 말에 장원은 하는 수 없이 손에 있던 곰 인형을 내려놓고, 세탁실에서 나왔다.

이런 방법은 아이에게 성장할 권리와 아이가 마땅히 누려야 할 능력 단련의 기회를 잃게 하는 것이다. 이렇게 하면 아이는 무기력해지고 마음에 상처를 받아 자신은 필요없는 사람이며, 아무 일도 할 수 없다고 느껴서 자신감을 잃고 자신을 비하하기 시작한다. 따라서 어떤 상황이든지 우리 아이가 부모 때문에 낙심하고, 자신없어 해서는 안 된다.

아이의 성장 걸음을 따라 가라

아이의 성장 발육은 매우 빠르며, 여자아이는 특히 더 그렇다. 생리적·심리적 측면에서 남자아이보다 일찍 성숙해진다. 만약 부모가 아이의 성장 속도에 적응할 수 없고, 아이의 성장 걸음을 못 따라 가면서 어린 아이를 교육하는 방법으로 관리하고 속박한다면, 어떤 경우엔 아이의 마음에 반항심이 생겨나게 할 수도 있다.

"아무것도 상관하지 말아 주세요. 전 이미 자랐는데, 어쩜 제게 조금의 자유도 주지 않으시는 거예요!"

12살이 된 쟈오쟈오(嬌嬌)가 엄마에게 소리쳤다. 쟈오쟈오의 엄마는 이 말을 들은 후 상심하고 또 실망했다. 자신의 딸이 자기의 고심을 너무나 이해하지 못한다고 생각했기 때문이다. "무슨 일을 하든지 널 위해서 했는데! 네가 어떻게 나에게 소리를 칠까?" 그래서 모녀의 '대전쟁'이 시작되었다.

부모가 아이의 성장의 발걸음을 따라잡지 못해서 딸에 대해 너무 광범위하게 간섭하면 이것이 아이의 반항 심리를 일으켜서 모녀 관계의 긴장을 일으킨 것이다.

따라서 부모는 평상시에 아이의 변화를 세심하게 관찰해야 한다. 생리적인 것이든 심리적인 것이든 제때에 아이와 소통하고, 아이와 함께 성장하며, 언제든지 부모의 교육방식을 바꾸어 아이에게 자유로운 성장 공간을 창조해 줄 수 있도록 노력해야 한다.

아이의 바람과 의견을 존중하라

여자아이의 마음은 추측하기가 힘들며, 특히 성장 발육기에 있는 아이의 마음은 더욱 그렇다. 추측하기가 어렵다면 직접 아이와 소통하여 아이가 부모를 믿게 하고, 부모를 친구로 여기게 하면 된다. 그렇게 하면 아이는 부모에게 하고 싶은 말을 마음껏 할 수 있다.

딸과 평등한 친구관계를 만들어야 하며, 아이를 더 이상 어린아이로 봐서는 안 된다. 아이와 관련된 일이라면 부모는 마땅히 아이의 의견을 구해야 하며, 만약 아이가 동의하지 않거나 굳게 반대하면 고집부리지 않는 것이 좋다.

만약 아이가 부모가 동의하지 않거나 불합리하다고 생각하는 일을 하려고 한다면 그 자리에서 바로 단호하게 반대해서는 안 된다. 일단 부모의 의향을 보이지 않고 나중에 다시 아이에게 사실을 이야기하며, 이치를 잘 설명하면서 부모가 아이를 존중하고 있다는 것을 느끼게 해야 한다.

아이가 자기 능력으로 해낼 수 있게 하라

만약 아이의 능력으로 할 수 있는 것이고 확실하고 안전한 것이라면, 부모는 응원해줘야 하며 마음을 놓지 못해서 아이의 '뒷다리'를 잡아끌어서는 안 된다.

아이에게 문제가 생겼을 때 만약 아이 스스로 해결할 수 있다고 생각하면, 아이가 자기 스스로 방법을 생각하여 해결하도록 격려해야 한다. 이렇게 하면 아이는 더 이상 부모가 자신을 어린아이로 보지 않는다는 것을 알게 될 것이고, 문제해결 후에는 충만한 성취감을 느낄 것이다. 아이가 자신이 문제를 해결한 후 부모와 기쁨을 나누고 싶어 할 때 부모는 반드시 적극적으로 반응해주고 아이와 함께 기쁨을 느껴야 한다.

어릴 때부터 스스로를 보호하고
다치지 않도록 가르쳐라

'어떻게 하면 아이가 상처를 받지 않을까, 어떻게 아이의 건강하고 즐거운 성장을 지켜줄 수 있을까'는 중대한 교육의 화두이며, 부모가 가장 관심 있어 하는 문제이다. 그러나 사실 위험한 순간에 중요한 작용을 하는 것은 때로 아이 스스로의 경각심과 자기보호 능력이다.

리야(莉雅)는 올해 13살인데, 키가 크고 어른스러워 종종 사람들이 성인으로 생각하는 경우가 있다. 어느 날, 리야는 항상 그래왔던 것처럼 버스를 타고 학교에 갔다. 차 안에 사람이 많았는데, 어느 순간 리야는 어떤 사람이 자신의 몸 뒤쪽을 만지는 것을 느꼈다. 그 사람의 행동은 점점 더 심해졌고, 심지어는 손으로 리야의 허리를 안았다. 리야는 어릴 때부터 태권도를 배우러 다녔기 때문에 그 순간 마음을 진정했다. 리야는 오른팔을 올려 왼손으로 오른 주먹을 꽉 잡고 몸 뒤쪽을 호되게 쳤다. '아이고' 소리와 함께 남자 한 명이 리야의 뒤편에서 배를 움켜잡고 주저 앉았다.

리야의 침착하고 냉정하며 용감한 반항은 자기보호 능력에서 온 것이다. 만약 어릴 때부터 자기보호 능력을 배우지 않았다면 이런 일을 만났을 때, 아무 말도 못하고 끝났을 수도 있다.

어릴 때부터 아이의 경각심을 높여라

여자아이는 보기에 가냘프고 연약해서 때로는 다른 사람의 공격의 대상이 될 수 있다. 따라서 아이가 어렸을 때부터 아이에게 위험에 대한 예지능력을 길러주어야 하며, 아이의 경각심을 높여서 아이가 상처를 입을 확률을 효과적으로 낮춰야 한다.

평상시에 부모는 아이에게 주변에서 발생할 수 있는 사건들에 대해 이야기해 주어야 한다. 특히 어려움에 효과적으로 대처했던 사례를 자주 아이에게 들려주어야 한다. 아이가 사전에 위험을 인식할 수 있도록 하고, 멀리 떨어져 있는 위험요소도 자각하여 자기를 보호하는 목적을 달성하게 해야 한다.

어릴 때부터 자기보호 기능을 배우게 하라

여자아이는 자기보호 기능을 마스터해야만 타인으로부터 상처를 받을 때 침착하고 냉정을 유지하며 자신을 구할 방법을 생각해낼 수 있다. 소위 '재간이 있는 사람은 담대해진다'는 이치이다.

따라서 우리는 아이가 어릴 때부터 몸을 방어할 수 있는 기술을 배우게 해야 한다. 예를 들어 태권도, 산타*, 호신술 등은 아이의 신체를 단련할 수 있을 뿐만 아니라 위험한 순간에 자신이 상처를 입지 않도록 보호할 수 있다.

아이의 심리 방어능력을 높여라

여자아이의 심리는 매우 민감해서 학습과 생활의 어려움, 또래 친구들의 오해와 우호적이지 않음, 부모의 불합리한 교육방법 등은 아이에게 심리적인 상처를 준다. 따라서 아이의 심리 방어능력을 향상시키고, 심리적 자기조절과 회복 능력을 갖추도록 해야 한다.

먼저 부모는 아이가 이성으로 감정을 이기는 법을 터득하게 해야 한다. 곤경에 처했을 때 이성적인 사고는 강한 심리 방어능력과 자기조절 능력을 형성하는 데 더욱 유리하다. 아이가 심리적 상처를 받았을 때, 이성적으로 대응할 방법을 생각하면 자신이 받은 상처를 최저로 낮출 수 있다.

또한 아이에게 슬픔과 공포 등 부정적인 감정을 털어놓는 것을 배우면 상처에 대한 아이의 소극적인 감정을 줄일 수 있다. 아이가 마음의 상처를 받았을 때 그 일을 마음속에 숨겨놓지 말고 털어놓게 하는 것이 가장 좋다. 이렇게 하면 아이의 심리적 부담을 덜어줄 수 있다.

---

* (무술 종목의 하나로) 기구를 사용하지 않고 손과 발만으로 겨루는 것

마지막으로 아이에게 활달하고 명랑한 성격을 길러주어야 한다. 아이의 성격이 활달하고 명랑하면 모든 것을 낙관적으로 대할 수 있다. 이렇게 하면 아이는 강한 심리 방어능력을 가질 수 있다.

어릴 때부터 온화하고 선량한 미덕을 가르쳐라

품행이 단정하고 성격이 온화하고 선량하며, 행동이 예의 바른 여자아이는 쉽게 타인의 상처를 받지 않을 것이다. 왜냐하면 아이는 다른 사람이 그녀에게 상처를 줄 기회를 준 적이 없기 때문이다.

따라서 아이가 어릴 때부터 부모는 의식적으로 아이에게 훌륭한 덕행을 가르쳐야 하며, 이것은 아이의 일생에 유익이 될 것이다. 평상시에 아이에게 예의 바르게 사람을 대하도록 하고, 일을 할 때는 도리에 맞게 하며, 품행을 단정히 하고, 자신의 감정을 단련시킬 수 있도록 지도해야 한다.

42

기부와 봉사정신을 기르고,
탐욕을 버려라

요즘의 딸들은 대부분 집에서 외동이라서 억울함을 겪고 고생하는 일을 해 본 적이 거의 없다. 아이가 눈물 한 방울이라도 흘리면 부모는 어찌해야 할 줄을 모르고, 아이가 넘어지면 부모는 마음이 아프다. 이러한 과잉보호는 아이를 이기적이고 냉정하게 변하게 하며, 좋은 것을 보았을 때 그것을 갖고 싶으면 늘 자신을 중심으로 생각하고 다른 사람을 위해 생각할 줄 모른다.

리샤오페이(李曉非)가 다니는 초등학교에서 지진재해 지역의 아이들을 위한 모금활동을 하는 날이다. 리샤오페이는 이 일이 정말 이해가 되지 않았다. 부모님이 자신에게 준 돈을 왜 다른 사람을 위해 써야 할까? 모든 반 친구들이 모금을 하자 샤오페이는 더 이상은 미룰 수가 없어서 어쩔 수 없이 10위안을 기부했다.

리샤오페이와 같은 아이들은 마음속에 기부와 봉사에 대한 생각이 전혀 없다. 아이는 늘 자기 중심으로 살아왔고, 자신의 이익에 조금도 손해를 볼 수 없다고 생각하는 것이다.

아이의 성품은 후천적으로 만들어지는 것으로 부모가 버릇없이 키우고 방임한 것이 아이에게 기부와 봉사를 모르고, 자기만 생각하는 이기적인 심리를 키운 것이다. 따라서 부모는 아이에게 기부와 봉사 정신을 길러주어 아이가 다른 사람과 나누고 다른 사람을 대신해 생각하는 것을 이해하도록 해야 한다.

'부족함 없이 키우기' 교육관을 정확하게 보라

어떤 부모들은 이렇게 말한다.

"요즘은 아이를 부족함 없이 키워야 하는 거 아닌가요?"

여기에서 말하는 '부족함이 없다'는 단순히 물질적인 풍족함만을 가리키는 것이 아니고, 아이의 응석을 받아주라는 의미는 더더욱 아니다. 그것이 강조하는 것은 양질의 교육을 통하여 아이의 교양과 품위를 높이고, 종합적인 소질과 능력을 향상시켜 아이에게 더 넓은 식견과 지혜를 갖게 하는 것이다.

이렇게 길러진 아이는 전체적인 것을 살필 수 있는 진정한 숙녀가 될 것이며, 타인의 감정을 돌아볼 수 있고, 기부와 봉사해야 하는 이유를 알며 절대로 탐욕스럽지 않을 것이다.

아이가 타인을 배려하는 마음을 배우게 하라

아이의 장래를 위해서 아이가 다른 사람의 감정을 돌아볼 수 있도록 바로 일깨워주고, 다른 사람을 위해 더 많이 생각하며, 이기적이고 탐욕적인 나쁜 습관을 끊고 기부와 봉사정신을 길러서 탐욕스럽게 되지 않도록 교육해야 한다. 아이가 식탁에서 혼자서만 좋아하는 음식을 다 차지하려고 한다면, 아이에게 이렇게 말해야 한다.

"얘야, 맛있는 음식은 서로 나누어야지. 만약 네가 맛있는 것을 다 먹어버리면 다른 사람들은 먹을 수 없잖아. 네가 모두에게 나누어주면 어떨까?"

아이가 또 자신의 어떤 욕심을 만족시키려고 부모에게 억지 요구를 할 때, 부드럽게 아이에게 말해야 한다.

"생각해보자. 네 요구가 합리적이니? 네가 요구를 할 때는 엄마를 위해서도 한번 생각해야지!"

아이에게 봉사의 즐거움을 경험하게 하라

아이가 봉사의 즐거움을 경험하게 된다면 아이는 마음속에서부터 우러나와 기부와 봉사를 할 것이다. 따라서 아이를 위해 타인을 돕고, 사회에 봉사하는 기회를 만들어야 한다.

부모는 아이가 주변에 도움이 필요한 사람을 돕도록 격려해야 한다. 아이와 함께 양로원, 보육원 등에 가서 그들을 위해 사랑의 마음으로 봉사하면 아이는 그 속에서 봉사의 즐거움을 느낄 것이다. 봉사는 즐거운 행위이며, 보답을 바라는 것이 아니다.

43

아이가 자신을 바로 알고,
최고가 되게 하라

아이는 다른 사람의 평가를 통해 자신을 알기 때문에 자신에 대해 분명하고 깊이 보기가 힘들다. 다른 사람이 아이에게 아름답다고 하면, 아이는 자신이 아름답다고 생각한다. 다른 사람이 자기를 예쁘지 않다고 하면, 아이는 자신이 못생겼다고 생각한다. 만약 아이가 스스로에 대해 적극적이고 진실하게 알 수 없다면, 아이는 자신감이 부족해질 수도 있고, 과도하게 허영을 추구할 수도 있다.

하루는 엄마가 초등학교 2학년인 잉잉(盈盈)을 데리고 학교에서 돌아왔다. 엄마는 딸이 교문을 나서자마자 입을 삐죽거리는 모습을 보았다. 그래서 잉잉에게 물었다.
"잉잉, 오늘 왜 그렇게 기분이 안 좋아? 엄마한테 말해줄 수 있어?"
잉잉이 엄마를 원망하며 말했다. "엄마, 제 키가 너무 작잖아요. 엄마는 왜 나를 좀 더 크게 낳지 못했어요? 오늘 어떤 친구가 저에게 '꼬맹이'라고 하면서 저는 영원히 클 수 없을 거래요."

엄마는 듣고 나서 웃으며 말했다. "너도 네 자신을 그렇게 생각해? 어린이의 성장 발육은 빠르기도 하고 늦기도 한 거야. 넌 이제 겨우 8살인데, 키가 자랄 시간이 얼마나 많이 남았다고! 게다가 '작은 고추가 맵다'는 말도 있잖아. 좀 작은 게 뭐가 나빠서?"

잉잉은 엄마의 말을 듣고 기분이 곧 좋아졌다.

사실 모든 아이에게는 적극적이고 진실하게 자신을 인식하게 될 때가 있다. 만약 부모가 잉잉의 엄마처럼 아이가 자신을 제대로 알 수 있도록 도울 방법을 생각하면, 아이가 외부 세계의 영향을 덜 받고 가장 멋지고 가장 아름답게 자신을 돌볼 수 있다.

자기의 인품과 용모를 정확하게 대하도록 가르쳐라

여자아이는 자신의 용모를 매우 중시하며, 어떤 아이는 아름다운 외모를 가진 아이를 부러워하여 자신과 그들을 비교하면서 자신은 '미운 오리 새끼'라고 생각하기도 한다. 늘 외모의 문제 때문에 자신을 스스로 원망하고 한탄하는 심경에 빠지며 강한 열등감이 생기기도 한다. 또 어떤 여자아이들은 자기의 생김새가 예쁘기 때문에 자신이 남들보다 뛰어나다고 생각하고, 거만하고 방자하며, 다른 사람을 무시하기도 한다.

아이의 용모는 물론 중요하지만 아이의 인생에서 가장 중요한 것은 아니다. 선량한 성품, 고상한 성품, 넓은 식견, 강인한 의지만이 아이를 진귀한 와인처럼 갈수록 향이 짙어지게 할 것이다.

따라서 아이가 자기의 생김새가 남들보다 못하다고 생각할 때, 부모는 모든 아이들은 이 세상에서 유일한 존재이며, 만약 아이가 아름다운 성품과 남들보다 뛰어난 학식을 가질 수 있다면 세계에서 가장 아름다운 딸이 될 것이라고 알려주어야 한다. 당연히 예쁜 아이가 자기의 외모를 과시할 때도 부모는 내면과 외면의 아름다움을 함께 수련하고, 겉과 속이 같아야 진정한 아름다움이라는 것을 알려주어야 한다.

타인의 자신에 대한 평가를 정확하게 인식하게 하라

아이가 자기에 대한 다른 사람의 평가에 특별히 신경 쓸 때가 있는데, 외부 세계의 영향으로 감정 기복이 늘 일정하지 않기 때문이다. 이것은 사실 아이가 남에게 보여지는 자신의 모습을 전체적으로 인식할 수 없어서 자기의 장점과 단점이 어디에 있는지를 모르고, 다른 사람의 평가를 통해 자신을 알 수 있기 때문이다.

따라서 부모는 아이가 자기에 대한 다른 사람의 평가를 정확하게 바라볼 수 있도록 도와주어 아이가 자신을 긍정적으로 인식하게 해야 한다. 아이가 타인의 사실과 다른 비평 때문에 너무 상심하거나 걱정할 때 부모는 아이에게 말해야 한다.

"얘야, 너는 자신을 믿어야 해. 다른 사람의 몇 마디 말로 용기를 잃어서는 안 돼. 힘내! 엄마는 영원히 네 편이야."

또한 아이가 타인의 과도한 칭찬 때문에 자만할 때, 부모는 아이에게 말해야 한다.

"애야, 네가 배워야 할 것은 많은데, 이런 소소한 성적 때문에 자만하면 안 돼. 엄마는 네가 안정되고 성실한 사람이 될 수 있기를 바란단다. 계속 노력하자. 나는 네가 더 잘할 거라고 믿어."

자신이 가진 능력을 제대로 인식하게 하라

어떤 아이는 자기의 능력을 제대로 인식하지 못하기 때문에 어떤 일을 할 때 자기의 능력을 과소평가해서 감히 주도적으로 하지 못하거나 자신을 너무 과대평가해서 모든 것에 다른 사람과 비교하고 꼭 '자기를 앞에 내세우려고' 한다. 이때 부모는 아이에게 아이마다 자기 능력이 강한 면도 있고, 비교적 약한 면도 가지고 있으니 자만하지도 말고, 지나치게 자신을 낮출 필요도 없다고 알려주어야 한다. 자기의 능력을 잘 알고 있기만 하면 장점은 발전시키고 단점은 노력을 통해 자기의 목표를 실현시키면 되는 것이다.

타인의 비판과 칭찬을
이성적으로 대하게 하라

아이는 모순의 종합체이다. 자존심이 아주 강한 동시에 허영심도 있다. 따라서 아이는 어떤 경우 자기의 감정을 잘 통제할 수 없고, 타인의 자기에 대한 비판과 칭찬을 이성적으로 대할 수 없다. 타인의 비판을 받았을 때, 아이는 억울하고 승복하지 못하겠다고 느낄 수도 있다. 타인의 칭찬을 받을 때도 우쭐거리며 자랑할 수도 있다. 따라서 만약 아이가 다른 사람의 비판과 칭찬에 대해 이성적으로 대할 수 있도록 가르치지 않으면, 아이의 마음의 성장을 위해 어떠한 '영양분'도 제공할 수가 없다.

자기에 대한 타인의 비판을 바로 보게 하라

타인의 비판에 대해 아이는 어떤 경우 도피와 같은 소극적인 심리를 만들어 낼 수 있다. 아이는 자신의 잘못을 바로 볼 수 없고, 자신에 대한 타인의 비판도 똑바로 볼 수 없다. 아이는 부모를 향해 원망하고 하소연하거나 '자포자기'하는 소극적인 행동을 할 수 있다.

샤오쮠(曉君)은 교실에서 짝꿍과 말하다가 선생님께 꾸지람을 들었다. 그러나 샤오쮠은 억울하다고 생각했는데, 짝꿍이 먼저 자신에게 말을 걸었기 때문이다. 샤오쮠의 짝꿍이 수업 시간에 '한눈을 팔고' 선생님이 내주신 교실 숙제를 잘 듣지 않고는 샤오쮠에게 물었던 것이다. 짝꿍의 질문에 대답하려고 할 때, 바로 선생님이 보셨고 꾸중을 들었다. 샤오쮠은 인정할 수가 없어서 며칠 연속 일부러 선생님에게 반항의 뜻으로 수업 시간에 작은 소리로 말하여 교실 질서에 영향을 주었다.

부모는 아이에게 잘못을 하여 비난을 받는 것은 두려워할 것이 아니라고 알려주어야 한다. 왜냐하면 사람은 누구나 잘못을 하고 비판을 받는 때가 있기 때문이다.

또한 타인의 합리적인 비판에 대해 겸손하게 받아들여야 하며, 자기가 왜 비판을 받았는지를 진지하게 생각하여 만약 잘못한 것이 있거나 충분히 잘하지 못한 부분이 있다면 반드시 고치고 보충해야 한다고 가르쳐 주어야 한다. 그러나 불합리하고 실제와 맞지 않는 비판에 대해서는 마음을 가라앉히고 상대방에게 설명해주는 것이 가장 좋다. 이렇게 하면 매우 교양 있고, 예의 바른 아이로 보일 것이다.

자신에 대한 타인의 칭찬을 담담히 대하게 하라

여자아이의 허영심은 타인의 칭찬을 받을 때 자만하고 교만한 반응으로 드러나는 경우가 있다. 이것은 아이를 너무 경솔하게 하고 안정되지 않게 할 수 있으며, 아이가 현재 상황에 안주해서 더 발전할 수 없게 할 수 있다.

아이가 타인의 칭찬을 들었을 때 부모는 아이에게 자기가 받은 칭찬이 실제 상황에 부합되는지, 받아도 부끄럽지 않은지를 생각해보게 할 수 있다. 만약 칭찬이 과장된 것이 아니고 실제 상황에서 벗어난 것이 아니라면, 아이는 겸손하게 상대방에게 감사를 표해야 한다. 겸손한 방법은 상대방에게 훌륭한 인상을 남길 것이며, 아이를 더욱 관심 있게 볼 것이다.

자기를 평가해 준 사람에게 감사 인사를 하게 하라

부모는 아이에게 기꺼이 자신을 평가를 해준 사람을 존중하고, 그들에게 감사 인사를 하게 해야 한다. 왜냐하면 그들이 아이에게 관심을 가지고 있기 때문에 아이에 대한 평가를 하는 것이며, 아이에게 칭찬도 비판도 할 수 있는 것이다.

따라서 아이는 그들이 자신에게 들인 시간과 정성에 감사해야 하며, 잘못이 있으면 고치는 겸허하고 신중한 태도를 보여 주고, 타인이 준 비판과 칭찬에 이성적으로 대해야 한다.

45

100 POINT of EDUCATION II

생명 교육을 통해 삶과 죽음을
정확하게 인식하게 하라

11살의 샤오쉔(小聳)은 초등학교 5학년이었는데, 높은 곳에서 뛰어 내려 자기의 꽃과 같은 생명을 끝냈다. 샤오쉔이 자살한 원인은 자신에 대한 부모의 요구가 너무 엄격하고, 기대가 너무 커서 중점 학교의 6학년으로 전학할 준비를 하고 있었다. 샤오쉔은 유서에서 말했다.
"어른들은 왜 그렇게 이상한지 모르겠다."

샤오쉔의 자살은 표면적으로는 부모의 과도한 기대와 아이를 전학시키려고 한 행위가 아이에게 무거운 중압감을 형성했다는 것이지만, 주요 원인은 아이가 자신의 생명을 중시하지 않았고, 생명의 고귀함을 이해하지 못했으며, 삶과 죽음의 문제를 정확하게 볼 수 없었다는 데에 있다.

아이의 인생에는 해결하기 어려운 수많은 어려움이 있을 것이고, 저항할 수 없는 수많은 좌절도 있을 것이다. 만약 아이가 생명을 귀중하게 생각하지 않는다면 아이는 자기를 포기하는 선택을 할 수도 있다. 따라서 부모는 아이에게 생명 교육을 하여 아이가 삶과 죽음을 정확하게 대할 수 있도록 해야 한다.

작고 약한 생명에 관심을 갖고 돌보게 하라

여자아이에 대한 생명 교육은 아이가 주변의 작은 생명을 돌보게 하는 것부터 시작할 수 있다. 부모는 아이에게 고양이, 강아지, 토끼 같은 동물을 기르게 하면서 아이가 직접 그것들을 돌보고, 물도 먹여주고, 먹이도 주고, 용변 본 것도 처리하며, 특히 작은 동물이 아플 때 더욱 정성으로 돌봐주게 해야 한다.

이것은 아이에게 작고 약한 생명에 대한 감정을 생기게 하며, 하나의 살아 있는 작은 생명이 이 세상에서 생존하는 것이 결코 쉬운 일이 아니라는 것을 이해하게 한다. 그것을 통해 아이는 자신에 대한 부모님의 깊은 사랑을 느낄 것이며, 생명의 연약함과 진귀함을 느껴서 더욱 자신의 생명을 소중히 여길 것이다.

사소한 병, 작은 통증도 가볍게 보지 않게 하라

유가 경전인 『효경(孝經)』에 이런 말이 있다. '우리 몸의 모든 부분은 부모님으로부터 받은 것으로, 그것을 상하지 않게 하는 것이 효의 시작이다(身體髮膚, 受之父母, 不敢毀傷, 孝之始也).' 만약 몸을 상하게 하면 그것은 바로 부모에 대한 불효이다. 『제자규(弟子規)』에도 언급하고 있다. '몸에 상처가 있으면 부모님께 걱정을 끼친다(身有傷, 貽親憂).'

부모는 아이에게 '몸은 인생의 자산이므로 건강한 몸이 없으면 어떤 일도 하기가 어렵다'는 것을 알게 해야 한다. 아픈 것은 몸이 아이에게 신호를 보내는 것으로 몸에 휴식이 필요하다는 것을 알려주는 것이다. 따라서 아이의 몸이 불편하고 사소하게 아플 때에도 반드시 가볍게 보지 말고, 병을 더 키워 심해지게 하면 안 된다. 그 외에 아이에게 아픈 채로 학교에 가면 다른 친구들에게 옮길 수 있기 때문에 다른 사람의 건강에 영향을 준다는 것도 알려주어야 한다. 부모는 이렇게 하여 아이가 자기의 신체 건강에 대한 관심을 가질 수 있게 하는 동시에 생명을 존중하는 개념도 가지게 할 수 있을 것이다.

위험한 상황에 대한 경각심을 갖게 하라

보도에 따르면 중국에서 매년 약 16,000여 명의 초중등학생이 비정상적으로 사망한다고 하는데, 매일 40명의 학생이 있는 학급이 하나씩 없어지는 것과 같다. 이러한 숫자는 매우 공포스럽다. 아이의 주변에는 생각지 못했던 위험 요소들이 많이 있는데, 여자아이의 입장에서 보면 생명의 안전을 위협하는 위험 요소가 더욱 많아진다. 따라서 부모는 아이가 일정 수준의 위험의식을 가질 수 있도록 함으로써 환란을 미연에 방지해야 한다.

예를 들어 부모는 아이에게 '자신을 사랑하고 물질, 돈에 유혹되어서는 안 된다. 교통 규칙을 엄격히 지켜야 한다. 담배, 술, 마약은 멀리

해야 한다. 위험한 장소와 시설을 멀리해야 한다. 혼자서 밤길을 가거나 외진 골목을 가서는 안 된다. 남을 따라서 건강하지 못한 장소들을 출입해서는 안 된다. 낯선 사람들에게 개인적인 일을 이야기해서는 안 된다'는 것을 알려주어야 한다.

아이를 위해 생활환경의 질을 높여라

아이는 천성적으로 마음이 작아서 일을 생각할 때 쉽게 외곬으로 빠진다. 가정, 학교, 사회로부터 온 여의치 않은 일들은 어떤 경우 아이에게 열등감, 억울함 등 부정적인 정서를 만들 수도 있다. 이러한 부정적인 정서는 아이의 신체 건강과 생명 안전을 위협할 수도 있다.

따라서 부모는 아이가 수준 높은 환경에서 살 수 있도록 하며, 명랑하고 활발하며 즐거운 아이가 되게 해야 한다. '수준이 높다'는 것은 결코 물질 생활의 편안함을 가리키는 것이 아니라 고품격의 정신 생활을 가리키는 것이다. 부모는 아이에게 상대적으로 자유로운 성장 공간을 주어야 하고, 아이를 더 많이 이해하고 포용해주어야 하며, 영원히 아이와 동일한 '선상'에서 아이를 지지하고 격려해야 한다. 아이의 자존감을 상하지 않게 하고, 너무 많은 스트레스를 주지 않아야 하며, 아이에게 거칠고 난폭하게 해서는 더욱 안 된다.

46

아이 앞에서 타인의 사생활을
이야기하지 말라

등 뒤에서 다른 사람의 장단점을 이러쿵저러쿵하는 것은 매우 예의 없는 행위이며 기품이 없는 저속한 행동으로, 이것은 우아한 성품을 가진 아이를 기르려는 부모의 목표에 위배되는 것이다. 아이의 성품과 교양은 얼마나 정성을 들여 키우는지가 일정 부분을 차지하고, 나머지 부분은 부모의 영향을 받는다. 따라서 부모는 평상시에 반드시 자신의 언행을 조심해야 하고, 절대로 아이 앞에서 다른 사람의 옳고 그름에 대해 이야기해서는 안 되며, 다른 사람을 멋대로 비방하는 것은 더욱 안 된다.

아이 앞에서 유쾌하지 않은 일을 이야기하지 마라

우리는 평상시에 일을 할 때나 생활 속에서 우리의 뜻대로 되지 않는 경우가 많다. 동료 사이의 경쟁, 이웃 간의 모순 등 유쾌하지 않은 일은 우리의 마음을 불안하게 해서, 이런 경우 우리는 마음에 들지 않는 사람들을 대판 욕하고 나면 유쾌해질 거라고 생각한다. 집은 우리의 몸과 마음이 가장 편안한 곳이기 때문에 자기도 모르게 가족 앞에서 이 사람이 나쁘고, 저 사람이 나쁘다는 이야기를 하곤 한다.

아이는 부모의 이런 불만을 토로하는 방식을 배울 수도 있다. 어느 날 아이가 부모에게 다른 사람의 잘못을 이르고, 다른 사람의 언행을 비난하며, 마음에 들지 않는 사람들에 대해 언어로 공격할 수도 있다.

아이 앞에서 다른 사람의 사생활을 이야기하지 마라

부모는 아이 앞에서 다른 사람의 옳고 그름을 논할 때, 그 사람의 개인 사생활을 무심코 이야기할 수도 있다. 예를 들어 어떤 사람이 어떤 병에 걸렸는지, 어떤 사람이 집에서 어떤 갈등이 있는지, 어떤 사람이 밖에서 어떤 나쁜 일을 했는지 등이다. 아이는 무의식중에 들은 이런 말들을 아주 잘 기억해서 아무 생각 없이 이것들을 말해버릴 수도 있는데, 수많은 불필요한 갈등 상황을 유발할 수도 있다.

페이페이(培培)의 엄마는 식탁에서 이웃의 '사생활' 이야기하는 것을 매우 좋아하는데, 이것은 페이페이에게 무척 재미있는 일이었다. 평상시에 듣지 못했던 일을 알 수 있기 때문인데, 예를 들어 이웃의 왕 아줌마 집의 아기가 친자식이 아니고, 입양한 자식이라던가 하는…….
그날, 페이페이는 동네에서 아기를 밀어주며 놀고 있는 왕 아줌마를 만났다. 페이페이는 그 통통하고 작은 아이가 귀여워서 아이와 놀아주었다. 페이페이는 왕 아줌마에게 물었다.

"아줌마, 어디에서 이 아기를 데려와서 키우시는 거예요? 우리 엄마한 테도 가서 한 명 데리고 오라고 하려고요. 아기랑 노는 거 정말 재미있어요."

왕 아줌마의 얼굴이 순식간에 까매졌다.

아이는 일에 대한 판단능력이 떨어져서 옳고 그름을 분명하게 구분하지 못한다. 따라서 부모는 아이 앞에서 아무렇게나 다른 사람의 개인적인 일을 꺼내 말해서는 안 된다.

아이 앞에서 어른의 험담을 하지 마라

어떤 경우 아이는 선생님이 자신에 대해 적절하지 않은 비평을 한 것을 부모에게 들려주는데, 만약 부모가 이때 아이의 느낌만 고려하고 아이 마음속의 억울함을 풀어주고 싶어서 자기도 모르게 선생님에 대해 비평을 할 수도 있다. 이런 말은 아이가 선생님에 대해 잘못된 인지를 만들어낼 수 있어서 선생님의 비평을 인정하지 못하고, 심지어는 선생님조차도 안중에 두지 않으며, 선생님이 형편없다고 생각하고, 선생님의 수업을 진지하게 듣지 않을 수도 있다. 결과적으로 상처받는 사람은 역시 아이 자신이다.

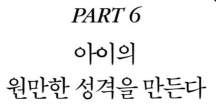

PART 6
아이의
원만한 성격을 만든다

100 POINT OF EDUCATION

성격은 사회관계와 가장 밀접한 사람의 특징이다. 성격은 한 사람의 처세와 사람됨의 태도와 행위를 나타낼 수 있고, 한 사람의 인품과 덕성을 표현할 수 있다. 부모는 모두 자기의 아이가 원만한 성격을 가진 사람이 되기를 바라며, 그러면 부모는 되도록 응석을 받아주지 않아야 한다. 그래야 아이의 심리 발육이 건강해질 수 있을 것이고, 아이는 훌륭한 성격을 가질 수 있을 것이다.

어릴 때부터 긍정적이고
낙관적인 마음 밭을 키우게 하라

긍정적이고 낙관적인 마음 밭은 아이의 일생에서 매우 중요한 의미를 가진다. 그런 심리상태는 아이가 희망이 충만하도록 도와줄 수 있고, 아이에게 용기가 되어 용감하게 어려움을 극복할 수 있게 해주며, 아이에게 즐거움을 가져다주어 슬픔으로부터 멀어지게 할 수 있다.

갑자기 폭우가 내려 친구들과 톈톈(恬恬)이 약속했던 일요일의 생일 파티가 취소되었다. 톈톈은 너무나 실망하여 눈물이 곧 흘러내릴 것 같았다. 엄마는 미소를 지으며 아이에게 이야기했다. "우리 보배, 파티에는 못가지만, 집에서 엄마랑 '공주 찾기 게임' 할까?" 톈톈은 곰곰이 생각하더니 얼굴에 다시 웃음꽃이 피어올랐다. 그러고는 이렇게 말했다. "다음 주 일요일에는 날씨가 꼭 좋을 거예요. 그때 친구들이랑 다시 놀면 되죠."

낙관적인 아이는 유쾌하지 못한 마음에서 되도록 빨리 벗어나 긍정적인 관점에서 모든 일을 바라본다. 부모의 낙관적인 태도는 아이에게 영향을 끼친다. 이 엄마는 아이의 기분을 풀어주려고 날씨를 원망하지 않았고, 아이의 소심한 행동을 꾸짖지도 않았다. 다만 아이가 사고방식을 전환할 수 있도록 도와, 아이가 다시 즐거움을 회복할 수 있게 해주었다.

아이가 부정적 감정을 벗어나도록 도와라

부모는 아이가 기분이 나쁜 것 같을 때, 아이와 많이 이야기하거나 아이가 '고민하는 문제'를 경청할 수 있다. 이때 부모는 경청자가 되어 아이가 시원하게 다 털어놓을 수 있도록 해야 한다. 부모는 비슷한 일을 해결한 경험을 아이에게 이야기해줌으로써 아이가 참고할 만한 본보기로 삼도록 해야 한다. 그 외에 우리 자신의 불쾌한 기분 때문에 아이에게 영향을 끼치지 않아야 한다.

엄마는 항상 딸 앞에서 자기의 회사일이 좋지 않다거나 가정 생활이 고생스럽다고 원망한다. 엄마는 늘 이것을 예로 들며 딸에게 이야기했다. "넌 정말 열심히 공부해야 해. 그렇지 않으면 이렇게 힘들게 살아야 한단다." 그 결과 딸은 엄마의 영향을 받아 평상시에도 늘 인상 쓴 찌푸린 얼굴을 하고 있다. 또한 공부하는 게 너무 힘들다는 원망과 반에 친구가 없다는 푸념을 한다.

살면서 뜻대로 되지 않는 일이 가득하다면 우리는 알맞게 대처해야 한다. 부모가 먼저 자기의 부정적인 정서를 벗어날 수 있어야 한다. 이렇게 되면 아이는 차츰 적극적이고 낙관적인 사고방식을 가지게 될 것이다.

아이가 할 수 있는 임무를 스스로 완성하게 하라

성공은 늘 즐거움을 동반한다. 아이의 개성과 능력에 따라 아이가 스스로 할 수 있는 임무를 준비하여 아이가 자기의 노동을 통해 성공할 수 있게 해 주면 아이는 낙관적으로 변할 것이다.

이때 아이가 고생하는 게 마음이 아파서 너무 간단한 임무를 준비한다면, 아이는 오히려 임무가 너무 간단해서 무료하다고 생각할 것이다. 따라서 아이에게 적당한 임무를 찾아서 준비해야 한다. 예를 들어 수학 문제 몇 개를 더 풀게 해 자기의 능력에 '도전'하게 한다든지, 아이가 예전에 해보지 않았던 간단한 집안일을 돕게 하는 등 아이 스스로 할 수 있는 일이어야 한다. 아이가 순조롭게 완성했을 때 격려와 칭찬에 인색하지 말고, 아이에게 즐거움을 느끼게 해주어야 한다.

아이가 다양한 흥미 속에서 즐거움을 찾게 하라

만약 TV를 볼 수 없다면, 책을 본다. 만약 지금 친구들과 밖에서 놀 수 없다면, 집에서 그림을 그릴 수 있다. 이런 것들이 바로 낙관적인 아이의 생각이다. 여러 가지에 흥미가 있으면 아이는 다양한 선택을 할 수 있고, 어떤 일을 할 수 없음으로 인해 낙심하지 않을 것이다.

부모는 아이에게 흥미를 선택할 수 있는 기회를 더 많이 줄 수 있는데 집에서 아이에게 관련 있는 도구들, 그림 그리는 종이, 붓, 각종 책등을 준비해주는 것이다. 그 외에 부모는 아이가 더 많은 흥미를 개발할 수 있도록 가르쳐야 한다. 아이를 데리고 다니며 다양한 활동을 접하게 해주고, 아이의 생활을 풍부하고 다채롭게 해주어야 한다.

아이의 근거 없는 낙관적 태도는 조심하라

아이에게는 자기가 할 수 없는 일이 있기 마련인데, 만약 이때 아이가 자신의 능력을 근거 없이 높이 평가한다면 결국 실패함으로 인해 더욱 낙심하게 될 수도 있다. 부모는 아이가 자기의 실력을 바로 볼 수 있게 도와 자기의 장점과 단점이 각각 무엇인지를 분명히 알게 하며, 아이가 일을 할 때 되도록 장점을 살리고 단점을 피하고, 동시에 부족한 점을 바로 찾아 보충해주어야 한다.

당연히 부모 스스로도 아이에 대해 합리적인 기대를 해야 하며, 아이의 수준을 너무 높게 보지 않아야 한다. 그렇지 않으면 아이가 스스로 자신을 제대로 볼 수 없게 되어서 미래에 대한 심리적인 부담을 가질 수도 있다.

명랑하지만 적당히
자중할 수 있게 가르쳐라

명랑한 성격을 가진 사람은 스스로 즐거울 뿐 아니라 주변 사람들까지도 즐겁게 한다. 그러나 명랑함도 적당해야 한다. 특히 여자아이는 어떤 일을 할 때 적당하게 신중한 원칙을 따라야 한다. 그렇지 않고 아이가 너무 명랑해 보이면 다른 사람의 오해를 살 수도 있기 때문이다.

초등학교 6학년인 샤오신(小芯)은 활발하고 명랑해서 학교에서 많은 친구들과 한데 뭉쳐 다닌다. 한동안 샤오신과 같은 반의 남자 친구 한 명은 같은 영화를 좋아해서, 늘 함께 다니며 즐겁게 수다 떨었다. 그러나 담임 선생님은 두 아이가 사귀기 때문에 가깝게 지내는 것으로 오해하셨다. 샤오신의 엄마는 상황을 듣자마자 샤오신에게 상황을 설명하게 했는데, 샤오신은 사실대로 이야기했다. 엄마는 웃으며 말했다.
"엄마는 네가 같은 반 남자애와 친구로 잘 지내는 걸 반대하지는 않지만, 그래도 어느 정도 선은 지켜야 해."

이런 불필요한 오해를 피하기 위해서 부모는 아이에게 적당한 자제심을 가르쳐야 한다. 현대 사회에는 자유, 열정, 자유분방함을 강조하기 때문에 이전의 예의 격식에 따라 아이를 교육시킬 필요는 없다. 단지 매 순간 아이에게 명랑함과 동시에 적당하게 함축적으로 표현해야한다는 것을 일깨워주어야 한다.

거침없는 언행을 적당히 자제할 수 있게 하라

말과 행동이 거침없고, 특별히 남다른 행동을 하는 아이들을 종종볼 수 있다. 아이를 너무 애지중지한 나머지 훈계하지 못하는 부모는아이를 방임하는 것과 다를 바가 없다.

부모는 아이 자신의 이미지와 성품에 근거하여 아이가 언행의 '절제선'을 정할 수 있도록 도와야 한다. 예를 들어 부모는 아이가 적절한언어를 사용할 수 있도록 훈련시켜야 한다. 아이에게 행동의 규범을가르쳐주고, 외관을 단련시켜 기본적인 겉모습을 유지할 수 있게 해야 된다. 또한 적당히 자제하는 것은 아이에게 가산점이 되어서 사람들이 더욱 아이를 존중할 것이라고 알려주어야 한다.

아이에게 함축을 알게 하고 가르쳐라

자제하는 것의 중요한 특징 중의 하나는 함축이다. 부모는 아이에게 함축이 무엇인지 가르쳐야 하며, 아이가 함축을 터득할 수 있도록 가르쳐야 한다. 부모는 이 몇 가지부터 시작할 수 있다.

아이에게 함축해서 말하는 것을 가르치면 아이는 집중해서 생각하고 적절한 단어를 사용할 것이다. 아이에게 함축적으로 행동하는 것을 가르치면 다리 떨기, 발 떨기 등의 동작이 점점 사라질 것이다. 아이에게 함축적으로 남과 교제하는 것을 가르치면 교제하는 대상이 동성이든 이성이든 아이는 자기가 가진 모든 일을 아무렇게나 타인에게 보여주지 않을 것이다. 특히 남과 교제할 때 여자아이는 '자존자중'을 단단히 기억해야 한다.

아이가 무엇이 진정한 자제인지를 알도록 일깨워줘라

'자제'의 사전적 의미는 '신중하고 조심스럽다'로, 사람의 사람됨과 처세에 일종의 진중한 태도가 있어야 함을 요구한다. 그러나 어떤 아이는 자제의 뜻을 오해해서 고의로 자제하는 것처럼 하기도 하며, 자제는 소심한 것이라고 생각하기도 한다.

부모는 아이에게 진정한 자제는 마음속에서부터 오는 것으로, 다른 사람들이 '신성불가침'하게 느끼게 하는 성품이라고 알려주어야 한다. 부모는 아이에게 자제의 정확한 표현을 이야기해주고, 아이가 자기의 명랑함을 알맞게 나타내는 것을 배우게 해야 하며, 자제로 자기의 우아한 여성적 성품을 표현하게 해야 한다.

49

100 POINT of EDUCATION II

아이의 인내심을 키우고, 조급해하지 않게 하라

오늘날 많은 여자아이들이 아주 사소한 일을 만나도 큰 소리로 떠들어대고, 어떻게 해결해야 할지는 생각도 안 해보고 성질을 낸다. 더심각한 것은 부모는 아이를 너무나 애지중지한 나머지 아이에게 계속해서 조급해하지 말라고 위로만 하고, 어떻게 안정을 찾아야 할지는가르치지 않아서 아이는 점점 더 조급해진다는 것이다.

첸화(千華)는 초등학교 5학년인데, 평소 학습에 경솔한 태도를 가지고있다. 선생님이 방금 수업을 시작하거나 자신이 수업 과정의 전반부를보자마자, 자기는 이미 공부를 다 했다고 생각하고 뒷부분은 더 이상열심히 배우지 않는다. 그러나 시험 기간이 되면 아이는 사실 자기가많은 부분을 배우지 못했다는 것을 발견한다. 그래서 아이는 조급하게되고, 자기가 시험을 못 볼까 봐 무척 두려워한다.

이런 모습은 성격이 급한 아이가 보이는 전형적인 모습이다. 성격이 급한 아이는 행동을 하기 전에 깊게 생각하지 않고, 계획 없이 그저 빨리 해보고 싶고, 빨리 효과를 보고 싶어 한다. 어려움 앞에서 아이의 급한 성격은 일을 처리할 때 전전긍긍하게 되고 경솔하고 충동적인 행동을 하기 때문에 당연히 결과도 좋을 리가 없다. 게다가 급한 성격은 아이의 정서에 영향을 끼쳐서 아이가 공격성을 가지게 할 가능성도 크다. 부모는 아이가 인내심을 길러서 무슨 일을 만나든지 급하게 생각하지 않고 차근차근 잘 대처하여 일을 잘 해낼 수 있도록 도와주어야 한다.

부모가 먼저 담담하게 대응하는 법을 배워라

아이가 원래 조급한 성격이 아니었는데, 부모의 급한 성격에 영향을 받아 덩달아 성격이 급해졌을 수도 있다. 또는 아이도 원래 급한 성격이지만 부모의 성격이 더 급하니까 문제가 생겼을 때 자기도 모르게 더 급한 성격을 가지게 되었을 수도 있다.

부모가 담담함을 유지하는 것이 아이에게 매우 중요하며, 부모 먼저 자신의 인내심을 단련시켜야 한다. 예를 들어 문제가 생겼을 때 부모는 먼저 자신에게 '조급하게 생각하지 말자'고 되뇌이거나 안정을 찾은 후 다시 일을 처리해야 한다. 부모 스스로 조급함을 극복하는 과정을 중단하지 않는 것이 아이에게 가장 좋은 가르침이 된다.

아이와 함께 '느리게' 하는 놀이를 하라

많은 놀이는 '느리게' 사고하는 것이 필요하다. 예를 들어 바둑은 진지하게 생각하지 않으면 '한 수 잘못 둔 것이 전판을 지게 하는' 결과를 초래할 수 있다. 또 미로 찾기에서 만약 너무 급하게 하면 '사방에서 벽을 만날' 수 있다.

아이와 함께 '느리게 하는 것'은 점진적 순서로 진행해야 하며, 한꺼번에 천천히 하도록 요구할 필요는 없다. 아이에게 시간을 설정해주고 천천히 하는 시간을 계속해서 조금씩 늘어나게 하면 아이가 안정된 성격을 기르는 데 도움이 될 것이다. 그러나 아이가 너무 느리게 하지는 않도록 주의해야 하며, 급하지도 느리지도 않은 성격을 가지는 것이 좋다. 이렇게 해야 아이는 생활 속에서 더욱 많은 아름다움을 볼 수 있으며, 점차 긍정적이고 낙관적인 마음(심리)을 가질 수 있다.

'냉정하자'는 말로 자기 마음을 다스리게 하라

자신의 급한 성격을 극복하려고 할 때 스스로에게 '냉정하자'라고 말하는 것도 도움이 된다. 예를 들어 어떤 일이 생겼을 때, 아이에게 하나의 임무를 주고 아이가 계획에 따라 한 걸음 한 걸음씩 실행하도록 격려할 수 있다. 이런 과정 속에서 아이는 계속해서 스스로에게 '냉정하자'고 이야기하며, 순서대로 하나씩 일을 진행하는 것을 배우게 될 것이다.

50

100 POINT of EDUCATION Ⅱ

어릴 때부터 질투심을
해소할 수 있게 하라

여자아이들 사이에도 서로 경쟁하는 현상이 존재한다. 다만 여자아이들의 '투쟁'은 남자아이들과 종종 다른 방식, 다른 사람을 질투하는 것으로 어떤 사람에게 승복하지 않음을 표현한다. 부모라면 아이가 질투 심리를 해소하도록 도와야 한다. 아이가 관용과 평안함으로 다른 친구의 성적을 대할 수 있게 해야 한다. 이렇게 해야 아이는 다른 사람이 자신보다 잘하는 일들에 고민하지 않을 것이고, 무거운 심적 부담을 짊어지지 않을 것이며, 자연히 명랑하고 낙관적이 될 것이다.

자존심과 허영심을 정확히 구분하게 하라

아이에게 질투 심리가 생기는 것은 다른 사람이 자신보다 잘하는 것을 보기 싫고, 자신이 다른 사람보다 더 잘하기를 바라기 때문이다.

사실 이것은 아이의 허영심이 장난치는 것이다.

부모는 아이에게 사람은 누구나 공부를 잘하기를 바라고, 선생님과 다른 사람의 칭찬 받기를 바라기 때문에 다른 사람의 이런 바람을 빼앗아서는 안 된다고 알려주어야 한다. 동시에 부모는 아이의 성적을 많이 칭찬해 주거나 아이가 한 것을 적극적으로 인정해주어 부모가 자신을 계속 응원하고 있다는 것에 심리적인 만족감을 느끼게 해야 한다.

자신에게도 빛나는 부분이 있다는 것을 믿게 하라

아이들은 다른 사람의 장점을 질투하면서 자기의 빛나는 점을 못 볼 수 있다. 따라서 부모는 아이가 정확하게 자기를 인식할 수 있도록 하게 해서 아이가 자신이 잘하는 것을 열거할 수 있도록 도와주는 것이 좋다.

부모는 아이에게 사람마다 각자의 장점이 있으며, 어떤 사람은 특별한 장점을 가지고 있기도 하다는 것을 알려주어야 한다. 비록 아이에게 꼭 특별한 장점이 있지 않을 수도 있지만, 그래도 수많은 일을 할 수 있고 자신의 장점을 최선을 다해 발휘할 수 있다면 아이는 칭찬받을 만하다.

자기의 부족한 점을 적극적으로 보완하도록 격려하라

부모는 아이가 장점을 발휘하도록 가르치는 동시에 아이가 자신의 부족한 점을 보충하게 해야 한다. 이 과정은 아이의 자신감을 높이는 과정을 도와주는 것이다. 자신감이 있는 아이는 질투 심리가 자연히 감소할 것이다. 부모는 아이가 용감하게 자기를 분석하게 하여 자기의 어떤 점이 부족한지를 보고, 보충하도록 할 수 있다.

부모는 아이의 결점에 대해 더 연습을 시키면서 "넌 이 부분이 너무 약해"라고 콕 집어 지적해야 하는 것은 아니다. 다만 아이에게 이렇게 말하면 된다. "더 숙련되도록 연습해볼까?" 만약 거기에 정신적인 격려까지 더한다면 아이는 더욱 빨리 자기가 '완벽'해지도록 재촉할 것이다.

긍정적인 태도로 경쟁하게 하라

부모가 경쟁을 독려하지 않는 것은 아이가 악의적인 경쟁에 빠질까 두려워서이다. 그러나 아이에게 질투심이 생기면, 아이는 이미 악의적인 경쟁 속으로 떨어진다. 아이는 자기보다 강한 사람을 적으로 보며, 자신이 넘어설 수 있는 경쟁자로 생각하지 않는다. 긍정적인 경쟁은 경쟁하는 양쪽 모두에게 좋은 결과를 가져다준다는 것을 이해해야 한다. 따라서 아이는 한편으로는 스스로 노력하면서, 한편으로는 상대방의 우수한 점과 장점을 배워야 한다. 아이는 다른 사람의 성적을 감상하는 것을 배워야 하고, 성공한 운동 선수들의 공정한 경쟁 이야기 등을 통해 아이가 그 속에서 깨달음을 얻고 관용의 마음으로 다른 사람의 성적을 대하는 태도를 배우고, 다른 사람과 같이 성공의 기쁨을 나눌 수 있게 해야 한다.

51

아이의 요구를
만족시키는 것을 미뤄라

아이의 응석을 다 받아주면 아이는 원하는 것을 바로바로 얻게 되므로 인내심이 없어진다. 오늘날의 일부 아이들을 보면 조용하게 앉아서 일을 할 수도 없고, 편안한 마음으로 성실하게 숙제를 완성할 수도 없으며, 심지어는 부모의 훈계도 참고 듣지 못한다. 아이가 인내심이 없다는 가장 확실한 증거는 바로 아이가 자기의 요구가 만족되지 못했을 때 수용하지 못하고 그로 인해 화를 내거나 유난히 초조해하고 불안한 감정을 드러내는 것이다. 아이의 이런 행동은 부모를 가장머리 아프게 하는 것이다.

만족을 지연시키는 것은 심리학 개념 중 하나인데, 바로 먼 미래의이익을 위해 '인내'로 현재 요구의 만족을 자원해서 늦추는 것이다. 이것은 EQ의 중요한 구성 부분으로, 때때로 한 사람의 심리적 성숙의정도이기도 하다. 기다림을 터득하지 않은 아이는 장래에 마음이 좁게 되고 아울러 이기적인 성격을 형성할 가능성이 크다. 부모가 응석을 너무 받아주어서 참지 못하는 경우가 많기 때문에 부모는 만족을 지연시키는 교육방법을 시도해 봐도 괜찮으며, 아이는 차츰 기다림을 터득해 갈 것이다.

아이의 관심을 옮겨주어라

아이에게 기다리는 것이 더 이상 참기 어려운 것이 아니라는 것을 느끼게 해 줘야 한다. 게임, 독서, 그림 그리기, 친구들과 놀기 등으로 아이의 관심을 잠시 옮길 수 있다. 부모는 인내심과 기다림을 내포하고 있는 이야기가 있는 책을 찾아 의식적으로 아이에게 읽게 할 수 있는데, 이렇게 하면 아이는 시간을 소모하는 동시에 책 속에서 인내심의 중요성을 이해할 수 있으니 일거양득이라고 할 수 있다.

기다리고 있는 아이에게 과분한 관심을 주지 마라

아이의 만족을 지연시키기로 이미 결정을 했다면 부모는 기다리고 있는 아이의 어떤 행동에 과분하게 관심 갖지 않아야 한다. 왜냐하면 어떤 아이는 어리광, 울기 등의 행동을 이용해서 부모의 '동정'을 얻고 안쓰러운 마음을 '유발'시켜서 어쩔 수 없이 자신의 요구를 즉시 만족시키도록 '협박'하기 때문이다.

부모는 아이가 조급해하는 것을 보고 싶지 않을 수도 있다. 그러나 이때 부모가 위로할수록 아이는 오히려 더 조급해질 수도 있다. 따라서 아이를 기다리게 하는 과정에는 아이를 위로하지 말고, 아이에게 '조급해하지 마'라고 이야기도 하지 않아야 한다. 아이가 조용하게 한편에서 기다리는 것을 보장할 수 있기만 하면, 나중에 아이는 다른 일을 하느라 기다리는 시간을 소모하는 것을 감당할 수 있을 것이다.

만족을 지연시키는 훈련은 단계적으로 해야 한다

부모는 아이의 교육에 대해 인내심을 가져야 하며, 아이가 한순간에 기다리는 것을 터득할 것이라고 기대해서는 안 된다. 기다리는 과정 중에 나타나는 행동에 대해 부모는 인내심을 가지고 아이와 '대치'해야 한다.

부모는 순서에 따라 단계적으로 아이를 훈련시켜야 하며, 아이의 기다리는 시간을 아주 조금씩 늘려야 한다. 몇 분, 몇십 분부터 시작하여 아이를 훈련시킬 수 있다. 만약 잘 참고 기다리면 부모는 아이의 요구를 만족시켜줄 뿐만 아니라 아이에게 약간의 정신적인 격려도 해주어 아이의 자신감을 높여줄 수 있다. 그 후 부모는 다시 아이를 기다리게 하는 시간을 점점 연장하여 아이가 인내심이 있는 아이로 서서히 변할 때까지 계속해야 한다.

아이의 억지 부리는 행동을
바로잡아라

아이가 너무나 과한 사랑을 받을 때, 아이는 매우 불합리한 요구를 내놓을 수도 있다. 일단 아이의 요구가 다른 사람에게 거절당하면 아이는 참을 수 없어져서 막무가내로 소란을 피울 수도 있다.

사촌 언니가 집에 손님으로 와서 친친(芹芹)은 즐거웠다. 친친과 엄마, 사촌 언니 세 사람이 함께 다이아몬드 게임을 했다. 사촌 언니가 첫 번째에 이겼는데, 친친이 게임판을 보자 엄마는 격자 두 개 차이로 이기고, 자기만 아주 많은 빈 격자가 아직 말에 가득 차 있었다.

친친은 갑자기 화가 나서 손을 휘두르며 말했다. "재미없어!" 사촌 언니가 웃으며 권했다. "그래도 끝난 다음에 다시 이야기해야지!" 친친은 화가 나서 소리쳤다. "언니가 이긴 거 아니야? 뭐가 그리 대단하다고! 흥! 착한 체하기는!" 말을 끝내고 친친은 말들을 손으로 잡아 흩트

려버렸다. "안 놀아! 어쨌든 난 안 졌어!"

엄마는 눈썹을 치켜세우며 아이를 훈계하기 시작했다. 친친은 울었고 울수록 마음이 상했다. 사촌 언니도 친친의 말을 들은 후 기분이 나빠졌고, 게임도 기분 나쁘게 끝났다.

놀이에서 지고도 자기가 진 것을 인정하지 않고 다른 사람을 원망하고 놀이를 원망했다. 막무가내로 소란을 피우는 아이는 늘 자기가 가장 억울함을 당한 사람이라고 생각하는데, 그래서 '생떼를 쓰면서 무리하게 굴었던 것'이다. 분명한 것은 부모의 지나친 사랑과 보호는 아이를 도리를 모르는 '괴물'로 변하게 한다는 것이다.

아이가 정확한 행동 규칙을 세우도록 도와줘라

아이가 억지를 부릴 때 부모가 계속 아이를 내버려둔다면, 아이의 만족 한계치는 계속해서 높아질 것이고, 결국 아이는 자신이 하고 싶은 대로만 하게 될 것이다. 따라서 부모는 처음부터 행동의 규칙을 정해서 사전에 아이가 어떤 일을 할 수 있는지, 어떤 일은 할 수 없는지를 알려주어야 한다. 동시에 부모는 왜 그렇게 할 수 없는지를 아이에게 알려주어 아이가 마음속에 자기 행동을 평가하는 기준을 세우도록 돕고, 아이 스스로 자신과 약속할 수 있게 해야 한다.

아이의 억지 행동에는 인내심과 냉정한 태도로 대응하라

대부분 아이들이 억지를 부릴 때는 울고불고 떼를 쓰는데, 여자아이는 아마도 감정이 세심하기 때문에 이러한 행동이 더욱 오래 지속될 수도 있다. 이런 상황일 때 부모는 안전이 보장된다는 전제하에서 아이를 내버려 두고 울만큼 울게 하면 된다. 아이는 이런 방법이 효과가 없다는 것을 깨닫게 되면 더 이상은 하지 않을 것이다.

이것은 비교적 긴 시간이 필요할 수 있지만 충분한 인내심을 가지고 아이의 우는 소리를 듣자마자 먼저 조급해지지 않아야 한다. 만약 부모가 조급함으로 아이의 제멋대로 구는 행동에 대응하면 결국 갈등을 계속해서 업그레이드 시킬 수 있다.

원칙을 굳게 지키고 쉽게 타협하지 말라

냉정한 태도와 밀접한 상관이 있는 것은 바로 부모가 반드시 원칙을 분명하게 지켜야 한다는 것이다. 일단 아이가 소란 피우는 것을 상대하지 않기로 결정했다면 부모는 이런 방법을 유지해야 한다. 아이의 시선 범위에서 멀리 떨어져서 아이가 눈물과 어리광으로 부모의 '약한 마음'을 자극하는 것을 피할 수 있도록 하는 것이 가장 좋다.

만약 아이가 계속해서 간청하더라도 아픈 마음을 거두고, 아이와 쉽게 타협해서는 안 된다. 부모의 결연함은 아이가 이전의 방법이 잘못된 것이고 불합리한 것이었음을 서서히 이해하게 할 수 있으므로, 아이가 아무리 소란을 피워도 부모는 마음을 지켜야 한다. 당연히 부모가 이러한 태도를 굳게 유지할 때 온화한 태도를 유지하는 것에 힘써야 한다. 아이에게 냉정한 말로 대해서는 안 되며, 아이를 꾸짖어서는 더욱 안 된다. 그렇지 않으면 아이의 반항 심리를 자극하여 어쩌면 아이가 더욱 무리한 일을 할 수도 있다.

온 가족이 일치된 교육 태도를 유지하라

부모가 아이의 무리한 행동에 대응할 때, 집에 있는 다른 가족은 아이를 안쓰러워할 수도 있다. 그러나 다른 사람의 위로, 달램은 아이의 무리한 행동의 '조력자'가 되며, 아이는 아마도 그로 인해 더욱 무리한 행동을 하게 될 것이다.

부모는 미리 모든 가정의 구성원들과 입을 맞춰 아이의 도리에 맞지 않는 행동에 대처해야 한다. 누구를 막론하고 모든 가족이 원칙을 굳게 지켜야 한다. 특히 아이의 할아버지, 할머니가 아이를 너무 심하게 오냐오냐하지 않아야 한다. 부모는 어르신들 및 다른 가족들에게 이렇게 하는 이유를 말씀드리고 더 많이 대화를 나누어서 서로 합의가 이루어진 교육관으로 아이를 대해야 한다.

일단 일치된 교육태도를 굳게 유지하기로 했으면, 부모 역시 쉽게 바꾸어서는 안 된다. 그렇지 않으면 아이는 아마도 부모의 흔들리는 태도를 이용하여 '허를 찌를' 수도 있다.

'할 수 있다'는
긍정적인 암시를 심어주어라

마음이 섬세하고 생각이 많은 것은 여자아이의 천성이다. 그러나 어떤 때는 생각이 너무 많아서 어떤 일은 자신은 절대로 완성할 수 없으며, 자기는 안 된다고 생각한다. 그러나 이러한 소극적인 자기 암시로 아이는 성공할 수 있는 많은 기회를 스스로 포기하기도 한다.

또 어떤 경우는 부모가 아이에게 부정적인 암시를 주었을 수도 있는데, 이것도 아이에게 '나는 안 돼'라는 생각을 하게 하는 주요 원인 중 하나이다. 예를 들어 여자아이들은 수학 성적이 좋지 않은 경우가 많은데, 만약 우리가 "여자아이는 수학을 못해. 그러니 너무 힘 빼지 말라"는 태도로 일관한다면 부모의 태도 때문에 아이는 마음속으로 자기는 정말 수학에는 무능하다고 인정할 것이다.

모든 아이들은 성공한 사람이 될 수 있다. 만약 부모가 아이에 대해 충분히 높은 기대를 품고 아이에게 긍정적인 암시를 준다면, 아이는

자신에 대해 같은 기대를 품을 것이고, 격려를 받은 아이들은 자신감으로 충만해서 '할 수 있을 것이다.'

아이의 성적을 적당하게 칭찬하라

칭찬은 아이를 적극적으로 인정해주는 것으로 아이의 성적에 대한 칭찬에 인색해서는 안 된다. 당연히 여기에서 말한 '성적'은 아이가 어떤 면에서 얻은 발전을 포함한다. 부모는 아이의 노력을 많이 칭찬해야 하며, 이것은 아이에게 많은 일이 노력하면 반드시 효과를 볼 수 있다는 것을 알게 할 것이다.

그러나 아이에 대한 맹목적인 사랑에서 너무 지나치게 칭찬해주거나 사실에 맞지 않는 칭찬은 아이를 자만하게 만들 수 있다. 또한 칭찬을 남발해서도 안 된다.

아이가 '대담하게 생각'하는 자신감을 갖도록 격려하라

아이들은 풍부한 상상력을 가지고 있는데, 어떤 때는 이 장점을 이용하지 못할 수도 있다. 특히 전에 한 번도 해보지 않았던 일에 대해서 혹은 아이가 어려울 것 같다고 느끼는 것에 대해서는 생각조차도 해보려고 하지 않고 바로 피하거나 깨끗하게 포기해버린다.

부모는 아이가 '여자아이는 이런 일을 할 수 없다'는 생각에 갇히지 않도록 아이의 생각을 넓혀주어야 한다. 만약 아이가 어떤 일에 흥미가 있다면 부모는 아이가 자신의 성공한 모습을 상상하고, 자신의 실력과 연결해서 예상해보고, 이 일을 완성할 가능성이 있는지 없는지를 예측해 보도록 격려할 수 있다. 아이가 이런 생각을 통해 결코 오르지 못할 나무가 아니라는 것을 발견할 때 아이는 자신감이 생길 것이고, 아울러 계속 지속해나가는 용기도 생길 것이다.

아이가 자신의 실력을 믿게 하라

부모는 아이의 실력을 믿고 아이가 용감하고 적극적으로 자신을 표현하도록 격려해야 한다. 응원과 인정만이 아이의 자신감을 세우는 것을 도울 수 있다. 그러나 부모는 아이가 이로 인해 교만해지는 것은 막아야 한다. 아이에게 많은 사람 앞에서 표현할 수 있는 기회를 만들어 줄 수는 있지만 아이가 많은 사람들 앞에서 항상 과시하게 해서는 안 된다. 또한 너무 지나치게 완벽함을 추구하는 아이는 어떤 경우 자기에 대한 요구가 너무 가혹할 수도 있다. 이때 부모는 아이에게 자신에 대해 적당히 엄격한 것이 좋은 것이지만 너무 까다롭지는 않아야 한다고 충고할 수 있다.

아이가 자기의 능력을 직시하고 자신이 할 수 있는 것을 해내면 가장 좋은 것이다. 아이가 자기의 약점에 더 이상 관심을 갖지 않을 때 아이는 자연히 열등감을 버리고 자신감을 다시 회복할 것이다.

54

100 POINT of EDUCATION II

소심하고 겁이 많은 아이를
잘 격려해줘라

어른의 눈에 아이는 모두 소심하다. 대다수 아이들이 드러내는 행동이 이 점을 증명하는 것 같다. 어둠을 무서워하고, 벌레를 무서워하며, 번개 치는 것이 무섭고, 낯선 사람을 두려워하고, 외로운 것을 싫어하는 등 아이가 두려워하는 것은 아주 많다. 그러나 보통은 어른들이 가진 아이에 대한 이런 인식 때문에 아이는 자기는 겁이 많고 연약하며 아무런 힘이 없다고 인정해버린다.

사실 여자아이가 선천적으로 겁이 많은 것은 절대 아니며, 부모가 응석꾸러기로 키우지 않는다면 용기를 내어 많은 일에 대처할 수 있을 것이다. 부모는 어리고 약한 딸을 잘 격려하고 용감하게 두려움을 이길 수 있는 힘을 주어 아이가 앞으로 어려운 일도 혼자 감당할 수 있는 인재가 될 수 있게 해야 한다.

부모의 잘못을 고치는 방법

딸에 대한 지나친 사랑 때문에 부모는 많은 잘못된 교육방법을 사용하고 있을 수도 있다. 예를 들어 부모는 아이가 받을 모든 상처를 대신 막아내고, 이렇게 해야만 아이가 안전할 수 있다고 생각한다. 부모는 늘 아이에게 '아이는 약자'라는 관점을 주입시키며 아이 스스로 용감하게 일어나지 못하게 한다. 그러나 이러한 방법은 아이에게 잘못된 자기인식을 만들어서 아이가 더욱 부모를 의지하게 할 수 있다. 부모는 아이에게 더 많은 이치를 이야기해주고 아이를 겁주지 않아야 한다. 아이가 어떤 일을 적절히 처리하는 것을 배우게 하고, 일을 처리하는 경험을 늘려 주어야 한다. 늘 아이에게 '너는 강한 사람'이라고 알려주어 아이의 자신감을 높여야 한다. 부모가 먼저 아이가 강하게 되기를 기대할 때 아이는 계속해서 자신을 격려하면서 서서히 유약함에서 벗어날 것이다.

실수와 실패를 두려워하지 않도록 가르쳐라

소심한 아이는 늘 걱정한다. '만약 실패하면 어쩌지? 만약 다 못하면 어쩌지?' 이러한 걱정은 아이가 일을 더 두려워하게 하고, 더 유약하게 만들 수 있다. 부모는 아이가 무엇이든 시험 삼아 해보도록 격려하여 자기가 할 수 있는 노력을 다할 수 있게 해야 한다. 부모는 아이에게 알려 줄 수 있다. "그 자리에서 전후 사정을 생각만 하느니 차라리 직접 시작해보는 것이 낫고, 어쩌면 성공할 수도 있다. 누구나 실수와 실패를 할 수 있다. 자기가 얼마만큼 할 수 있는지에 주목하고, 자기가 어떤 부분을 할 수 없을지는 걱정하지 마라." 부모의 말은 아이에게 어려움을 대하는 용기를 불러일으킬 수 있을 것이다.

자신의 요구를 용감하게 말할 수 있도록 격려하라

겁이 많고 유약한 아이는 자기가 원하는 것이 있거나 자기 마음에 안 드는 것이 있어도 감히 말하지 못한다. 부모는 아이가 입을 열어 표현하도록 더 많이 훈련시켜야 한다. 예를 들어 아이가 어떤 물건을 갖고 싶어 한다면, 아이가 스스로 말하도록 가르쳐야 하고 합리적인 요구를 만족시켜 주어야 한다. 아이가 어떤 일을 원하지 않을 때 부모는 아이가 스스로의 생각을 이야기하도록 격려해야 한다.

PART 7

능력 있는
아이로 키운다

100 POINT OF EDUCATION

부모로서 아이의 능력을 키워주는 것에 소홀히 할 수 없다. 삶은 수없이 많은 큰일과 작은 일로
이루어져 있는데, 아이가 가진 능력에는 한계가 있어서 아주 작은 일을 해내는 것부터 시작하여
점점 모든 일을 해내면서 성공과 성장의 기쁨을 느낄 수 있다. 부모는 지혜롭게 아이의 능력을
길러주어야 하며, 능력 부족으로 슬픔과 원망과 고민 속에 살지 않도록 해야 한다.

자기 격려

스스로에게
도전할 수 있도록 격려하라

사람들이 학습과 업무, 생활 속에서 어려움을 겪는 것은 일상적인 일이다. 스스로에게 도전하고 자신을 격려하는 것을 터득할 때 어려움을 이길 수 있고 진짜 성장할 수 있다. 어떤 아이는 자기를 격려하고 용감하게 도전하면서 그 속에서 능력을 향상시킬 뿐만 아니라 자신감을 키운다. 그러나 어떤 아이는 자신이 넘어설 수 있다는 것을 믿지 않아서 쉽게 포기한다. 결국 능력과 마음이 경험을 얻지 못할 뿐 아니라 열등감도 심해질 것이다.

만약 부모가 늘 오냐오냐하기만 해서 아이가 어려움을 만날 때마다 포기하게 했다면 아이는 아마도 자신에게 도전하고 싶은 생각을 하지 않을 것이다. 자신의 성공을 믿으면 이런 신념이 아이의 잠재능력을 이끌어낼 것이다.

연구에 따르면 격려를 받아본 적이 없는 사람은 자신의 능력의

20~30% 정도밖에 발휘할 수 없지만, 격려를 받았을 때 자신의 능력의 80~90%를 발휘할 수 있다고 한다. 따라서 충분한 격려를 받은 후에 발휘하는 능력은 격려를 받기 전의 3~4배에 상당한다.

이것으로 볼 때 격려의 힘은 거대한 것이다. 따라서 부모는 아이가 매 순간 자신을 위해 힘을 내고, 용감하게 도전하고 자신을 뛰어 넘는 사람이 될 수 있도록 기를 수 있는 방법을 생각해야 한다.

격려에도 타이밍이 중요하다

아이는 스스로를 격려할 줄 모르기 때문에 결국 모든 것은 부모가 늘 적당하고 합리적으로 아이를 격려하는 것에 달려있다. 아이가 겁이 나고 망설이느라 결정하지 못할 때에 바로 격려해주면, 아이는 자신감이 충만해지고 자신에게 도전할 수 있다. 사실 적시에 아이를 격려하는 것만이 응석꾸러기로 키우지 않는 것을 실천하는 것이다. 이런 경험이 많아질수록 아이는 격려 받는 것의 좋은 점을 자연히 느끼고, 어려움을 만났을 때 아이의 자기 격려 기제가 자동적으로 작동할 것이다. 따라서 부모는 제때에 정확하게 아이를 격려하여 아이가 자기를 격려하는 능력을 갖추도록 기초를 다져야 한다.

긍정적인 언어와 롤 모델로 자신을 격려하게 하라

자신에게 항상 긍정적이고 발전적인 말을 하는 것은 훌륭한 자기 격려 방식 중 하나이다. 특별히 도전과 어려움을 만났을 때 아이는 자기에게 이렇게 말하는 것을 배워야 한다. "나는 충분히 할 수 있어. 나는 내가 할 수 있다고 믿어." 일단 이런 말을 하게 되면 아이는 온몸에 힘이 차오르고 용감하게 성공의 방향을 향해 달려갈 수 있을 것이다.

'한 명의 롤 모델이 책에 있는 20가지의 가르침을 이긴다'는 말이 있다. 아이는 어떤 사람이 비슷한 어려움을 극복하는 것을 본 후에 자연히 이 어려움을 넘어설 수 있으며 노력해서 이겨낼 수 있다. 그래서 타인의 성공 경험은 아이에게 있어서 때때로 무형의 격려가 된다.

따라서 부모는 아이가 롤 모델을 찾도록 도와주어야 하며, 평상시에도 아이가 유명인의 전기를 많이 볼 수 있도록 가르쳐야 한다. 아이는 필요할 때 타인에게서 힘을 흡수하여 스스로 자신을 넘어설 수 있도록 격려하며 목표를 실현할 수 있을 것이다.

아이가 높은 목표를 정하지 않게 하라

모든 사람이 다르기 때문에 각자가 가진 잠재력 또한 다르다. 만약 아이가 실행해야 할 임무가 자신의 능력을 훨씬 더 많이 뛰어 넘어야 한다면 자기 격려만으로는 성공할 수 없을 것이다. 이렇게 되면 아이는 자기 격려의 힘을 믿지 않을 뿐만 아니라 성공의 경험이 없어서 더욱 열등감을 갖게 될 것이다.

따라서 부모는 임무의 난이도가 아이의 능력과 서로 맞는지를 헤아려 봐야 한다. 가장 안정적인 격려 방법은 아이가 결과에 개의치 않고, 소위 '과정이 훌륭하면 결과는 상관없다'고 하는 것이다. 노력하여 일을 하는 중에 아이에게 반드시 적지 않은 발전과 수확이 있을 것이다.

56

100 POINT of EDUCATION II

시간 관리

시간을 헛되이
쓰지 않도록 가르쳐라

시간은 세상에서 가장 귀한 것이지만 또한 가장 잃어버리기 쉬운 것이다. 누구에게나 시간은 공평해서 하루 24시간, 일 년 365일은 사람마다 똑같다. 그러나 모든 아이의 시간 이용률이 꼭 같지는 않다. 어떤 아이는 시간을 매우 효율적으로 이용할 수 있지만, 어떤 아이는 오히려 늘 시간을 잃어버린 후 시간이 부족하다며 한탄한다. 사실 이것은 아이가 시간 관리를 할 수 있는지 없는지의 문제이다.

딴딴(丹丹)은 초등학생이지만 시간 관리를 아주 잘한다. 매일 학교가 끝난 후 집에 돌아오면 서둘러 숙제를 끝낸다. 8시 30분부터 9시 30분까지는 자기가 좋아하는 일을 한다. 만화영화를 보거나, 엄마를 도와 집 안일을 하거나, 책을 읽는다. 9시 30분 후에는 세수와 양치질을 하고, 10시면 정확하게 잠자리에 든다.

딴딴은 아침에 늦잠 자는 상황이 한 번도 없었고, 수업 시간에도 졸지 않아서 수업 듣는 효율이 매우 높다. 숙제를 완성하는 속도도 매우 빨라서 학습과 생활 상태가 완전히 선순환에 들어섰다.

아이가 합리적으로 시간을 계획하고, 시간을 효율적으로 이용하는 습관을 기르면 모든 일이 질서정연하게 이루어질 수 있다. 아이는 그에 따라 편안하고 즐겁게 생활할 수 있을 것이다.

합리적인 시간 계획을 하도록 지도하라

아이는 집에 돌아오면 시간에 대한 계획을 세워야 한다. 매일 대략 몇 시에 숙제를 시작하고, 몇 시간 동안 끝내며, 끝낸 후의 시간은 또 어떻게 나누어 쓸 지에 대해 모두 계획해야 한다. 그렇지 않으면 시간을 효율적으로 이용하기가 어렵다.

따라서 부모는 아이가 '시간표'를 만들어 학교에서 돌아온 후 해야 할 일을 순서에 따라 계획하도록 가르쳐야 하며, 여기에는 주말에 어떻게 시간을 이용할지를 계획하는 것도 포함된다.

아이와 함께 계획대로 시간을 사용하라

아이가 시간을 계획하고 나면 부모는 아이가 엄격히 실행하도록 격려해야 한다. 아이가 떼를 쓴다고 마음이 약해져서 아이와 타협한다면, 이것은 아이에게 전혀 도움이 되는 일이 아니다.

부모는 아이와 함께 계획을 정하는 것이 좋다. 예를 들어 아이가 식사 전에 숙제하는 시간은 부모가 저녁 식사를 준비하는 시간이고, 아이가 저녁 먹은 후 공부하는 시간은 부모가 책을 보고 독서하는 시간이며, 아이의 휴식과 여가 시간에는 부모도 휴식과 여가 시간으로 보낸다.

이렇게 하면 아이는 계획에 맞춰 시간을 이용하는 것의 좋은 점을 느낄 수 있으며, 아울러 스스로 실천해나갈 것이다.

아이의 집중력을 키워라

샤오루(小璐)는 매일 제시간에 숙제를 시작하지만 집중하지 않고 잠깐 거울도 봤다가, 잠깐 지우개를 가지고 놀기도 하다가, 잠깐 화장실에도 다녀온다. 그래서 매일 계획된 시간에 숙제를 끝낼 수가 없다.

엄마는 이 사실을 알게 된 후 책상 위에서 중요한 물건이 아닌 것은 치우고, 숙제하기 전에 화장실에 다녀오게 하고, 30분마다 나와 5분씩 쉬게 했다. 이렇게 하니 샤오루는 시간을 이용하는 효율이 높아졌고, 점점 시간을 낭비하는 습관이 고쳐졌다.

부모는 아이에게 간섭하지 않는 학습, 일하는 환경을 만들어 줄 방법을 생각해야 하며, 아이의 개인 상황에 따라 휴식 시간도 계획하게 하여 아이가 전심전력으로 몰두하도록 해야 한다. 아이의 집중력만 높아진다면 시간은 그냥 낭비되지는 않을 것이다. 일단 습관을 기르면 아이는 시간을 고효율적으로 이용하는 능력을 생활과 학습의 모든 곳에 응용할 수 있을 것이다.

임기응변 능력

임기응변과 침착하게 대처하는 능력을 가르쳐라

임기응변 능력은 아이가 갖추어야 할 기본 능력 중 하나이다. 특히 눈 깜짝할 사이에도 수많은 변화가 있는 사회에서, 누구도 1초 후에 무슨 일이 발생할지 알 수 없다.

2009년 9월 16일, 미국에서 일어났던 일이다. 다이애나라 불리는 6살 딸과 임신한 엄마가 집에 있었다. 새벽 3시, 막 분만하려고 하는 엄마가 아이를 깨웠다. 엄마의 분만하는 장면은 아이를 놀라게 했지만 엄마의 격려하에서 아이는 진정하려고 노력했고, 수건을 많이 가지고 와서 엄마가 몸을 닦는 것을 도왔다. 아기가 완전히 나왔을 때, 다이애나는 민첩하게 아이를 받은 후 담요로 방금 태어난 여동생을 싸서 엄마의 품에 건네주었다. 아기 받는 것이 완전히 끝난 뒤 다이애나는 문을 열고 의사와 가족들의 도착을 기다렸다.

생활 속에서 모든 돌발 상황에 대응하려면 냉정함과 침착함을 유지하는 것이 전제가 되며, 조급함과 당황함은 일을 더 엉망으로 변하게 할 수 있다. '냉정하게 대응하고 융통성 있게 처리하는' 능력은 평상시에 연습을 통해 나온 것이다. 부모는 아이에게 임기응변과 침착하게 대응하는 방법을 훈련시켜야 한다.

아이의 자기관리 능력을 길러줘라

아이가 자기관리 능력을 갖추게 하는 것은 아이의 임기응변 능력을 기르는 기초이다. 소위 '자기관리'는 자기가 스스로 자기를 돌보는 것이다. 예를 들면 다른 사람의 도움이 없을 때 스스로 요리하는 것을 배우고, 날씨가 추워지면 옷을 더 두껍게 입고, 배가 고프면 먹을 것을 찾아보거나 먹을 것을 사가지고 오며, 갑자기 비가 오면 비를 피할 수 있는 방법을 생각하는 것 등이다. 아이는 이런 작은 일에 대처하는 것을 터득해야만 갑자기 닥칠 큰 변화에도 대응할 수 있다.

아이가 이런 작은 일을 할 능력이 있는지 없는지는 전적으로 부모가 아이를 오냐오냐하는지 아닌지에 의해 결정된다. 만약 부모가 아이를 응석꾸러기로 키워서 아이가 '밥이 오면 입을 벌리고, 옷이 오면 손을 뻗는다면' 아이는 자기관리 능력을 단련할 수 없다.

따라서 부모는 아이가 자신의 능력으로 할 수 있는 일을 하도록 손을 놓아줘야 하며, 어려운 일을 겪은 후에 부모가 제때에 도움을 주면 아이는 이런 상황을 어떻게 처리해야 하는지를 알고 아이의 임기응변 능력도 서서히 확대될 것이다.

다양한 단체 활동에 참가하도록 격려하라

학교에서 조직된 합창단, 마을에서 조직된 경로 활동은 아이가 여러 사람들을 알 수 있고, 공부 이외의 각종 일에 대해서 의심할 것 없이 아이의 임기응변 능력을 단련할 수 있는 환경을 제공한다. 한 번도 만나보지 못한 일, 한 번도 접해보지 못한 사람을 대할 때, 어떻게 해결하고 어떻게 함께해야 하는지 아이가 반드시 생각해야 할 문제이다.

어떤 부모는 아이가 인간관계에서의 어려움을 만날까 두려워서 아이를 각종 활동에 참여하지 못하게 한다. 이렇게 아이를 과잉보호하는 것은 아이의 경험과 남과 교제하는 즐거움을 박탈할 뿐만 아니라 아이의 성장할 기회를 더욱 줄어들게 한다. 부모는 아이가 참여할 수 있도록 격려해야 하지만 아이가 피하고 싶어 한다면 허락해주고, 아이가 실수하더라도 용납해야 한다. 왜냐하면 아이는 자신이 대응할 수 없는 것에 대해 위축된 반응을 보일 수 있기 때문이다. 또한 아이에게 비슷한 상황을 만나면 어떻게 처리해야 하는지를 가르쳐 주어야 한다. 아이의 경험이 많을수록 변화가 왔을 때 자연히 두렵지 않게 되고, 안정을 유지하는 것이 당연한 일이다.

도움을 청하는 법을 가르쳐라

도움을 청하는 것은 임기응변 능력을 실현하는 것이다. 예를 들어 아이가 큰 길에서 교통사고를 당했거나 긴급한 상황을 만났을 때, 아이가 길 가는 사람에게 도움을 청할 수 있을까? 혹은 경찰에 신고 전화와 구급전화를 할 수 있을까? 아이가 혼자 집에 있으며 어려움을 만났을 때 이웃에게 도움을 청해야 함을 이해하고 있을까? 도움을 청하는 것을 아는 것만으로도 종종 중요한 순간에 큰 문제를 해결할 수 있다.

부모는 '어려움을 만났을 때 바로 도움을 청하는 관념'을 아이에게 주입시켜야 하며 부모의 '날개' 아래서 보호해야 하는 것이 아니다. 아이를 보호하는 것보다 도움을 청하는 방법을 아이에게 가르쳐 아이가 임기응변 능력과 자기보호 능력을 키울 수 있게 하는 것이 낫다.

기본적인 안전 상식을 가르쳐라

1994년 12월 8일 신장 커라마이(新疆 克拉瑪依) 지역의 대화재는 300명에 가까운 아이의 아까운 생명을 앗아갔다. 그러나 한 여자아이는 불 속에서 함부로 돌아다니지도 않고, 극장의 화장실로 도망가 수도꼭지를 열어 자기의 온몸을 적시고 젖은 수건으로 입을 막았다. 아이는 화장실 구석에서 구조대원들을 기다렸고 다행히 재난을 피할 수 있었다.

아이가 조용하게 대응하며 자기의 생명 안전을 보전하는 전제는 바로 상응하는 안전상식을 이해하는 것이다. 따라서 부모는 항상 기본적인 안전상식을 아이에게 전수해주어야 하며, 아울러 아이를 데리고 안전훈련을 하여 아이가 임기응변 능력을 높임으로써 자신의 생명을 보호할 수 있게 도와주어야 한다.

실천

문제를 직접 해결하도록 가르쳐라

요즘 부모는 아이의 지적인 면을 쌓는 것에만 신경쓰고 아이의 손을 쓰는 능력을 길러주는 것에는 소홀히 하는 경향이 있다.

아이가 직접 실천하는 능력을 기르는 것은 매우 중요하다. 이것은 아이가 기본적인 생활 기능을 파악하는 것을 도울 뿐 아니라 아이의 창의성과 실행 능력을 높이는 것을 도울 수도 있어 아이가 어떠한 문제를 만나도 직접 조작을 통해 어려운 문제를 해결하고 목표를 향해 앞으로 나아가게 한다.

아이가 집안일에 많이 참여하도록 격려하라

노동은 아이의 실천 능력을 키우는 가장 좋은 수단이며, 가사 노동은 아이가 매일 접할 수 있는 활동이다. 그러나 오늘날 많은 아이들이 집안일을 하지 않는다. 근본적인 원인은 부모가 아이를 과잉보호하고, 일하는 과정에서 다칠 것을 걱정하기 때문이다.

부모는 생각을 바꾸어 아이의 성장의 기회를 박탈하지 말아야 한다. 부모는 집안일을 할 때 아이에게 참여하게 하여 가사 분담을 위한 아이의 책임감을 기르고, 한편으로는 아이의 실천 능력을 단련해야 한다. 이렇게 기르다 보면 아이는 '자신의 일에서도 능력을 나타내고, 가사일도 훌륭히 해내는' 현숙한 여성이 될 것이다.

아이가 손으로 만드는 것을 지원해줘라

각종 노동에 참여하는 것 외에 손으로 만드는 것도 아이의 실천 능력을 기르는 좋은 방법이다. 고무 찰흙으로 무언가를 빚거나, 종이를 잘라 완구를 만들거나, 연을 만들고, 헝겊 인형을 위해 옷을 만드는 활동 등은 아이의 조작 흥미를 불러일으킬 뿐만 아니라 아이의 손과 뇌가 협조하는 능력 및 관찰력과 창의력을 단련시킬 수 있다.

이 과정에서 아이는 부모의 지도를 필요로 할 수 있다. 아이가 혼자서 만들던 것을 완성할 능력이 없을 때는 우리가 반드시 도와주어 아이가 성공의 경험을 통해 손으로 만드는 것에 대한 열정을 유지하게 해야 한다.

실천을 통해 지식을 굳건히 하도록 응원하라

실천 조작 능력의 연장은 바로 이론과 실천의 결합이다. 아이가 많은 양의 지식을 배웠지만 만약 그것을 생활 속에 응용할 능력이 없다면 그것은 배우지 않은 것과 같다.

샤오징(小靜)은 계속 영어 공부를 해왔다. 엄마는 아이가 '벙어리 영어'로 배우게 하지 않기 위해서 아이를 English Corner*에 자주 데리고 갔다. 시작할 때 샤오징은 매우 난감했지만 영어로 다른 사람과 교류해보기 시작했다. 서서히 샤오징의 담력이 눈에 띄게 커졌고, 영어를 말할 때 더 이상 어색하지 않았으며, 회화 능력이 많이 늘었다.

아이가 뛰어난 학식이나 정치적 경륜을 가지고 있지만 전혀 실천 능력이 없는 사람이 되게 하지 않기 위해서 부모는 아이가 배우는 지식을 생활에 응용하도록 격려해야 한다. 부모가 아이가 실천하는 것을 격려하고, 아이가 시도해보는 것을 뒷받침해주면 아이는 '배웠으나 쓸 수 없는 책벌레'는 되지 않을 것이다.

---

* 일반적으로 중국의 학교와 단과 대학에서 영어로 진행되는 비공식적인 수업.

자주적인 선택

자기주관이 뚜렷하고
결단력 있는 아이로 키워라

아이는 독립적인 생명체이다. 아이의 인생에서 아이 본인이 '주인'의 역할을 회피하지 않아야 한다. 부모는 아이의 자주적인 선택 능력을 기르는 것을 통해 진정으로 아이가 생명의 주도자, 창조자, 책임자가 될 수 있도록 길러야 한다.

주관이 있고 결단력이 있는 아이는 어떤 선택에 직면해도 자신이 무엇을 원하는지, 무엇을 선택하고 싶은지, 왜 선택해야 하고, 왜 포기해야 하는지를 알고 있다. 주관 없이 남을 따라하지 않고 시류에 휩쓸리지 않는다. 자신이 선택한 인생의 길은 기꺼이 걸어가며, 선택이 틀렸다 해도 스스로 경험과 교훈을 얻을 뿐 다른 사람을 원망하지 않는다. 그 속에서 아이도 책임을 감당하는 법을 배운다.

반대로 혼자서 스스로 결정하고 선택하는 것을 못하는 아이는 자연히 외부 세계에서 도움을 찾고, 수많은 다른 사람의 건의 중에서 아무거나 받아들이거나, 혹은 다른 사람에게 자기 대신 결정해달라고 한다. 이렇게 무턱대고 따르다 보면 오히려 아이는 더욱 맹목적이 되어서 일단 여의치 않은 일이 발생하면 아이는 책임을 다른 사람에게 전가한다. 이것은 모두 주관이 없어서 생기는 결과이다.

부모는 아이가 어릴 때 어떤 선택을 해야 할지에 대해서 어느 정도의 도움과 지도를 해주어야 한다. 그러나 부모는 한때 도와줄 수 있을 뿐 일생을 도와줄 수는 없다. 아이의 자주 의식의 커짐에 따라 부모는 아이가 독립적으로 결정하게 해야 한다. 왜냐하면 아이의 인생은 아이가 말한 대로 결정되며, 부모는 아이가 주인이 되는 권리를 빼앗아서는 안 되기 때문이다.

작은 일에서부터 자주(自主) 능력을 단련시켜라

만약 아이가 평소에 작은 일을 결정할 수 없다면 대학 입시나 직업 선택 등 큰일을 대할 때도 선택할 용기가 없을 것이다. 따라서 사소한 일에 관해서 부모는 아이가 스스로 결정할 수 있게 해야 한다.

예를 들어 아이가 오늘 무슨 옷을 입을지, 아침은 뭘 먹고 싶은지, 어떤 머리핀을 꽂고 싶은지, 자기의 방을 어떻게 배치하고 싶은지 등을 아이 스스로 결정하게 해야 한다. 부모는 아이에게 의견을 말할 수 있지만 강압적으로 복종하게 해서는 안 된다. 이런 작은 일을 통해서부터 아이의 자주적인 선택 능력은 비로소 점점 길러질 수 있다.

아이의 선택을 쉽게 부정하지 마라

엄마는 옷 입는 것에 대해 뉴뉴(妞妞)와 늘 의견이 달라서 뉴뉴가 옷을 골라오면 마음에 들어하지 않아하며 엄마가 다시 골라준다. 한번은 엄마가 뉴뉴를 데리고 친구의 결혼식에 가야 했는데, 뉴뉴가 물었다.

"엄마, 저 무슨 옷 입어요?"

엄마가 말했다. "네 마음대로 입어. 아무거나 괜찮아."

"전 무슨 옷을 입어야 할지 모르겠는데요. 엄마가 골라주세요."

아이의 선택을 자주 부정하면 아이가 점점 더 선택을 못하게 된다. 아이는 자신의 선택이 잘못될까 봐 결정을 할 수 없기 때문에 시간이 지날수록 아이는 결정 능력이 없어진다. 따라서 아이의 선택에 대해서 부모는 원망, 꾸짖음, 풍자 등 부정적인 감정으로 반응하지 말아야 한다. 이렇게 되면 아이는 선택의 적극성을 잃어버리게 되어 주관이 없는 사람이 될 수도 있다.

아이에게 건설적인 의견을 제시하라

만약 아이가 뭘 해야 할지 모르거나 내놓은 결정이 적절하지 않다면, 부모는 아이에게 건설적인 의견을 제시하고, 아이에게 다양한 관점을 제시하여 아이가 스스로 생각해 볼 수 있는 기회를 주어야 한다. 아이의 의견이 맞는지 틀렸는지를 평가하지 말고, 전적으로 아이가 말하는 대로 하게 해야 한다.

부모는 아이를 존중하지만 응석받이로 키우지 않아야 하며, 반드시 아이가 요구한 대로 해야만 하는 것은 아니다. 먼저 아이의 생각을 받아들인 뒤, 아이와 함께 이 방법이 합리적인지 아닌지, 어떤 면이 합리적이고 어떤 면이 불합리적인지, 어떻게 고쳐나가야 할지를 분석하는 것이 좋다.

아이에게 틀릴 기회를 줘라

엄마와 안안(安安)은 케이크 가게에 갔는데, 안안이 작은 케이크를 골랐다. 엄마는 이 케이크의 맛이 안안이 좋아하는 맛이 아니라는 것을 알고 안안에게 다른 것을 선택하라고 권유했다. 그러나 안안은 고집을 부리며 말을 듣지 않아서 엄마도 더 이상 이야기하지 않았다. 안안은 한 입 먹자마자 얼굴에 난색을 표하며 말했다.

"맛없어요."

엄마가 말했다. "어때? 내 말이 틀리지 않았지?"

안안은 고개를 숙이고 말 없이 묵묵히 참을 수밖에 없었다.

중요하지 않은 작은 일에 대해서는 부모의 의견을 제시한 후에도 아이가 고집을 부리며 자기의 결정대로 하겠다고 한다면, 아이의 결정대로 하는 것도 괜찮다. 아이의 잘못이 증명되면 다음에는 부모의 의견을 받아들일 것이다.

60

100 POINT of EDUCATION II

반항, 좌절

강력한 좌절 극복 능력을
갖추도록 단련시켜라

아이의 성장 과정 속에서 모든 일이 마음대로 될 수는 없으며, 정도는 다르지만 좌절을 겪게 된다. 좌절을 견뎌내는 힘이 강한 아이는 낙관적으로 현실을 대면하고 용감하게 어려움을 이겨낼 수 있다. 그러나 좌절에 대해 저항력이 없는 아이는 넘어지면 다시 일어나지 못하고 정신이 위축되기 쉽다. 의외로 좌절은 아이가 어려움을 겪으면서 성장하도록 돕는, 하늘이 아이에게 준 선물일 수도 있다.

요즘 사회에서 많은 아이들은 성적이 마음에 들지 않고, 친구를 사귀는 데 실패하는 등의 이유로 집을 나가거나 심지어는 자살을 하기도 한다. 근본적인 원인은 바로 아이들의 좌절에 대한 저항력이 부족하다는 것이다. 아이들은 가족들의 과잉보호하에서 좌절을 겪을 기회가 없어서 모든 일이 순조롭게 이루어지는 것이 습관이 되었다. 이렇게 됨으로써 아이는 자연히 좌절에 대항하는 능력도 없는 것이다.

사실 태어날 때부터 군건한 성격과 탁월한 재능을 가진 아이는 아무도 없다. 모두가 고난과 좌절을 통해서 자기의 각 방면의 능력을 높이는 것이다. 따라서 아이의 입장에서 보면 좌절을 겪는 것은 성장의 시작일 뿐만 아니라 인생의 필수 과목이다.

부모는 아이를 과잉보호해서 일부러 아이가 좌절을 '피하도록' 하게 해서는 안 된다. 아이가 좌절을 겪을 때 부모는 아이가 도피하지 말고, 두려워하지 않으며, 용감하게 대면하도록 격려해주어야 한다.

사랑으로 아이의 내면을 더욱 강해지게 하라

좌절을 겪을 때 쓰러져서 다시 일어나지 못하는 것은 내면이 약한 아이들에게 흔히 일어나는 일이다. 아이는 태어나면서부터 부모의 사랑 속에서 영혼의 양식을 섭취하므로 부모가 아이에게 주는 관심이 많을수록 성공적으로 좌절을 제어하는 원동력이 될 수 있다.

그러나 이런 관심과 사랑은 아이가 배부르게 먹었는지, 따뜻하게 입었는지만 묻는 것이 아니라 아이의 내면의 요구를 진정으로 봐 주어야 한다. 부모가 아이의 정신적 필요를 제때에 만족시켜 주어야만 아이의 내면은 비로소 강해질 것이다. 만약 부모가 아이에게 충분한 영혼의 양식을 줄 수 없다면 아이는 무슨 힘을 가지고 좌절을 막을까? 따라서 아이가 군건한지 아닌지를 묻지 말고, 부모가 사랑을 충분히 주었는지 아닌지를 물어야 한다.

좌절을 정확하게 대하도록 가르쳐라

아이가 처음으로 좌절을 겪을 때 부모는 아이를 위로해주어야 한다. 하지만 아이가 부모가 너무나 마음이 아파서 아이가 좌절하는 것을 참지 못한다고 느끼게 하면 안 된다. 부모는 먼저 아이가 이 과정에 담겨 있는 깊은 의미를 이해할 수 있게 해야 한다. 부모는 아이에게 이렇게 알려줄 수 있다.

"한 사람이 자기를 성장하게 하고 싶으면 반드시 좌절을 경험해야 해. 좌절에서 도망가고 싶다면 그것은 성장을 도피하는 것과 같아."

부모는 자신이 좌절에 저항했던 사례를 들어 아이에게 좌절이 결코 무서운 것이 아니라는 것을 알려주고, 교훈적인 이야기를 통해서 아이가 스스로 깨닫도록 도와줄 수 있다.

작은 당나귀 한 마리가 매우 깊은 마른 우물에 떨어졌다. 사람들이 각종 방법을 썼지만 당나귀를 구해내지 못했다. 당나귀는 멈추지 않고 슬피 울부짖었고, 힘이 없었던 사람들은 마지막으로 우물을 메워서 당나귀를 묻어버리기로 했다.

첫 번째 진흙이 마른 우물에 떨어졌을 때 당나귀의 울음 소리는 더 커졌고 사람들의 생각을 알아챘다. 시간이 좀 지난 뒤 당나귀는 돌연 울음을 그쳤다. 사람들이 보니 당나귀는 등에 묻은 진흙을 바닥에 떨어뜨렸고, 힘을 다해 진흙을 밟고 좀 더 높이 섰다. 사람들은 당나귀의 행동에 놀라서 마른 우물을 흙으로 가득 메웠고 당나귀도 우물에서 빠져나왔다.

아이가 좌절을 어려움을 돌파하는 계단으로 보고, 자기의 성장을 돕는 좋은 선생님과 유익한 친구로 본다면, 아이는 좌절에 감사하고 용감하게 받아들임으로써 좌절에 저항하는 능력을 강화시킬 것이다.

부모는 생활 속에서 아이가 좌절할 만한 상황을 만들어서 아이가 어떻게 대처하는지를 살펴볼 수 있다. 아이가 좌절과 장애물을 대하는 과정에서 아이에게 알맞은 처방을 제시할 수 있어야 한다.

좌절을 겪게 된 원인을 분석하게 하라

아이가 정확한 심리로 좌절을 대하는 것은 매우 필요한 일이다. 그 외에 부모는 반드시 아이가 좌절하고 실패한 원인을 찾는 것을 도와주어야 한다. 만약 아이가 왜 좌절하게 되었는지를 모른다면 다음에도 같은 곳에서 넘어질 수 있고, 횟수가 많아지면 아이는 좌절에 저항하는 능력이 서서히 낮아질 것이다. 왜 좌절했는지를 알아야만 좌절에 지지 않을 수 있다.

부모는 좌절을 이기는 방법을 아이에게 가르쳐야 한다. 예를 들어 관심 이동법, 정신 격려법, 사상 계도법 등이다. 중요한 것은 아이가 나쁜 정서에 지속적으로 영향을 받지 않도록 하여, 되도록 빨리 영혼의 어두운 그림자에서 나와 새로운 생활을 맞이하도록 하는 것이다.

자기 통제 능력

자신의 감정을 지배할 수 있게 하라

응석만 부리던 아이의 정서는 대부분 좋지 않다. 만약 자신의 뜻에 맞지 않는 일을 만난다면 아이는 순식간에 통제력을 잃어버린다.

장면 1

"엄마, 저 초콜릿 먹고 싶어요. 빨리 사주세요!"

"안 돼. 요즘 충치 생겼잖아. 먹으면 안 돼."

"먹고 싶어요! 먹고 싶다고!"

만약 부모가 계속 대답하지 않는다면 아이는 울기 시작할 것이다.

장면 2

"엄마, 나랑 같이 놀아요."

"우리 보배, 미안한데 엄마가 지금 바쁘거든. 좀 이따가 같이 놀까?"

"안 돼! 나는 지금 놀아야 해요!"

만약 부모가 계속 일을 한다면 아이는 '분노'하여 부모 앞에서 물건들을 제멋대로 던져버릴 수도 있다.

이것이 바로 통제를 잃어버리는 아이의 감정이다. 심리학자의 연구에서 사람의 어떠한 결정과 행위는 모두 감정의 영향을 받는다는 것을 발견했다. 만약 아이가 자신의 감정을 잘 통제할 수 없다면, 아이의 감정은 외부 세계의 간섭을 받기 쉬울 것이고, 그로 인해 아이의 기분도 나빠져서 최선을 다해 몰입하여 일을 할 수 없을 것이다.

아이의 감정이 통제력을 잃은 것을 보고, 아이가 그로 인해 우는 것을 보면 부모로서 몹시 안타깝지만 그래도 냉정해져야 한다. 너무 오냐오냐하기만 하면 아이의 감정은 절대 평상심으로 돌아올 수 없고 아마도 원래보다 더 나빠질 것이다. 따라서 부모는 아이가 자신의 감정을 지배하고, 서서히 자기통제 능력을 길러서 아이 스스로 자기 감정의 주인이 되게 해야만 한다.

감정을 정확히 인식할 수 있게 하라

일반적으로 말하면 감정은 기쁨, 분노, 걱정, 그리움, 슬픔, 두려움, 놀람의 일곱 가지로 나눌 수 있다. 부모는 아이 자신의 감정 변화를 결합하여 아이가 자신의 감정을 인식하게 할 수 있다. 중요한 것은 한 사람이 어떻게 자기의 감정을 통제하고 표현하는지를 보아야 한다. 부모는 아이에게 감정 관리에 관한 이야기를 들려주어 아이가 좋은 감정과 나쁜 감정을 구분하도록 도와 줄 수 있다. 이렇게 하면 아이는 각종 감정에 대응하는 정확한 방법을 대략 이해할 것이다.

아이의 감정 표현을 이성적으로 대하라

과잉보호를 받은 아이는 대부분 감정을 밖으로 드러내기 때문에 한눈에 알아볼 수 있다. 부모는 아이의 이런 감정 표현을 이성적으로 대해야 한다. 예를 들어 아이가 화를 내더라도 부모는 따라서 화내지 않아야 한다. 아이가 울더라도 무턱대고 아이를 위로하지 않아야 한다.

아이에게 감정이 생기면, 특히 부정적인 감정이 생겼을 때 부모는 되도록 이성적이고 평정심을 가진 태도를 유지해야 한다. 그러나 부모의 이런 평정심은 아이의 감정에 대해 무관심 하는 것이 아니며 관심은 보여주어야 한다. 아이의 감정이 막 폭발하려고 할 때는 부모의 의견을 내세우지 말아야 하며, 그때 아이의 감정을 통제하려고 생각하지 말아야 한다. 부모는 아이가 감정을 털어 놓는 것을 허락해야 하고, 아울러 아이가 자신의 감정을 이야기하도록 가르쳐야 한다. 그런 다음 부모는 다시 구체적인 상황에 맞게 아이가 좋지 않은 감정을 해결하도록 도와야 한다.

감정을 표현하고 처리할 수 있게 하라

부모는 자기의 딸이 신중함과 진중함을 가질 수 있기를 바란다. 그래서 아이가 자신의 감정을 표현하고 처리할 수 있게 가르쳐야 한다.

아이가 자신의 감정을 적절하게 표현하면 상대방은 아이가 왜 그런 행동을 하는지를 더욱 쉽게 이해할 것이며, 그것을 통해 상대방은 자신의 잘못을 고치거나 아이에게 알맞은 도움을 줄 수 있을 것이다.

부모는 또한 아이에게 감정을 처리하는 방법을 제시해주어야 한다. 예를 들어 잠시 주의를 다른 곳으로 옮긴다든지, 푸른 나무와 풀을 보거나 음악을 듣는다든지, 깔끔하게 다른 일을 해도 좋다.

부모도 자기의 감정을 적당히 표현하라

어떤 부모는 아이가 부모의 나쁜 감정에 전염되지 않도록 하기 위해서 반드시 꾹 참아야 한다고 생각한다. 사실은 그렇지 않다. 예를 들어 만약 부모가 아이가 한 어떤 일에 대해 매우 화가 났다면, 부모는 아이의 행동에 실망했다고 아이에게 분명히 알려주어야 한다. 그러나 부모는 자신의 감정을 표현할 때 이성적이어야 하며, 폭풍우가 휘몰아치듯이 아이를 꾸짖고 심지어 욕까지 해서는 안 된다. 만약 슬픈 감정이라면 너무 슬퍼서 자기 감정을 제어하지 못할 정도로 울어서는 안 된다.

동시에 부모가 감정을 처리하는 과정을 아이에게 '보여'주어야 한다. 아이에게 부모가 어떻게 나쁜 감정을 떨쳐 버리는지를 보게 하고 이로써 감정을 조절하는 방법을 배우도록 해야 한다.

62

100 POINT of EDUCATION ||

신독자율(愼獨自律)
신중하고 자립하며
스스로에게 엄격하게 하라

『중용(中庸)』에 '군자는 반드시 홀로 있을 때에도 삼가야 한다(君子必慎其獨也.)'라는 구절이 있다. 성품이 고상한 사람은 혼자 있을 때에도 자기에게 엄격하게 요구하며, 자기의 생각과 행동에 대해 신중하고 또 신중해야 한다는 의미이다.

TV에서 최근에 재미있는 만화 영화를 방영하였다. 첸첸(筌筌)은 늘 친구들과 함께 영화의 내용을 이야기했다. 만화 영화의 방영 시간은 매번 하교한 뒤 얼마 지나지 않아서이다. 늘 해왔던 대로라면 이때는 첸첸이 열심히 숙제를 해야 하는 시간이었다. 그러나 이 만화 영화가 방송되기 시작한 후부터 첸첸은 게으름을 피우기도 하고, 엄마가 퇴근하지 않은 기회를 틈타 몰래 TV를 봤다.

한번은 첸첸이 엄마에게 덜미를 잡혔다. 엄마의 태도는 매우 엄격했지만 췐췐은 오히려 이렇게 말했다. "잠깐 보는 거예요. 별거 아니잖아 요!" 엄마는 고개를 흔들며 말했다. "너는 숙제할 때 다른 생각에 빠져서 숙제의 완성도가 떨어졌어. 몰래 TV나 보고, 이건 네 스스로에 대한 요구를 느슨하게 하는 것이고, 네 학습태도에도 영향을 받았잖아! 이런데도 어떻게 별거 아니라고 하니? 앞으로 네 스스로에게 엄격해지길 바라. TV보는 것은 괜찮지만 먼저 중요한 학습 의무를 완성한 후에 봐!"

자율은 일종의 자기 통제 능력이다. 심리학자의 관점에서 보면 자율은 자기의 이성을 이용하여 자기와 약속하는 것이다. 자율적일 수 있는 사람은 어떤 일을 하든지 조리 있고 질서 정연하게 할 수 있으며, 더욱 빨리 성공을 얻을 수 있다. 아이가 자기에게 엄격한 요구를 하는 것은 아이의 인생 신조가 되어야 한다. 따라서 부모는 아이가 '신독자율'을 알도록, 자신에게 엄격하게 요구하는 것을 배우도록 가르쳐야 한다.

아이가 자율 의식을 높이도록 도와라

소위 '율(律)'이라는 것은 바로 규범, 규칙이다. 자율은 일종의 약속으로 그것은 대부분 우리가 원하지 않는 어떤 일을 해야 할 때와 밀접한 관련이 있다. 자율을 이해하지 못하는 아이는 원하지 않는 일과 하기 싫은 일이 매우 많을 것이다.

부모는 아이가 자율의식을 높이도록 도와 아이가 자율의 중요성을 인식할 수 있게 해야 한다. 부모는 자율에 관한 이야기를 해줌으로써 아이가 자율은 한 사람의 성공에 꼭 필요한 요소라는 것을 이해하도록 해야 한다. 또한 어떤 일들은 아이가 원하지 않고, 하기 싫어도 반드시 해야만 한다는 것을 이해시켜야 한다. 아이의 마음속에는 자신의 성장과 학습에 유익하고 도의에 맞는 일이라면 모두 자신이 마땅히 해야 하는 것이며, 이런 일을 잘 해내기 위해서 스스로 노력해야 한다는 의식을 갖고 있어야 한다.

자신에게 엄격하도록 가르쳐라

부모는 아이의 행동에 자율적인 면이 나타나도록 자율의 방법을 가르쳐야 한다. 두 가지 일이 자율과 관련이 있다. 한 가지는 '마땅히 해야 할 것이지만 하고 싶지 않은 일을 하는 것'이다. 집에 와서 바로 숙제를 해야 하는 것이 그렇다. 다른 한 가지는 '하면 안 되는데 하고 싶은 일을 하지 않아야 하는 것'이다. 숙제를 하지 않고 TV를 보는 것이 그렇다.

부모는 아이에게 스스로 명령을 내리도록 가르쳐 줄 수 있다. 숙제를 하기 싫을 때, 아이는 자신에게 "너는 지금 바로 숙제를 해야 해. 숙제 다 한 후에야 놀 수 있어"라고 말할 수 있다. 이렇게 하면 대부분의 아이들은 자기 말의 구속을 받아서 결국 '말한 것은 지키는' 사람이 되고 싶을 것이다.

아이가 제때에 자신의 행동을 기록할 수 있게 하면 아이는 자기가 자율적으로 할 수 있는지 없는지를 체크할 수 있다. 동시에 부모도 자신에게 엄격한 롤 모델을 찾아 아이가 참고할 수 있게 할 수 있다. 그러나 아이를 앞에 두고 다른 사람을 칭찬하거나 그로 인해 아이를 훈계해서도 안 되는 점을 주의해야 한다. 이때 '부끄러움이 많은' 아이는 자존심에 상처를 받았다고 생각할 수도 있다.

서서히 자율적인 습관을 기르게 하라

응석꾸러기로 자란 아이가 한순간에 자율적으로 변하는 것은 결코 쉬운 일이 아니다. 게다가 이미 응석이 몸에 밴 '큰 아가씨'는 그렇게 쉽게 말을 듣지 않을 것이다. 부모는 인내심을 가지고 아이에게 서서히 자율적인 습관을 기르게 해야 한다.

아이가 자발적으로 시간에 맞게 학습 임무를 완성했을 때, 아이가 스스로 노는 시간을 통제할 수 있을 때, 부모는 바로 격려해주어 아이가 자율적인 행위는 인정을 받을 만하다는 것을 알게 해야 한다. 만약 아이가 스스로에게 느슨해졌을 때 적당한 벌을 주면 아이는 제멋대로 '방종'하지 않을 것이다.

63

재정 관리

어릴 때부터 재정 관리의
지혜(FQ;Financial Quotient)를 높여라

샤오잉(小穎)의 집은 매우 부유하며, 부모의 아이에 대한 관심이 대단하다. 특히 엄마는 아이에게 항상 각종 명품 옷과 학용품을 사주는 것 외에, 매월 아이에게 많은 용돈을 준다. 만약 샤오잉이 돈을 다 쓰고 아무 때나 더 달라고 해도 엄마는 아무 말 없이 준다. 샤오잉은 한 번도 어떻게 정확하게 돈을 쓰는지를 모르고 항상 돈을 물 쓰듯 하고, 또 늘 필요도 없는 물건들을 사가지고 돌아온다. 그러나 엄마는 오히려 이렇게 말한다. "괜찮아. 다 쓰면 엄마가 또 줄게."

몇몇 부모는 아이가 고생하는 것을 보고 싶지 않으며, 아이를 '풍요롭게 키우는 것'은 아이가 '마음껏' 돈을 쓰게 하고, 아이를 위해 고급스럽고 사치스러운 생활을 제공하는 것이라고 잘못 생각한다. 그 결과 많은 아이들은 돈 관리를 할 수 없고, 재정 관리의 지혜가 부족하다. 게다가 아이가 돈이 없는 생활을 경시하는 잘못된 금전관과 가치관을 형성했다.

따라서 부모는 아이에게 어릴 때부터 재정 관리를 가르치고, 아이가 돈의 주인이 되게 하며, 돈에게 '지배당하는' 노예로 변하지 않게 해야 한다.

재정 관리 개념을 가르쳐라

부모는 아이가 어릴 때부터 반드시 재정 관리 관념을 가르쳐야 한다.

먼저 '사랑'이라는 이름으로 아이에게 사치스러운 물질 생활을 제공하여 아이에게 허세의 심리가 생기는 것을 막아야 한다. 아이에게 '무엇을 원하든 사줄 거야'라는 심리 상태를 키워서는 안 되며, 아이에게 '집에 돈이 많다'는 관념을 주입시키는 것은 더욱 안 된다. 그렇지 않으면 아이는 소중히 여기는 것과 절약을 이해할 수 없을 것이다.

부모는 성공한 가족의 교육방법을 본보기로 삼아 그들이 어떻게 가족의 재산을 대대로 전해 내려갔는지를 살펴보고, 그들이 어떻게 재부를 대했는지를 봐야 한다. 부모는 이런 본보기를 아이의 특징과 우리 가정의 특징을 결합하여 적합한 교육방법을 찾아야 한다.

돈의 가치를 진정으로 이해하게 하라

아이에게 돈은 스스로의 노동과 땀으로 바꾼 것이라는 것을 알게 해야 한다. 부모는 아이에게 다양한 직업의 사람들이 어떻게 힘들게 일을 하는지를 이야기해주어 아이의 내면에 '노동을 해야만 돈을 벌수 있다'는 가장 기본적인 개념이 자리 잡도록 해야 한다.

또한 아이에게 돈은 물건을 살 수 있는 것 외에도 다른 많은 일을 할수 있다는 것을 알려주어야 한다. 가장 대표적인 기능은 바로 자선 사업으로, 다른 필요한 사람에게 기부하는 것이다. 돈에 대해 깊이 이해한 아이는 돈을 함부로 사용하지 않을 것이며, 정당하지 않은 수단으로 돈을 얻지 않을 것이다.

알맞은 소비관념을 키워라

어떤 아이는 돈을 쓸 때 전혀 아끼지 않고 물 쓰듯 쓴다. 또 어떤 아이는 돈에 대해 '지나치게 따져서' 인색하기 그지없다. 두 가지 태도모두 알맞지 않다. 부모는 아이에게 바람직한 소비관을 심어주어 아이가 바람직하게 돈을 사용하도록 가르쳐야 한다.

동시에 부모는 '가정의 생활 기반'을 대략 아이에게 보여주고 가정의 경제력이 어느 정도인지를 알게 하여 아이가 고액 소비를 추구하여 가정의 부담을 무겁게 하지 않도록 해야 한다.

그 외에 부모가 아이에게 얼마의 용돈을 줄 것인지를 정해서 일정한 기간마다 정해진 금액의 돈을 주어야 한다. 만약 아이가 사전에 다써도 돈을 더 주지 않아서 아이의 소비 욕망을 제한할 수 있어야 한다.

아이에게 저축을 가르쳐라

아이에게 저축을 가르치는 것은 아이가 재정 관리를 배우는 것에서 꼭 필요한 내용이다. 아이에게 저축의 의식이 생기면 아이는 돈을 마구 쓰지 않을 것이다.

부모는 먼저 아이에게 재정 관리 지식을 읽게 하고, 아이를 데리고 은행 등 저축하는 곳에 가서 견학하는 방식을 통해 아이가 저축에 대한 가장 기본적인 이해를 할 수 있도록 한다. 또한 아이를 위해 계좌를 개설하고 모든 과정을 아이가 직접 가서 체험하게 할 수 있다. 집에서는 저금통을 준비해서 아이가 잔돈을 저축하는 것부터 시작할 수 있다.

64

100 POINT of EDUCATION ǁ

협력

단체 생활에 적응하게 하라

'사람 인(人)'이라는 글자는 왼쪽 삐침과 오른쪽 삐침이 서로 지지하고 있는 것으로, 사람과 사람 사이는 협력해야 함을 표현하는 글자이다. '못난 구두장이 세 명이 제갈량을 이긴다'는 말이 있다. 사람이 많으면 역량도 커지고 지혜도 많아져서 일이 생겼을 때 모두가 같이 상의하면 좋은 방법을 생각하여 일을 잘 처리할 수 있다. 그러나 요즘 아이들은 단결과 협동 의식이 결여되어 있다. 따라서 부모는 아이에게 다른 사람과 협력하는 것을 가르쳐야 한다.

하루는 엄마가 6살인 샤오잉(小櫻)을 데리고 동네 광장에 놀러 갔다. 광장에 도착했을 때, 다른 엄마와 딸이 시소를 타고 있었다. 샤오잉은 바로 시소를 탈 수 없는 상황을 보고는 대성통곡하기 시작했고, 엄마는 위로하며 말했다. "샤오잉, 기다리자. 언니가 다 타고 나면 우리도 타자."

시소를 타고 있던 엄마가 말했다. "여기 와서 언니랑 같이 탈까?"

샤오잉이 말했다. "싫어요. 엄마랑 같이 탈 거야."

그러자 먼저 시소를 타고 있던 엄마와 딸이 양보해주었다. 샤오잉은 바로 울음을 그치고 얼른 가서 시소에 앉았고, 엄마에게 와서 앉으라고 손짓을 했다. 엄마는 일부러 숨었고, 샤오잉은 말했다.

"엄마, 빨리 와서 나랑 놀아요. 나 혼자는 못 놀아."

"샤오잉, 시소는 두 사람이 있어야 놀 수 있어. 마찬가지로 많은 일은 두 사람 또는 몇 사람이 같이 해야 할 수 있단다. 앞으로는 엄마만 너랑 함께 할 수 있는 것은 아니고, 다른 사람과 어떻게 힘을 합해야 할지도 배워야 해!"

엄마는 간곡하고 의미심장하게 말했다. 샤오잉은 생각에 잠긴 듯 고개를 끄덕였다.

엄마는 계속 말했다.

"샤오잉, 저 언니한테 가서 같이 놀자고 해볼까?"

샤오잉은 "좋아요"라고 말하면서 즐겁게 그 언니에게 뛰어갔다.

아이가 다른 사람과 협력하려고 하지 않을 때 부모는 아이에게 직접 권유하거나 아이를 꾸짖지 말고, 먼저 아이가 협력하지 않는 것이 가져오는 좌절감을 체험하게 함으로써 아이가 다른 사람과 협력하는 것의 중요성을 이해하게 할 수 있다.

아이가 자라감에 따라 아이의 교제 범위도 서서히 넓어지면서 부모와 협력할 뿐만 아니라 다른 사람과도 협력해야 한다. 따라서 부모는 아이의 협동 의식을 수립하여 아이가 다른 사람과 협력하는 것을 배우게 해야 한다.

아이의 협동 의식을 길러줘라

평상시에 부모는 아이의 협동 의식을 길러주어 아이가 남과 협력하는 것을 터득해야만 서로에게 좋은 결과를 내는 목적을 달성할 수 있다는 것을 이해하게 해야 한다. 공동의 협력 성과를 누리는 것은 더욱 광활한 생존공간을 얻을 수 있고, 장구한 발전을 얻을 수 있다. 설거지나 청소 등의 집안일을 하는 사소한 것에서부터 아이는 협동 의식을 수립할 수 있을 것이다.

아이가 단체활동에 많이 참가하도록 격려하라

아이가 사회로 나가려면 가정에서 협력을 느끼는 것만으로는 부족하다. 따라서 부모는 아이가 단체활동에 참가하도록 더 많이 격려하여 단체생활에서 타인과의 협력을 터득하게 해야 한다.

또한 아이가 줄다리기 경기, 릴레이 경주 등과 같은 단체 체육활동에 참가하여 이 과정 속에서 사람과 사람 사이에 단결과 협력이 있음을 몸으로 느낌으로써 더 친밀하게 같이 할 수 있고, 더욱 큰 승리를 얻을 수 있으며, 심지어 1+1〉2인 효과를 만들어 낼 수 있다는 것을 이해할 수 있게 한다.

이성적 사고

문제를 만났을 때 다각도로
사고하는 것을 가르쳐라

미국의 성공학 대가인 나폴리언 힐(Napoleon Hill, 1883-1970)은 "생각은 한 사람의 운명을 구할 수 있다"고 말했다. 사고력이 있는 인재에게는 창의력이 있어서 자신의 운명을 장악할 수 있다. 이성적인 사고의 힘은 거대해서 한 사람이 이성적 사고를 터득하기만 하면, 사고의 방법을 잘 이용하여 그가 만나는 문제들을 해결할 수 있다.

아이의 입장에서 이성적 사고 능력은 매우 중요한 것이다. 이성적 사고를 잘 하는 아이는 학업적인 면에서 더욱 뛰어난 성적을 얻을 수 있을 뿐만 아니라 성장의 길에서도 구부러진 길을 적게 갈 수 있고, 인생의 여러 선택에 대한 변별 능력을 가질 수 있다. 따라서 부모는 아이의 이성적 사고 능력을 기르는 것을 중요시해야 한다.

따라서 부모는 감성적인 여자아이에게 이성적인 사고를 더 많이 할 수 있게 해야 한다. 아이가 뇌를 많이 움직이고, 많이 생각하게 하여 아이의 이성적 사고에 좋은 습관을 길러주어야 한다.

스스로 문제해결 방법을 생각해낼 수 있게 하라

아이가 문제가 생겨 부모에게 도움을 청할 때, 부모는 아이가 기존의 지식과 경험을 이용하여 관련된 자료를 찾도록 격려하고 아이 스스로의 능력과 노력을 통해 문제의 답을 찾을 수 있도록 해야 한다.

만약 아이가 자신의 노력을 통해 답을 찾지 못했다면, 부모는 아이와 같이 분석의 방식을 통해서 아이가 한 걸음 한 걸음 문제를 생각하고 분석하도록 일깨워 줄 수 있다. 이를 통해 아이의 사고 능력은 향상될 것이다.

다양한 관점으로 문제를 생각하게 하라

교육에서 보편적으로 존재하는 문제는 부모든 선생님이든 모두 아이가 그들의 사고방식에 따라 문제를 생각하기를 바라고, 표준 답안으로 문제에 답하는 것만 허락하는 것이다. 그 결과 아이의 사고는 협소한 범위로 국한되어 사고 능력의 발전을 제한시켰다.

따라서 부모는 아이가 여러 가지 관점에서 문제를 생각하도록 가르치는 것에 집중해야 하며, 관점의 다양성을 키움으로써 아이가 문제를 만났을 때 이성적으로 사고하여 더욱 많은 문제를 해결하는 효과적인 방법을 찾게 해야 한다.

이성적 사고의 습관을 형성하라

부모는 아이가 대담하게 질문하고, 문제를 제기하며, 신중한 눈빛으로 문제를 생각하여 스스로 정확하고 합리적인 판단을 할 수 있게 해야 한다. 아이가 자주 '문제 제기하기 – 문제 생각하기 – 문제 해결하기'의 과정에 있으면, 아이는 서서히 이성적 사고의 습관을 형성할 것이다.

과학 연구에 의하면, 상상력과 창의력이 풍부한 게임을 하는 것이 아이의 이성적 사고 능력을 배양하는 데 유리하다고 한다. 따라서 아이가 어릴 때부터 부모는 아이와 같이 블록 쌓기, 바둑, 미로 찾기, 루빅 큐브 돌리기 등의 게임을 하는 것이 좋다. 이를 통해 아이의 이성적 사고 능력을 기를 수 있다.

66

100 POINT of EDUCATION ǀǀ

인생 계획

어릴 때부터 자신의 인생을
계획할 수 있게 하라

한 철학자가 이런 말을 했다. "인생에서 가장 어려운 것은 최선을 다해 노력하는 것이 아니라 선택하는 것이다." 선택은 노력보다 더욱 중요하다. 정확한 방향을 선택한 게 맞기만 하면 이 방향을 향해 노력할 수 있고, 나아가서는 자기 인생의 이상을 실현시킬 수 있다.

현실 생활에서 많은 부모들은 아이의 인생길을 평탄하게 하기 위해 자신의 뜻에 따라 아이의 인생을 계획하기도 한다. 대부분의 부모들이 아이를 위해 계획한 진로의 마지막은 안정적이고 고소득인 직업을 찾게 하는 것이다.

부모가 정해놓은 순서에 따른 아이의 인생은 좋은 결과를 기대할 수 있을까? 아마도 어려울 것이다. 부모는 아이를 위해 아이의 인생을 계획했지만 아이는 지름길을 감사하게 생각하지 않을뿐더러 스스로의 노력으로 자신의 인생 계획을 실현시키려 하지 않을 것이다.

따라서 부모는 자기의 뜻을 아이에게 강요하지 말고, 아이가 자신의
인생을 계획하도록 지도해야 하며, 아이가 인생의 목표를 실현하는
길에서 아이에게 조그마한 힘만 얹어주면 된다.

아이가 원대한 목표를 세우게 하라

가정교육전문가인 차이샤오완(蔡笑晚)에게는 여섯 명의 아이가 있는데,
다섯 명은 박사, 한 명은 석사이다. 차이샤오완은 자녀들이 어릴 때부
터 뜻을 세우도록 가르쳤다. 차이샤오완은 집에 과학자의 초상화를 가
득 붙여 놓았고, 자녀들에게 위인들의 이야기를 자주 해주었다.

차이샤오완의 작은 딸 차이톈시(蔡天西)는 5살 때 중국의 퀴리 부인이
되겠노라고 이야기했다. 1999년 22세의 차이톈시는 하버드 대학에서
박사 학위를 받았다. 2002년 초 25세인 차이톈시는 하버드 대학 생물
통계학과 역사상 가장 젊은 부교수가 되었다.

평상시에 부모는 아이가 정확하고 원대한 목표를 세우도록 지도해
야 하며, 아이에게 위인들의 이야기를 들려주어 롤 모델을 찾게 해야
한다. 또한 아이에게 성현들이 남긴 지혜의 경전을 읽게 하여 아이가
인생의 방향을 찾는 것을 도와주고, 더 나아가서는 아이가 자신의 목
표를 수립할 수 있도록 격려하고 지도할 수 있다.

부모는 아이에게 목표를 실현하기 위해서는 반드시 노력과 분투의
과정을 거쳐야 하며, 착실하고 견실하게 작은 일부터 시작해야 한다

는 것을 알려주어야 한다. 목표를 실현하는 길에는 여러 가지 어려움과 좌절이 찾아올 것이며, 흔들리지 않는 정신과 굳센 의지로 마주해야만 자기의 목표를 실현할 수 있다.

아이 인생의 길 안내자가 되어라

『도덕경(道德经)』에 '사람에게 물고기를 주는 것은 물고기 잡는 법을 가르쳐 주는 것만 못하다. 물고기를 주는 것은 한순간의 급함을 구할 뿐이지만 물고기 잡는 법을 가르쳐주는 것은 일생의 필요를 해결할 수 있게 한다(授人以魚, 不如授人以漁, 授人以魚只救一時之及, 受人以漁則可解一生之需.)'는 구절이 있다. 아이의 교육 문제도 마찬가지이다. 부모는 아이의 인생을 계획해주는 것보다 아이의 인생의 안내자가 되어야 하며, 아이가 정확한 방향으로 가고 넓은 길로 가도록 인도하여 아이 스스로 미래를 열어나갈 수 있게 해야 한다.

신란(欣然)은 초등학교 2학년인데, 한번은 엄마가 신란에게 물었다. "커서 뭐가 되고 싶어?"

신란은 말했다. "선생님. 왜냐하면 선생님은 사람들한테 존중받잖아. 자신의 지식을 학생들에게 전수해 줄 수도 있고."

엄마는 말했다. "신란, 훌륭한 선생님이 되고 싶으면 반드시 고상한 인품과 해박한 지식을 갖춰야만 해. 그러면 지금부터 우리 원대한 목표를 위해 노력하는 것이 어떨까?"

"응!" 신란은 결연하게 고개를 끄덕였다.

그후의 생활에서 신란은 자신에게 엄격했고, 엄마도 아이를 격려하고 지도하며 아이가 고상한 인품을 기르는 것을 중시했다. 신란은 선생님이 되고 싶은 목표를 실현하기 위해 학습의 원동력이 생겼고 더욱 성실하게 노력했다.

아이는 자기 미래의 방향을 파악하는 조타수이며, 아이의 인생 길에는 스스로의 선택과 노력이 필요하다. 따라서 부모는 아이가 자신의 인생을 계획하도록 차근차근 가르치고, 그 인생의 계획을 실현하는 과정에서 지도해주어야 한다.

PART 8

아이의
학업성취를 위해 노력한다

100 POINT OF EDUCATION

생각의 폭이 넓고 여러 방면에 재능이 많은 아이로 키우고 싶다면, 아이를 오냐오냐만 해서 아이가 공부 때문에 피곤해하고 힘들어 할까봐 걱정하면 안 된다. 그렇다고 억지로 가서 책에 매달리게 할 수도 없는 일이다. 아이의 학습에 대한 적극성과 주도성을 자극하여 아이가 자발적으로 공부하게 해야만 아이가 학습의 주인이 되게 할 수 있고, 진정한 학업성취를 이루어 낼 수 있다.

67

성적에만 관심을 갖지 말고,
종합적인 소질에 관심을 가져라

오늘날 많은 부모들은 아이의 학업성적에 매우 관심이 높다. 그러나 만약 부모가 아이의 성적의 좋고 나쁨에만 집중하여 아이의 다른 부분의 발전을 소홀히 한다면, 아이는 결국 공부의 '노예'로 변할 것이다. 학교 공부 외에 다른 것은 아무것도 생각하지 않는다면 지(智), 덕(德), 체(體), 미(美), 노(勞)의 전반적인 발전은 더 생각할 수 없다.

2011년 1월, 베이징 대학은 대외적으로 중학교 교장의 실명으로 추천된 학생 명단을 발표했는데, 그중 가장 어린 학생은 허베이성 한단시 (河北省 邯鄲市) 제1중학교* 소년반의 장톈(張恬)이었다. 아이는 그해 겨우

---

* 중국의 학제는 크게 초등, 중등, 고등으로 나뉘는데, 중등 교육 과정은 우리 나라의 중학교에 해당하는 초중(初中)과 고등학교에 해당하는 고중(高中)을 포함한다. 여기에 나오는 중학교는 초중과 고중이 통합된 학교이다. (역자 주)

16살이었는데, 종합적인 소질이 뛰어나서 많은 경쟁자 중에서 눈에 띄었다.

장톈의 학업성적은 전학년의 10등 안에 들었다. 어릴 때부터 계획적으로 공부하는 습관을 길렀으며, 문제를 독립적으로 생각하는 것을 매우 좋아해서 여러 가지 이치와 사리를 분별할 줄 알았다.

장톈은 학교에서 조직한 과외 활동에 적극적으로 참여했으며, 단체와 타인에 대한 관심도 있어서 친구들과의 관계도 매우 친밀했다. 책임감도 매우 강해 학급 임원을 맡았을 때는 친구들과 그룹을 조직해서 사회봉사 활동에 참여했다. 다재다능한 장톈은 플루트도 잘 불어서 학교 관현악단의 플루트 연주자였다.

부모는 아이의 장기적인 발전을 위해 학업성적에만 관심을 갖지 말고, 아이의 종합적인 소질에 더욱 관심을 가져야 한다.

아이의 학업성적을 제대로 파악하라

부모는 아이의 학업성적을 바로 보고 그것이 나타내는 의미를 파악하여 아이가 바람직한 학습심리와 안정적인 학업성적을 유지할 수 있노록 노와주어야 한다.

학업성적은 아이가 성실하게 계획대로 학습하고 있는지, 새로운 지식을 잘 파악하고 있는지, 예전에 습득했던 지식을 잊어버린 것은 아닌지를 반영한다. 그러나 학업성적은 아이의 학업상황에 대한 하나의 검사일 뿐이다. 부모의 최종 목적은 아이가 성적을 통해서 자신의 부족함이 어디에 있는지, 어떤 면에서 고쳐야 할 점과 보충이 필요한지, 아이가 어떤 학습방법을 파악하지 못하고 있는지를 정리하게 하는 것이다.

학습의 진정한 의의를 이해하라

만약 부모가 아이의 학업성적에만 관심을 갖고 아이의 종합적인 소질을 길러주는 것에 소홀히 한다면 학습의 진정한 의의를 이해하지 못하고 있다는 것을 증명하는 것이다.

학습의 진정한 의의는 학습을 통해 문제를 발견하고 분석하며 해결하는 방법을 파악하고, 어리석은 두뇌를 깨우고, 세계를 이해하고 탐색하며, 자기의 인생관과 가치관을 수립하여 최종적으로는 생존과 생활의 능력을 관리할 수 있는 것에 있다.

따라서 아이에게 진정한 생존 지식을 배우게 하고 아이의 각 방면의 종합 능력을 발전시켜야만 아이가 장래의 사회생활에서 적합한 자기의 위치를 찾고 더욱 잘 살아갈 수 있을 것이다.

중요한 것은 훌륭한 성품을 키우는 것이다

사람들은 흔히 훌륭한 성품을 우선으로 칭찬한다. 예를 들어 아이가 철이 들었으며, 예의 바르고, 사랑하는 마음이 있으며, 부모에게 효도하는 것을 칭찬한다. 이것은 사람으로서의 가장 중요한 덕목이기 때문이다. 따라서 부모는 평상시에 아이의 도덕 교육을 가정교육의 첫 번째로 놓고, 아이의 성적에만 관심을 두지 않아야 한다.

부모는 효심이 있고, 사랑하는 마음이 있으며 동정심이 있고, 사람을 포용하는 마음이 있는 진정한 숙녀로 길러야 한다. 아이가 냉정하고, 감정이 없으며, 이기적이고, 개인의 이익을 위해 다른 것을 돌아보지 않는 아이가 되게 해서는 안 된다.

다재다능한 아이로 키워라

다재다능한 아이는 찬란하게 빛나는 진주처럼 광채가 난다. 따라서 부모는 미술이든 음악이든 체육이든 아이가 흥미있어 하고, 배우고 싶어 하면서 꾸준히 연습할 수 있으면 아이를 응원하고 격려해야 한다. 이것들이 성적에 나쁜 영향을 미칠 것을 걱정하여 아이를 막아서는 안 되며, 강제로 포기하게 해서는 안 된다.

68

100 POINT of EDUCATION ||

아이의 학습적 흥미를 일으켜서
스스로 공부하게 하라

공부 이야기만 하면 얼굴 전체가 고통스럽게 변하는 아이들이 있다. 아이들의 이런 반응은 공부에 대한 흥미가 부족하고, 학습에 있어서 적극성과 자각성이 부족하다는 것을 의미한다. 아이는 단지 피동적으로 선생님이 주입시켜주는 지식을 받아들일 뿐이다. 이런 시간이 길어질수록 공부를 싫어하는 마음이 생기는 것은 필연적인 일이다.

즈민(智敏)은 수업시간에 수업을 잘 듣지 않고, 숙제도 하기 싫어하며, 학업성적도 보통이다. 어느 날 엄마는 루빅 큐브를 가지고 노는 것에 푹 빠져 버린 즈민을 보면서 참지 못하고 말했다. "즈민아 언제쯤이면 그만 놀고 공부할래? 엄마가 매번 이야기하는데, 어쩌면 조금도 나아지지가 않니?" 즈민의 대답은 엄마를 화나게 했다. "공부하는 게 뭐가 재미있어요? 전 하나도 관심 없어요!"

학습에 흥미가 없는 아이를 스스로 공부하게 만들고 싶다면, 아이의 학습적 흥미를 이끌어내 줄 방법을 생각해내야 한다.

흥미를 이용하여 아이의 지적 욕구를 끌어내라

10살인 마리(馬麗)는 공부에 관심이 없지만, 자신의 바비 인형에게 옷을 입히고 만들어 주는 것은 특별히 좋아한다. 마리는 엄마에게 나중에 커서 의류 디자이너가 되겠다고 말했다.

하루는 엄마가 마리를 데리고 패션쇼를 보러 갔는데, 마리는 너무너무 흥분해서 그 새롭고 아름다운 옷을 끊임없이 칭찬했다. 엄마가 마리에게 물었다. "마리는 패션 디자인을 좋아하지만 패션 디자인을 소개하는 책에 뭐라고 쓰여 있는지는 모르지? 어떻게 해야 옷이 인체의 비례에 맞게 할 수 있는지, 어떻게 배치해야 가장 좋은 옷의 색채가 되는지 말이야." 엄마의 질문에 마리는 대답할 수 없었다. "마리야 실망하지 마. 질문의 답은 모두 책에 있단다. 네가 이제라도 열심히 공부하면 언젠가는 내가 물어 본 모든 질문에 대답할 수 있을 뿐만 아니라 나중에 반드시 훌륭한 패션 디자이너가 될 수 있을 거야."

그날 후 마리는 공부에 있어서 다시는 엄마를 걱정하게 하지 않았다.

많은 아이들은 자기만의 흥미가 있으며, 이런 흥미를 잘 이용하면 아이들의 지적 욕구를 발굴할 수 있다. 아이의 마음속에 질문과 호기심이 충만하다면 학습에 대한 흥미가 생길 것이고, 학습을 자발적인 행위로 변하게 할 수 있을 것이다.

아이가 공부의 즐거움을 느끼게 하라

공부하면서 즐거움을 느낄 수 있다면 공부에 대한 흥미를 일으킬 수 있고, 아울러 스스로 공부하는 좋은 습관을 기를 수 있다.

먼저 부모는 공부를 아이의 징벌 수단으로 삼아서는 안 된다. 예를 들어 수학 문제 하나를 틀리면 이 문제를 10번 쓰게 하는 방법은 아이의 학습에 대한 흥미에 엄청난 타격을 주어 아이가 공부에 대한 어떠한 즐거움도 느끼지 못한다. 둘째, 부모는 아이의 흥미에 대해 잘 가르쳐야 한다. 예를 들어 아이가 책 보는 것을 좋아하게 할 수 있다. 집에서 과학실험을 하여 아이가 물리, 화학 등 자연 과학에 대해 탐색하는 흥미를 만들어 줄 수 있다. 또한 가정에서 시낭송회를 열어 아이가 아름다운 언어의 표현을 사랑하게 할 수 있다. 마지막으로 부모는 칭찬과 격려로 학습의 원동력을 만들어주어야 한다. 때에 맞는 칭찬과 격려를 잘 이용하면 아이는 학습에서 성취감을 얻고, 즐거움을 찾고, 아울러 공부는 스스로 해야 하는 일로 인식하게 될 것이다.

단계적으로 학습의 흥미를 높여라

아이가 스스로 공부하게 하는 것은 결코 하루 아침에 이루어질 수 있는 것이 아니다. 따라서 부모는 차례대로 조금씩 매일 아이의 학습에 도움이 되는 일을 하게 해야 한다. 예를 들어 매일 정해진 시간에 아이와 함께 책을 보기로 정하거나 영어 노래를 듣고 영어 단어를 외울 수도 있다. 이렇게 하면 아이에게 바람직한 학습습관이 길러질 것이고 그에 따라 스스로 공부할 것이다.

69

100 POINT of EDUCATION Ⅱ

예습·수업·복습을
철저히 하게 하라

예습·수업·복습은 학습의 3단계로 거의 모든 학습 과정을 대표한다. 만약 아이가 그중 어떤 단계를 소홀히 한다면 이상적인 학습효과를 얻을 수 없을 것이다.

아이에게 "수업시간에 열심히 들었니?"라고 물으면 아이는 매우 성실하게 "들었어요"라고 대답한다. 부모가 아이에게 "그러면 선생님이 설명하신 것은 다 이해했니?"라고 물어보면 아이는 약간 멍하게 보인다. "숙제 말고 수업 후에 연습은 했니?"라고 물어보면 아이는 고개를 숙인다.

어떤 아이들은 수업 전에 예습은 하지만 수업시간에 열심히 듣지 않기 때문에 수업 후에 숙제를 하고 복습을 할 때 고생한다. 공부한 것에 비해 효과는 떨어지고 시간만 낭비한다. 때문에 학습의 효율과 질을 높일 수 있게 하기 위해서 부모는 아이가 예습·수업·복습을 성실하게 실천하도록 가르쳐야 한다.

예습의 중요성과 방법을 가르쳐라

어떤 아이들은 예습이 중요하지 않다고 생각한다. 선생님이 수업시간에 설명해주기 때문에 꼭 미리 봐야 할 필요가 없다는 것이다. 그러나 수업 전 예습은 수업 과정에서 질문을 제기할 중요한 고리가 된다. 따라서 부모는 아이에게 수업 전 예습의 중요성을 알려주어야 한다.

수업 전 예습은 아이가 사전에 수업 범위와 내용을 이해하고 중심지식을 찾을 수 있어서 목적성을 갖고 공부할 수 있게 한다. 아이는 예습 과정에서 자기가 이해할 수 없는 부분에 대한 문제를 가지고 선생님의 수업을 듣기 때문에 설명을 들으며 몰랐던 것이 이해가 되면 수업의 효율과 질도 높아질 것이다. 예습의 구체적인 방법은 다음과 같다.

- 곧 배워야 할 지식을 대략적으로 이해하고, 곧 배워야 할 것이 무엇인지를 안다.
- 지식의 맥락을 자세하게 정리해보고, 배워야 할 지식의 내용을 상세하게 이해하며, 그중에서 중요한 점을 찾아낸다.
- 중점 지식을 자세하게 이해하고 질문하여 자기의 학습의 효율을 배로 높일 수 있다.

수업에 집중하는 방법을 가르쳐라

수업을 듣는 것은 누구나 할 수 있지만 진짜로 잘 듣고 있는지, 지식을 모두 소화해서 흡수하고 있는지는 별개의 일이다. 따라서 부모는 아이에게 수업을 듣는 정확한 방법을 가르쳐야 한다.

- 수업 준비를 한다. 교과서, 문제집, 학용품 등을 사전에 준비하여 선생님이 수업을 시작할 때 어수선하게 물건을 찾지 않아야 한다.
- 선생님이 수업하시는 내용을 집중해서 듣고 수업의 규칙을 준수해서 생각의 '근무지 이탈'은 하지 않는다. 제멋대로 친구와 이야기하지 않고, 선생님의 수업내용을 따라 선생님이 제시한 문제를 성실하게 생각한다.
- 수업의 중점을 파악하여 지식 포인트를 암기한다.
- 수업내용을 필기한다. 중요한 점, 어려운 점, 이해가 잘 되지 않는 부분을 기록하여 수업 후에 질문하고 복습한다.

복습의 중요성과 방법을 이해시켜라

수업 후 복습은 매우 중요하다. 그것은 아이가 배운 지식에 대해 한 걸음 더 소화하고 흡수하는 과정이다. 수업시간에 약간 모호했던 부분들은 수업 후 복습을 통해서 이해할 수 있다.

수업시간에는 한계가 있기 때문에 선생님이 수업계획 중 중점적으로 다루지 않은 지식 포인트는 자세히 설명하지 않았을 수도 있다. 복습하지 않으면 이러한 곳들은 놓치게 될 것이고, 어려운 주제를 만나면 속수무책이 될 수 있다.

또한 모든 학생의 받아들이는 능력이 달라서 선생님의 수업계획은 학생들의 평균 수준에 따라 진행된다. 따라서 수용능력이 비교적 떨어지는 아이가 수업 후에 잘 복습하지 않으면 선생님이 수업시간에 강의한 지식을 진정으로 흡수할 수 없다. 수업 후 복습에도 방법이 중요하다.

- 수업의 내용을 기억한다. 아이에게 눈을 감게 하고 머릿속에서 영화를 보는 것처럼 선생님이 수업시간에 한 내용을 생각하게 한다. 이렇게 하면 지식에 대한 인상을 깊게 할 수 있다.
- 교과서를 철저히 파악하라. 교과서에 나오는 내용은 가장 기본적인 학습내용으로 반복해서 읽고, 이헤하고, 기억하고, 암송하여 그것들을 이해하고 철저히 파악해야 한다.
- 수업 후 숙제와 문제집을 성실히 대해라. 수업 후 숙제와 문제집은 선생님이 수업시간에 이야기한 중점 내용에 대해 펼쳐놓은 것으로 대충 대해서는 안 되고 반드시 성실하게 완성해야 한다.

70

100 POINT of EDUCATION ∥

계획을 세우고 철저하게
실행할 수 있는 능력을 키워라

여자아이는 감성적 사고로 문제를 처리하는 것을 좋아한다. 공부도
예외는 아니다. 그로 인해 아이의 학습에 문제가 생길 수도 있다.

여름방학이 막 시작되었을 때, 쑤링(蘇冷)은 방학 계획을 잘 세우기로
결심했다. 쑤링은 마음속으로 묵묵히 스스로에게 계획을 세웠다. 매일
오전에는 숙제하기, 오후에는 나가서 놀기, 저녁에는 TV보기. 시작한
지 며칠 안 되었을 때는 지킬 수 있었지만 일주일이 지나자 이 계획은
완전히 머릿속에서 잊혀졌다. 숙제도 잘 하지 않고, 대부분의 시간은
노는 데에 썼고, 저녁에 TV도 늦게까지 봤다.

개학이 일주일 남았을 때, 쑤링은 여름방학 숙제를 안 했다는 것을 알
게 되었다. 그래도 자기는 충분히 놀지 못했다고 생각하며 숙제할 생
각에 이제는 머리가 아팠다.

비록 쑤링은 스스로 계획을 정하려는 생각은 했지만 합리적이고 실행 가능한 계획을 세우지 못했고, 지속해서 실행하려는 의지도 없었다. 『중용(中庸)』에 이르기를 '무릇 모든 일은 준비하면 이뤄지고, 준비하지 않으면 실패한다(凡事預則立, 不預則廢)'고 했다. 그 의미는 무슨 일을 하든지 하나의 확실하고 실행 가능한 계획을 만들어야 하며, 이 계획에 따라 성실히 실행해야만 성공할 수 있다는 것이다. 아이에게 '모든 일에 준비하는' 능력을 길러 주면, 아이는 자신이 세운 계획대로 더욱 짜임새 있게 배우고 얻는 것도 많아질 것이다.

계획 세우기의 중요성을 인식하게 하라

학습은 하나의 체계적인 과정이며, 체계적이기 위해서 계획은 특별히 중요하다.

나는 딸이 초등학교에 입학하자마자 학습계획을 반드시 세우게 했다. 예를 들어 아이가 수학문제를 풀어야 한다면, 정해진 시간 안에 몇 문제를 풀어야 하는지 계획을 세우고 매일의 진도를 정해서 그날 진도를 완성한 후에 다른 일을 할 수 있게 했다. 처음에 딸은 귀찮게 생각했지만 나는 아이가 계속할 수 있도록 격려했다. 나중에 아이는 스스로 계획의 중요성을 깨닫게 되었다. 이러한 습관은 아이가 차근차근 공부할 수 있게 하여 성적은 자연히 올라갔다.

부모는 딸이 직접 계획의 중요성을 경험하고 느낄 수 있도록 해주어야 한다. 이 외에도 성공한 사람들의 계획 세우는 습관을 아이에게 배우게 할 수 있다. 또한 부모의 업무계획을 보여주면서 어떻게 계획에 따라 여러 가지 일들을 처리하는지, 또 그 계획의 도움으로 어떤 성과를 얻었는지 이야기해 줄 수 있다. 생활 속의 실제 사례를 통해 아이는 계획의 중요함을 발견하게 될 것이다.

합리적인 계획을 세울 수 있게 하라

계획의 중요성을 경험하게 한 후 부모는 아이에게 계획을 세우는 것을 가르쳐야 한다. 먼저 아이는 자신이 세울 계획이 어떤 부분을 포함해야 하며 각 부분이 어떻게 분배되어야 하는지를 이해해야 한다.

계획은 목표, 시간분배, 내용분배, 주의사항 등의 내용을 포함한다. 부모는 먼저 아이와 함께 아이의 현재 학습상황을 분석하거나, 아이가 최근 공부해야 하는 내용을 분석하여 아이가 어느 정도까지 공부해야 할지를 깨달을 수 있도록 도와주어야 한다. 그 후에 다시 아이의 실제 능력에 근거하여 아이가 시간, 내용을 합리적으로 분배할 수 있도록 도와줄 수 있다.

계획표를 아이가 직접 써서 한눈에 볼 수 있는 곳에 붙이게 하는 것이 가장 좋다. 이렇게 하면 이 계획표가 감독 기능을 할 수 있어서 아이가 쉽게 잊어버리지 않을 것이다.

계획을 엄격하게 실행하도록 감독하라

계획을 세우는 것은 바로 실행하기 위한 것이다. 만약 아이가 게으름을 피우거나 또는 다른 원인 때문에 계획 중 어떤 부분을 지나쳤다면 그 후의 계획은 완전히 엉망이 될 것이다. 아이의 학습진도도 지연되어 결국 영향을 받는 것은 아이 자신이다.

따라서 부모는 아이가 자신의 계획을 엄격하게 실행하도록 늘 감독해야 한다. 아이에게 계획이 엉망이 되고 난 뒤의 결과를 스스로 감당하게 하면 아이는 깊은 교훈을 얻을 것이다.

아이가 계획을 정리, 수정하게 하라

부모는 아이가 더욱 합리적으로 계획을 세우고 스스로의 계획에 대해 총정리하는 것을 도와줄 수 있다. 정리는 아이가 지난 시간의 계획의 결과를 꺼내어 검토하게 하는 것으로 자신이 계획을 잘 완성했는지 아닌지를 보고, 잘 하지 못했거나 잊어버리고 하지 못한 부분이 있었는지를 보는 것이다. 만약 계획이 완전하게 잘 완성되었다면 아이에게 만족감이 생길 것이고 부모는 아이의 계획을 칭찬해주어야 한다.

이러한 정리는 일주일, 1개월로 기한을 정할 수 있다. 정리하는 과정에서 아이는 자신의 실제 상황에 따라 계획을 수정하고 융통성 있게 바꾸는 것을 배워야 한다.

71

타인의 가르침에 겸손함과
적극적인 반응을 보이게 하라

요즘의 여자아이들은 대부분 총명하고 영리하다. 부모의 눈에 이런 딸들은 흠잡을 데가 없으며, 딸에 대한 한없는 사랑의 마음은 부모의 말과 표정에 그대로 나타난다. 그러나 이런 태도에서 많은 아이들은 이미 자기가 많은 것을 알고 있고 식견도 넓다고 생각하여 겸손하지 않은 모습으로 변하는 경우도 있다.

윈윈(芸芸)은 영어 유치원에 다녔다. 체계적인 방법으로 교육을 받은 윈윈의 영어 수준은 같은 연령의 아이들보다 훨씬 높았다. 초등학교 5학년이지만 영어 선생님과 직접 영어로 의사소통을 할 수 있어서 같은 반 친구들은 윈윈을 매우 부러워했다.

그러나 이것이 윈윈을 매우 교만하게 만들었다. 윈윈은 영어 성적이 낮은 같은 반 친구를 무시하고, 그 아이들이 와서 영어 문제를 가르쳐

달라고 하면 무시하듯 말한다. "이렇게 간단한 것도 못해? 영어 헛배웠네." 게다가 윈윈도 틀릴 때가 있는데, 다른 사람에게 지적당할 때는 이렇게 말한다. "난 실수해서 그런데, 넌 실수한 거 아니지?"

시간이 지날수록 친구들은 윈윈과 친구가 되기를 원하지 않았다.

아이는 자신이 잘하는 재주와 솜씨에 대해 오만할 수 있지만 이러한 오만함을 정확하게 표현하는 것도 하나의 학문이다. 부모는 아이에게 이미 얻은 성적과 자신의 능력을 정확하게 보도록 가르쳐야 하며, 겸손하게 가르침을 구하는 자세를 배우고, 다른 사람의 가르침에도 적극적으로 반응하도록 격려해야 한다.

'뛰는 놈 위에 나는 놈 있다'는 이치를 알게 하라

아이가 성적표를 받아 왔을 때 부모는 아이를 '하나님 받들 듯' 해서는 안 된다. 아이를 적당하게 칭찬하는 동시에 아이에게 '뛰는 놈 위에 나는 놈 있다'는 이치를 알려주어 아이가 자신이 얻은 성적을 정확하게 보도록 해야 한다. 부모는 겸손한 사람의 이야기를 들려주어 아이 스스로 이야기 속에 숨어있는 이치를 느낄 수 있게 하면 된다.

스스로 자신의 부족함을 찾게 하라

첫 번째 시험에서 1등을 한 웨웨(悅悅)는 어깨에 잔뜩 힘이 들어가서는 모르는 것이 있어도 더 이상 다른 사람에게 가르쳐 달라고 하지 않았다. 자신은 이미 공부를 잘한다고 생각하고, 심지어는 선생님에게도 문제를 물어볼 필요가 없다고 생각했다. 그 결과 다른 시험에서 웨웨는 10등으로 떨어졌고, 그때서야 엄청나게 후회했다.

많은 아이들은 좋은 성적을 얻으면 자기가 완전하다고 생각한다. 따라서 부모는 아이의 성적을 인정하는 동시에 적당하게 찬물도 끼얹어 주어 아이가 정신 차릴 수 있게 해주어야 한다. 그렇게 되면 아이는 자신에게 여전히 부족한 점이 많음을 볼 수 있을 것이다.

예를 들어 만약 아이가 자신의 학업성적이 매우 좋다고 생각한다면 아이가 자주 틀리는 문제를 아이의 앞에 펼쳐 놓고 이런 지식들을 아직 완벽하게 이해하지 못했다는 것을 알려주어야 한다. 만약 아이가 자신이 피아노를 잘 친다고 생각한다면 어려운 곡을 찾아 아이에게 쳐 보게 하여 아이의 피아노 연주 기교는 아직 향상될 부분이 많다는 것을 알려줄 수 있다. 그러나 부모는 이 기회를 빌려 아이를 혼내거나 다른 사람과 비교해서는 안 되며, 아이가 자신감을 잃지 않도록 격려해야 한다. 아이에게 부족한 점을 보게 하는 것은 아이가 계속 노력하게 하기 위한 것이지, 아이를 의기소침하게 하고 스스로를 포기하게 하려는 것이 아니다.

타인의 가르침에 열심히 반응하도록 격려하라

아이가 어떤 방면의 지식을 알고 있다면 아이가 알고 있는 지식을 사람들에게 전수해주고 사람들이 이 지식을 이해하게 해주는 것이 좋다. 아울러 아이도 다른 사람의 가르침에 열심히 반응하도록 해야 한다.

부모는 아이가 '공유'와 '전수'의 즐거움을 경험하게 해야 하며, 아이에게 "모두가 지식을 터득하면 모두가 함께 발전해 가는 것이며, 기능을 파악하면 모두가 즐거움을 느낄 것이다"라고 알려주어야 한다. 아이는 친구와 서로 돕고 함께 발전하는 관계를 형성하며 아이 스스로 더욱 즐거움을 느낄 것이다.

아이의 발걸음을 멈추지 않게 하라

자신의 성적을 내세워서 교만하고 다른 사람을 무시하는 아이는 다른 사람들이 이미 묵묵히 노력해서 자신을 능가하였다는 것을 알 수가 없다. 따라서 부모는 아이가 현재 얻은 성적은 단지 잠시의 것임을 아이에게 일깨워줘야 한다. 학습에는 끝이 없으며 아이는 이제 겨우 아주 가벼운 깃털만큼 배웠을 뿐 계속해서 앞으로 나아가야 하며 절대로 걸음을 멈추어서는 안 된다.

72

역발상 능력을 키워
아이가 더욱 총명해지게 하라

　북송의 사학자인 사마광(司馬光)이 어릴 때 몇 명의 친구들과 후원에서 놀고 있었다. 후원에는 큰 물 항아리가 있었는데, 한 장난꾸러기 친구가 항아리 위로 올라가다가 잘못하여 그 안으로 떨어져 버렸다. 당시 항아리에는 그 아이가 잠기고도 남을 만큼 물이 가득 차 있어서 상황은 매우 위험했다. 많은 아이들이 이미 겁을 먹고 어찌할 바를 모르던 중에 몇 명은 친구를 항아리에서 끌어내주고 싶었지만 항아리가 너무 높아서 그들이 전혀 닿을 수가 없었다. 또 어떤 아이들은 어른을 찾아 도움을 청하려 했다. 바로 이때 사마광이 돌덩이 하나를 옮겨 와서 항아리를 향해 힘껏 던졌고 항아리가 깨졌다. 물이 흘러내리면서 그 친구도 구할 수 있었다.

　역발상은 독창적 사고라고도 불리며, 그것은 일반적 사고와 구별되어 우리가 흔히 볼 수 있는 일을 반대로 생각하는 것이다. '산이 건너

오지 못하면 우리가 가겠다'는 말도 역발상의 전형적인 예다. 역발상은 중요한 사고 능력 중 한 가지이며, 사람의 사고를 융통성 있게 하고 사고의 방향을 넓힐 수 있게 한다.

역발상은 훈련을 통해 길러질 수 있다. 부모가 생활 속에서 아이에 대해 훈련과 교육에 힘쓴다면 아이는 서서히 역발상으로 문제를 생각할 수 있고 더욱 총명해질 것이다.

재미있는 이야기로 역발상의 묘미를 경험하게 하라

'사마광이 항아리를 깬' 이야기 외에 '조충이 코끼리 무게를 재는' 이야기도 역발상의 예라고 할 수 있다. 이런 이야기를 들려줄 때는 바로 결과를 알려주지 말고 아이에게 역발상의 과정을 설명해야 한다. 만약 코끼리 한 마리의 무게를 재고 싶은데 큰 저울을 찾을 수 없고, 그것을 들어 올릴 사람도 없다면 우리는 코끼리를 분해해야 할까? 하지만 어떻게 코끼리에게 상처를 입히지 않고 할 수 있을까? 이렇게 한 걸음 한 걸음 아이를 유도하면 아이는 역발상의 묘미를 알게 될 것이다.

놀이를 통해 아이의 역발상을 길러줘라

6살의 원원(雯雯)은 엄마와 '반대로 명령내리는 놀이'를 하는 것을 가장 좋아한다. 예를 들어 엄마가 "왼손을 드세요"라고 말하면 원원은 오른손을 들어야 한다. 엄마가 "코를 만지세요"라고 말하면 원원은 자기의 눈 또는 귀를 만져야 한다. 엄마가 말을 마치면 원원도 엄마에게 명령을 내릴 수 있다. 엄마가 규칙에 맞게 반응했는지를 판단하려면, 원원도 마찬가지로 빠르게 반응해야 한다.

아이의 역발상을 단련하는 데 도움이 될 만한 놀이가 많다. 예를 들어 반대말 놀이, 거울로 본 시간 맞추기 등이다. 부모는 아이와 함께 놀이를 하면서 아이가 즐거움 속에서 자신의 역발상 능력을 단련하도록 할 수 있다.

역발상을 이용하여 생활 속의 문제를 생각하게 하라

생활 속의 문제를 이용하여 아이에게 역발상 사고를 가르칠 수 있다. 예를 들어 아이에게 사진을 찍어 줄 때 '하나, 둘, 셋'을 센 후 셔터를 눌렀지만 사진을 보면 아이는 역시나 눈을 감고 있다. 이때 아이가 역발상으로 이 문제를 생각해보도록 유도해도 괜찮다. 사진을 찍기 전에 먼저 눈을 감게 한 뒤, '셋'하는 소리를 듣자마자 눈을 뜨라고 하는 것이다. 이렇게 해서 얻은 사진은 오히려 눈을 감은 것이 거의 없다.

생활 속의 문제에 대해서는 상황에 적합한 맞춤형 전략이 있어야 한다. 부모가 마음으로 관찰하여 잘 유도한다면 아이는 역발상 사고의 문제를 응용하게 되고, 미래의 생활과 일 속의 어려움을 잘 대응하여 난제를 하나하나 해결할 것이다.

73

100 POINT of EDUCATION II

적극적으로 질문하도록 격려하고,
아이의 질문에 진지하게 답하라

아이들이 성장함에 따라 아이의 세계에 대한 인식도 갈수록 커지며 호기심도 점점 더 강해진다. 그에 따라 아이의 질문도 점점 더 많아질 것이다.

하루는 엄마가 빨래를 하고 있는데, 이때 원원(雯雯)이 뛰어 들어와서 물었다. "엄마, 아빠는 수염이 자라는데 나는 왜 없어요?"

엄마는 이 질문을 듣고는 웃으며 말했다. "아빠는 남자이기 때문이지. 남자한테만 수염이 자라는 거야."

"그러면 왜 우리반 남자아이들은 수염이 없어요? 그 애들도 남자 아닌 가요?" 원원이 이어서 물었다.

"그 애들은 아이잖아. 자라면 수염이 생길 거야." 엄마는 약간 귀찮은 듯 대답했다.

"그러면 저도 자라면 수염이 생기나요?" 원원이 여전히 캐물었다.

"당연히 아니지!"

"그러면 왜 고양이도 수염이 자랄까요?"

"어디서 이렇게 많은 질문이 솟아났을까. 가서 얼른 인형 가지고 놀아. 엄마 또 귀찮게 하지 말고!" 엄마가 말했다. 원원은 엄마의 모습에 실망하며 자리를 떠났다.

부모의 이런 태도로 아이는 주변 세계를 탐색하려는 욕망을 서서히 잃어버리게 될 것이고, 이해가 안 되는 문제를 생각하려고 하지도 않을 것이며, 질문이 있다고 해도 다시 물을 수 없을 것이다. 부모의 귀찮아하는 태도는 아이에게 '엄마는 날 좋아하지 않는다'는 생각을 하게 한다. 특히 여자아이는 마음이 약해서 마음에 받은 상처가 더욱 깊을 것이다.

사실 부모는 아이가 질문하는 것을 기회로 이용해야 한다. 이것이 바로 아이가 스스로 학습하고 주도적으로 생각하는 증거이기 때문이다. 아이가 이렇게 주도적으로 질문하는 행위는 매우 귀한 것이라는 것을 알아야 한다. 따라서 아이의 질문에 잘 대응해주고, 아이가 더 많은 질문을 할 수 있도록 격려해야 한다.

아이의 질문에 관심을 가지고 존중하라

아이가 제기한 질문은 부모가 정말로 답을 모르는 것일 수도 있고 또는 아이가 하는 질문들은 부모의 머릿속을 어지럽게 하는 것일 수도 있다. 그러나 절대로 그것에 대해 싫어하는 감정을 표현해서는 안 되며, 먼저 미소로 아이의 질문을 듣고 아이가 문제를 발견한 것과 질문을 할 수 있었던 행동을 칭찬해주어 자신을 존중한다고 느낄 수 있게 해야 한다. 이것은 아이의 지적 욕구 및 자존심을 보호하는 매우 중요한 것이다.

아이의 질문에 무성의하게 대하지 마라

링링(玲玲)이 하늘의 비행기를 보고는 엄마에게 물었다. "비행기는 저렇게 크고 날개도 움직일 수가 없는데 어떻게 날아오르는 걸까요?" 엄마는 아이의 질문을 듣고는 기뻐하며 말했다. "이런 질문을 생각해냈다니 정말 멋지다. 그런데 엄마도 구체적인 이유는 모르겠네. 그러면 우리 집에 돌아가서 인터넷으로 찾아보는 게 어때?"

그래서 두 사람은 컴퓨터를 켜고 관련 자료들을 자세하게 검색하고 애니메이션 시뮬레이션도 보았다. 그러나 질문이 비교적 전문적이었기 때문에 링링은 여전히 이해하지 못해서 엄마가 아이에게 말했다.

"이 질문을 이해하고 싶으면, 다른 방면의 지식도 아주 많이 필요해. 그러니까 열심히 공부하면 차츰 알게 될 거야."

아이가 전문적인 질문을 할 경우 부모는 문제의 해답을 알 수 없다. 이런 질문에 대해서도 부모는 성실하게 책임져야 한다. 아이에게 엉터리 답을 말해주면 안 되며, 정확하지 않는 답으로 아이의 질문에 대답하는 것은 더욱 안 된다.

부모는 아이와 함께 관련 자료를 찾아보고, 찾는 과정에서 최대의 능력을 발휘하여 아이가 이해할 수 있는 방식으로 설명해주어야 한다.

아이 스스로 답을 찾도록 격려하고, 새로운 질문을 하라

아이와 같이 자료를 검색하고 해답을 찾을 때, 부모는 아이에게 이렇게 알려줄 수 있다. "엄마의 지식은 이렇게 온 거야. 너도 문제가 생기면 이렇게 하면 되고 네 스스로 답을 찾도록 시도해봐." 이렇게 하면 아이의 스스로 학습하는 능력을 훈련할 수 있다.

동시에 부모는 아이에게 자료를 검색하는 과정에서 반드시 자세하게 해야 하고, 대충대충 해서는 안 된다고 알려주어야 한다. 이 과정에서 가장 좋은 것은 새로운 문제를 발견하고 진지하게 생각하며 문제를 해결해 나가는 것이다.

물질적인 보상으로
학습을 독려하지 마라

'딸이 봉황이 되기를 바라는 것'은 모든 부모의 소원이다. 이 소원이 실현되게 하기 위해서 아이가 좋은 성적을 얻게 해야 하는데, 많은 부모들은 돈이나 물질적 보상으로 아이가 공부하는 것을 '자극'한다.

물질적인 보상으로 아이의 학습을 격려하는 것은 아마도 처음에는 좋은 효과를 얻을 수 있을 것이다. 그러나 이때 아이는 진심으로 공부하고 싶었던 것이 아니며, 자기가 가지고 싶은 것을 얻기 위해서 열심히 공부한 것이다. 아이는 물욕이 만족된 후에는 다시 학습의 원동력을 잃을 것이다.

어떤 부모들은 아이가 훌륭한 성적을 얻으면 많은 돈을 준다. 이것은 아이의 돈에 대한 욕심만 자라게 하고 돈을 함부로 쓰는 나쁜 습관을 조장하는 것외에 아이가 공부의 본래 목적에서 더욱 멀어지게 하여 학습에 대한 흥미를 잃게 하고, 학습의 즐거움도 경험할 방법이 없게 할 것이다. 아이의 눈에 학습은 돈이나 물질을 얻기 위해 완성해야 하는 임무일 뿐이다. 어떤 아이는 심지어 이것을 조건으로 부모를 '협박'할 수도 있다. 그래서 돈과 물질로 아이의 학습을 격려하는 것은 좋은 선택이 아니다.

아이가 공부를 좋아하지 않는 원인을 찾아라

공부에 관심이 없는 아이를 대할 때, 아이를 덮어 놓고 혼내서는 안 되며, 돈과 물질적 보상으로 아이의 공부를 자극하려고 해서도 안 된다. 부모는 아이와 앉아서 잘 이야기하고, 아이가 학습에서 겪는 어려움을 이해하고, 아이가 공부하기 싫어하는 구체적인 원인을 찾아서 왜 공부에 흥미가 없는지를 분석하도록 도와줄 수 있다.

예를 들어 아이가 시험을 한번 잘못 봐서 이 과목에 대해 자신감이 없어졌을 수도 있는데, 그러면 부모는 아이에게 한 번의 시험은 별로 대단한 것이 아니니 마음에 담아 두지 말라고 알려주고, 진지하게 원인을 분석하는 것이 훨씬 중요하다고 알려주어야 한다. 아이가 정말로 어떤 과목에 대해 이해하지 못했다면, 좋은 학습 방법을 찾아 보고 선생님의 구체적인 지도를 받도록 건의할 수도 있다.

'비물질적인 상'으로 아이를 격려하라

기말고사 전 부모는 딸이 심적으로 매우 긴장하고 있는 것을 보았다. 그래서 아이에게 말했다. "우리 보배, 긴장하지 마. 열심히 복습하면 되는 거야. 네가 잘할 거라고 믿어." 부모의 부드러운 말을 듣고 아이는 훨씬 편안해졌고, 동시에 자신감도 생겼다. 때로는 한번 안아주고, 부드러운 격려의 말을 해주며, 따뜻한 눈빛으로 바라봐 주는 것이 더욱 좋은 효과를 낼 수도 있다. 부모는 아이에게 항상 이렇게 말해줄 수 있다. "넌 반드시 할 수 있어" 또는 "우리는 널 믿어!" 아이가 발전했을 때 아이를 안아주거나 등을 토닥여 주면, 아이는 부모가 자신을 인정한다는 것을 느낄 것이고, 아이를 격려하고자 했던 부모의 목적도 이룰 수 있다.

아이에 대한 부모의 합리적인 기대를 말하라

"네가 열심히 공부해서 전보다 성적이 오르면 우리는 기쁠 거야!" 혹은 부모가 기대하는 아이의 학습 상태에 대해서도 이야기할 수 있다. 예를 들면, 아이에게 이렇게 말할 수 있다. "네가 매일 해야 하는 숙제를 성실하게 하는 것을 볼 수 있다면 얼마나 좋을까!" 부모는 아이에게 이런 것들을 이야기할 때, 사랑하는 마음을 가지고 아이를 감동시켜야지 아이에게 명령하듯 하면 안 된다.

학습형 가정을 만들어
바람직한 학습 분위기를 제공하라

학습적인 면에서 아이는 환경의 영향을 쉽게 받을 수 있고, 특히 가정의 환경이 아이에게 주는 영향이 크다.

리리(莉莉)의 학업성적은 항상 반에서 상위권이었다. 그런데 이번에 리리의 성적이 급격하게 떨어졌다. 그것 때문에 선생님은 리리와 특별 상담을 통해 상황을 이해하고자 했다.

최근 리리의 아빠는 친구들을 집으로 초대하여 사업 이야기를 하고, 그들과 함께 저녁을 먹었다. 집은 매우 시끌벅적했다. 그러나 이때가 바로 리리가 숙제하는 시간이어서, 어른들의 이야기하는 소리에 리리는 마음을 안정시킬 방법이 없었다. 리리는 편안하게 잠들 수도 없었고, 그다음 날 수업 때도 정신이 없기까지 했다.

아이의 학업성적 하락은 가정환경의 영향과 매우 큰 관계가 있었다. 따라서 부모는 아이를 위해 편안한 학습 환경을 조성해야 한다. 소위 '편안한 학습 환경'이라는 것은 주로 두 가지 측면을 가리킨다. 하나는 물질적인 측면이고, 다른 한 가지는 정신적인 측면이다.

물질적인 측면은 아이에게 넓은 책상, 밝은 스탠드, 학습에 필요한 문구 등을 준비해주는 것이다. 정신적인 측면은 오히려 부모가 소홀히 하기 쉽다. 어떤 부모는 집에서 항상 엄격하게 아이의 학교에서의 학습 상황을 묻는다. 시험에서 몇 점을 맞았는지 물으면 아이는 부모를 보자마자 매우 큰 스트레스가 생길 것이다.

조용한 학습 환경을 조성하라

아이가 공부할 때 조용한 것은 매우 중요하다. 만약 이때 부모와 다른 사람이 큰 소리로 이야기한다면, 부모가 이야기하는 화제에 빨려들어갈 가능성이 클 것이다. 또한 집에 사람이 많으면, 아이는 더욱 공부하기가 어려울 것이다. 그래서 아이가 공부할 때는 되도록 집안의 조용함을 유지해야 하며, 시끄러운 소리가 아이에게 영향을 끼치지 않게 해야 한다.

가정에서 책을 많이 보고 토론을 많이 하라

아이가 공부를 더 잘할 수 있게 하기 위해서는 아이에게 더 좋은 모범을 보여 주어야 한다. 부모는 집에 있을 때 책을 많이 보고 공부를 많이 해야 한다. 만약 부모가 책 읽는 것을 좋아한다면 책꽂이에 책이 가득 있을 것이다. 부모가 늘 책상에 앉아 책을 보면 아이는 어릴 때부터 이런 환경의 영향을 받아 책 읽기와 공부를 좋아하게 될 것이다. 만약 부모가 평소에 책 읽는 습관이 없었다면 아이에게 훌륭한 학습 분위기를 만들어 주기 위해 의식적으로 집에서 책을 많이 보고, 책속의 지식을 토론하며, 자기의 의견과 견해를 이야기해야 한다. 이렇게 하면 학습 분위기가 충만하고 짙은 학습형 가정이 세워지는 것이며, 아이는 반드시 가볍고 유쾌한 분위기에서 지식을 배우는 즐거움을 경험할 것이다.

이런 토론은 반드시 개방적이어야 한다. 부모는 설교하는 것처럼 자기 생각만 말하고, 아이에게 표현할 기회를 주지 않으면 안 되며, 아이가 말을 잘못했을 때 아이를 비평해서는 안 된다. 모두가 함께 가볍고 즐겁게 이야기해야 한다.

다른 사람의 딸과
비교하지 마라

"이번 시험에서 네 점수랑 샤오잉(小穎) 점수 좀 봐라. 매번 너보다 잘하니, 난 정말 이해가 안 된다. 그애는 어쩜 저렇게 똑똑할까?"

시험이 끝난 후 엄마는 팡팡(芳芳)을 혼내고 있다. 팡팡은 엄마의 꾸지람을 듣고 침묵하며 말하지 않았다.

공부하는 것을 포함해서 엄마는 많은 일에 다른 아이와 팡팡을 비교하며 잔소리를 한다. 팡팡의 옷이 단정하지 못하거나 또는 스스로 집안일을 할 줄 모르면 엄마는 이렇게 말한다. "다른 아이들은 분명히 너처럼 이러지는 않을 거야. 이런 일들을 그 아이들은 훨씬 잘할 거야."

엄마가 이렇게 말할 때마다 팡팡은 정말 참기가 힘들다.

수많은 부모들이 다른 집 아이와 자신의 딸을 비교하며, 종종 다른 아이의 장점과 딸의 결점을 대비하여 불만족스럽게 자신의 아이에게 한바탕 잔소리를 해댄다. 이런 말은 절대 해서는 안 된다. 비교하는 것은 아이의 자존심에 심각한 영향을 주며, 아이에게 열등감을 만든다. 아이는 이런 비교 속에서 차라리 발전하려던 계획을 포기해버리고 자포자기할 수도 있다.

반대의 방법을 쓰는 부모도 있다. 자신의 딸과 다른 아이를 비교하지만 위의 예와 다른 점은 그들은 비교하는 중에 자기 딸을 과장하며, 아이가 누구와 비교해도 너무 예쁘고 총명하다고 말한다. 이렇게 아이를 우쭐하게 하는 방법도 타당하지 않다. 이러한 것은 아이의 허영심을 조장하여, 아이가 다른 사람과 비교하는 것을 좋아하게 한다. 비교할 때 '이기면' 아이는 교만하고 신기한 표정을 짓고, 만약 '지면' 마음속에 질투가 생겨서 상대방을 원망할 것이다. 따라서 부모는 매 순간 조심해야 하며, 자신의 아이와 다른 아이를 비교하지 않아야 한다.

차이를 감상하는 것을 배워라

사람과 사람 사이에는 큰 차이가 있다. 따라서 아이 또한 마찬가지이며 아이가 가지고 있는 장점을 다른 사람은 안 가지고 있을 수도 있고, 다른 사람이 가지고 있는 장점을 내 아이는 안 가지고 있을 수도 있다. 부모는 비교하면서 이러한 차이를 볼 수 있지만, 반드시 감상하는 눈으로 그것들을 대하는 것을 배워야 한다. 다른 아이에게 있는 것이 자기 아이에게 없는 것을 보고 조급해 하지 말고, 또는 자신의 아이가 다른 아이들보다 더 잘할 때, 아이를 계속해서 칭찬하며 다른 아이를 얕보게 해서는 안 된다.

아이의 장점, 단점을 지적하지만 비교는 하지 마라

살면서 아이의 장점과 단점을 지적할 수 있지만 다른 사람과 비교하는 방식으로 말해서는 안 된다. 아이에게 있는 장단점을 명확하게 지적하여 아이가 자신을 더욱 분명히 알게 하고 열등감, 질투, 교만 등의 좋지 않은 심리는 생기지 않도록 해야 한다.

어떤 부모들은 자신의 아이를 이야기할 때 다른 아이와 비교하여 이야기하는 것이 이미 습관이 되어버렸다. 이런 부모가 자기 아이를 다른 아이와 비교하여 말하려고 할 때는 그렇게 하지 말라고 일깨워 주어야 한다.

아이 스스로 자신과 비교해보게 하라

부모는 비교의 방식으로 다른 아이와 비교하는 것이 아니라 아이가 자기 스스로와 비교하게 할 수 있다. 예를 들어 부모는 아이의 예전과 현재의 모습을 대비하여 보여줌으로써, 아이가 자기의 어떤 방면이 이전보다 잘했는지 또는 못한지를 분명하게 알게 해주는 것이다. 이렇게 하면 아이의 자존심에 상처를 입지 않고 장래에 자기가 어떻게 해야 할지를 더욱 잘 알게 될 것이다.

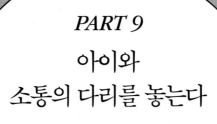

PART 9

아이와
소통의 다리를 놓는다

100 POINT OF EDUCATION

보통 딸은 '엄마 껌딱지'다. 실제로 많은 부모들이 아이를 눈에 넣어도 아프지 않을 정도로 사랑하며 아이의 응석을 다 받아준다. 그러나 이렇게 하면 오히려 아이의 마음에 들어갈 수 없고, 반대로 아이는 항상 화를 내며 침묵하곤 한다. 사실 이것은 아이와 부모 사이에 합리적인 소통의 다리를 놓지 못했기 때문이고, 아이의 마음속에 들어가기 위해서는 아이를 존중하고 이해하며 경청해야 한다.

존중과 이해, 관용으로
아이와의 관계를 증진시켜라

아이는 때로 꽤 감정적인데, 특히 아이가 마음이 상하는 일을 겪은 후에 아이의 기분은 더욱 파악하기가 힘들다. 아무리 부모라고 해도 가끔은 아이가 화내는 진짜 원인을 이해할 방법이 없는 게 사실이다.

사실 아이의 감정적인 행동을 대할 때, 줄곧 오냐오냐하는 것은 소용이 없으며 오히려 아이는 자기가 정말로 많이 억울하다고 느끼게 될 수도 있다. 게다가 아이는 감정 조절 능력이 비교적 약하기 때문에 그 감정이 부모에게로 전달될 수 있다. 또한 평소 아이에 대한 부모의 교육방법이 너무 엄격하다면, 부모의 태도가 너무 독단적이고 강해서 결국 아이가 마음속의 말을 부모에게 이야기하지 않을 것이다.

따라서 부모가 해야 할 것은 아이를 포용하고 이해하는 것이다. 여자아이의 심리적인 특징을 알아야 한다. 이런 특징을 잘 참고하면 아이와의 관계를 가깝게 할 수 있고 아이가 먼저 부모에게 마음속에 담아 두었던 말을 하고 싶어 하게 된다. 부모가 자신을 이해하며 사랑하고 있다는 것을 더욱 잘 느끼게 해야 한다.

토론을 통해 문제를 해결하라

유유(悠悠)의 집에는 규칙이 하나 있는데, 누구든지 논쟁할 만한 문제가 생기면 토론을 통해 해결하고 당연히 유유도 자신의 생각을 발표할 기회가 있다는 점이다. 사실 이 규칙은 부모가 아이를 위해 세운 것으로, 아이가 평등한 환경 속에서 성장하게 하고 싶어서였다. 그러나 어떤 부모들은 이렇게 하지 못하는데 그들은 아이가 부모의 말을 당연히 들어야 하며, 다른 의견을 가져서는 안 된다고 생각하기 때문이다. 그러나 이런 태도는 아이의 반항 심리를 키울 수 있으며, 나이가 많아짐에 따라 이런 반항은 갈수록 더 강해지다가 결국에는 아이가 부모와 소통하는 것을 더 이상 원하지 않게 된다. 따라서 아이와의 관계를 더욱 친밀하게 하기 위해서는 부모라는 틀을 벗어 버리고 설교하는 방식으로 아이와 이야기해서는 안 된다. 문제에 직면했을 때 부모는 평등한 자세로 아이와 해결 방법을 토론해야 하며 아이의 의견을 존중해야 한다.

아이의 감정을 진심으로 헤아리고 이해하라

여자아이는 타고난 성품이 민감하고 감정이 풍부하다. 어떤 때는 아주 작은 일이 아이의 정서에 큰 변화를 일으킬 수도 있다. 따라서 여자아이가 감정적으로 동요할 때는 먼저 어떤 일이 아이를 이렇게 변하게 했는지, 아이가 무슨 말을 들었는지 또는 부모의 어떤 행동이 아이를 아프게 했는지를 생각해야 한다. 만약 아이에게 나쁜 감정이 생기게 된 원인을 생각해낼 수 없다면, 부모는 인내심을 가지고 아이와 이야기해서 천천히 아이의 마음속으로 들어가 아이를 이해해야 한다. 아이에게 불쾌한 감정이 생긴 것을 보고 덩달아 불쾌해져서 아이의 행동에 대해 짜증을 내서는 안 된다. 만약 부모가 달래는데도 여전히 나쁜 감정이 생긴 원인을 이야기하지 않는다면, 먼저 아이의 그 당시 느낌을 헤아려주어야 한다. 아마도 아이는 화가 머리 꼭대기까지 나 있기 때문에 자기의 생각을 정리할 수가 없을 것이다. 아이에게 여유를 주고, 아이 스스로 안정하게 하며, 아이의 감정이 평온해지면 다시 아이와 이야기해야 한다.

78

100 POINT of EDUCATION II

딸과의 대화는 더욱 신중하고,
극단적인 언어는 피하라

어떤 때는 아이의 고집 때문에 벼락 같이 화를 낼 때도 있고, 아이의 어떤 행동을 오해할 때도 있다. 이때 부모는 극단적인 말을 할 수도 있는데, 이런 심한 말은 아이의 심리에 깊은 상처를 줄 수도 있다. 특히 아이가 말을 안 들을 때는 더욱 그렇다.

"나한테 다시 입을 놀리면 네 입을 꿰매버릴 거야!"라던가 "내가 애초에 널 낳은 게 정말 후회된다. 이렇게 날 귀찮게 하다니!", "넌 정말 바보야. 정말 얼굴을 못 들고 다니겠네" 등의 이런 말들은 아마 별 생각 없이 화가 난 감정 때문에 하게 되었을 것이다. 그러나 아이의 감정은 민감하고 연약해서 이런 말을 듣고 나면 자기의 마음속에 심한 상처를 받았다고 느끼거나 또는 자기가 정말로 쓸모가 없어서 부모조차도 자신을 싫어한다고 생각하여 자기를 포기해버리고 싶어질 수 있다. 이렇게 되면, 아이는 심한 말 때문에 매우 깊은 부정적 감정 속으로 빠져들어 갈 수 있고, 심지어는 어두운 그림자를 만들어 아이의 심리 건강에 심각한 영향을 줄 수도 있다. 비록 부모는 아이를 과도하게 오냐오냐해서는 안 된다고 말하지만, 아이의 연약함에 대해서도 못 본 체해서는 안 되며, 과격한 말로 아이를 꾸짖고 질책해서는 더욱 안 된다.

온화한 태도로 아이와 이야기하라

평상시 아이에게 이야기할 때는 부모가 먼저 모범을 보여 주어야 하며, 온화한 말투로 아이에게 말해야 한다. 아이에게 크게 소리 질러서도, 과격한 언어로 말해서도 안 된다. 사실 부모는 격렬한 감정으로 아이를 훈계할 필요가 없다. 비슷한 상황에 직면할 때, 부모는 아이에 대해 이 한마디만 하면 된다.

"네가 그런 것을 보니까, 엄마는 힘들구나."

혹은 상처받은 모습을 보여주며 말한다.

"네가 이렇게 행동하면, 엄마는 좀 상처받을 것 같아."

이렇게 하면 부모가 생각하는 교육 효과를 달성할 수 있고, 아이의 마음속까지 자극할 수 있다.

편안한 마음으로 아이와 대화하라

많은 경우 부모는 한순간의 충동적인 상황에서 과격한 말을 내뱉는다. 그러나 말은 일단 내뱉으면 주워 담을 수 없으며, 아이는 그로 인해 깊은 상처를 받았을 수도 있다. 따라서 아이가 잘못을 한 상황이라도 이성적이어야 함을 떠올리며 아이에게 감정적으로 화내는 말, 극단적인 말을 하지 않아야 한다. 만약 부모가 스스로를 통제하지 못하겠다면 자기가 '화가 났다'고 느낄 때, 먼저 말하지 말고 우선 앉아서 차를 마시며 딸의 사랑스러운 면을 생각해본다. 그 시간을 통해 냉정을 되찾은 뒤, 다시 아이에게 무엇을 이야기할지 생각해봐야 한다. 부모는 마음이 급하지 않으면 화를 내지 않을 것이고, 아이는 부모가 이성적이라고 생각하며 부모의 교육에 협조할 것이다. 게다가 이런 행동은 아이에게도 영향을 끼쳐서 화가 났지만 최대한 억제하는 모습을 보여주면 아이도 자신의 감정에 조심하기 시작할 것이며, 차츰 침착해져서 자신의 행동을 생각해보고 잘못한 것을 인식함으로써 원만한 문제 해결을 하게 될 것이다.

79

100 POINT of EDUCATION II

혼내는 것에도
요령이 필요하다

보통 남자아이는 장난꾸러기고 자주 잘못을 저지르며 몇 마디 말을
해도 마음에 두지 않지만, 여자아이는 훨씬 영리하고 자존심도 센 편
이다. 따라서 남자아이는 혼내는 일이 비일비재하지만, 여자아이는
보통 오냐오냐하고 사랑스러워서 혼내기가 힘들다. 사실 여자아이도
잘못을 할 수 있고 이때는 아이를 따끔하게 혼냄으로써 자신의 잘못
을 인식하게 할 필요가 있다. 단지 여자아이를 혼낼 때는 방법적인 면
에서 훨씬 주의가 필요하다. 만약 방법이 타당하지 않으면 아이에게
상처를 줄 수 있다.

자존심이 강하고, 마음은 약하며, 작은 감정에도 잘 흥분하는 것은
여자아이의 심리적 특징이며, 바로 이런 특징 때문에 부모가 아이를
혼낼 때 어렵다고 느끼는 것이다. 만약 너무 가볍게 혼내면, 아이는 자
신의 잘못을 인식하지 못해서 교육적 효과를 얻을 수 없다. 그러나 일

단 심하게 혼내면, 아이의 자존심을 상하게 할 수 있고 아이는 열등감을 가질 수 있다. 부모는 어떻게 혼내야 아이가 잘못을 고치면서 또 아이가 받아들이게 할 수 있을지를 고민해야 한다.

잘못한 일만 혼내고, 인격은 비난하지 마라

"이 그릇 네가 깨뜨렸어? 어지르는 것 말고는 할 줄 아는 게 없니?"

"물컵을 탁자 가장자리에 두지 말라고 몇 번이나 이야기했는데 어쩜 그렇게 기억을 못하니? 머리가 그렇게 안 돌아가니?"

많은 부모들이 아이가 잘못을 저지르면 이와 비슷한 말들로 아이를 혼낸다. 그러나 부모가 아이를 혼내는 것은 잘못한 일 때문이지 아이에게 문제가 있는 것은 아니다. 따라서 아이를 혼낼 때, 부모는 아이가 무엇을 잘못했는지, 이렇게 하면 어떤 좋지 않은 결과가 따라오는지, 앞으로 어떻게 해야 할지를 분명하게 알려주어야 한다. 아이를 혼내는 말에 모욕적인 말, 아이의 인격을 비난하는 말은 하지 않아야 한다. 이런 말은 아이가 자기의 잘못이 무엇인지를 알 수도 없고, 앞으로 어떻게 해야 할지도 깨닫게 할 수 없으며 아이의 자존심만 상하게 할 뿐이다.

아이에게 집안의 규칙들을 설명하라

먼저 아이에게 약간의 규칙을 정하고, 집안의 규칙을 설명하는 것이 좋다. 이런 방식으로 아이의 행동을 규범화하며, 아이에게 만약 규정을 따르지 않으면 부모는 화가 날 것이고, 꾸짖을 수 있다고 알려준다. 아이에게 이런 것을 이야기하면 아이는 자신이 혼나는 것은 확실히 잘못된 일을 했기 때문이며, 부모가 자신을 혼내는 것이 맞다고 생각할 것이다.

혼낼 때는 아이에게 해명할 권리를 줘라

어떤 부모들은 아이가 잘못한 것을 보면 매우 호되게 아이를 혼내고, 아이가 말할 여지를 주지 않는다. 이렇게 하면 보이지 않는 가운데 아이가 받은 상처의 정도가 커질 것이다. 사실 딸들은 대부분 일부러 잘못을 하지는 않는다. 따라서 부모도 아이에게 기회를 주어 아이가 왜 잘못을 했는지를 말하게 해주어야 한다. 어떤 경우 부모가 지적만 해도 아이는 자기의 잘못을 알 수 있고, 또 고치기도 한다. 이렇게 하면 부모는 노발대발하며 아이를 혼낼 필요가 없고, 아이도 그것 때문에 마음에 상처를 받지 않아도 된다.

사랑 표현도 함께 하라

엄마에게 혼나고 난 후 "엄마는 나를 싫어하는 게 아닐까?"라고 생각하는 아이도 있을 것이다. 이런 생각은 아이를 오랜 시간 동안 힘들게 할 수 있고, 아이가 오랫동안 의기소침한 상태에 있게 할 수도 있다. 따라서 아이를 혼낼 때와 혼내고 난 뒤에는 동시에 아이에게 사랑을 표현하는 것을 잊지 말아야 한다.

"엄마가 지금 너를 혼내는 것은 너를 사랑하고, 네가 더 좋아지길 바라서 그러는 거야!"

아이를 혼낼 때 사랑의 표현을 더하면 아이는 부모의 훈계를 더 잘 받아들이게 되고, 동시에 아이의 민감한 내면도 보호할 수 있다.

부모에게 속마음을
털어놓을 수 있게 하라

딸의 마음의 소리에 경청하고 함부로 추측하지 않는다면 아이를 억울하게 하는 말도 하지 않을 것이다. 아이의 마음의 소리를 잘 경청하는 것은 불필요한 오해를 피할 수 있을 뿐만 아니라, 부모와 아이 사이의 감정도 더욱 친밀하게 할 수 있다. 아이는 때로 생각하는 것이 매우 세심해서 자신을 이해해주고, 상심했을 때 자신을 위로해주는 사람이 필요하다. 그러나 많은 부모들은 이런 경청자의 역할을 잘 맡아서 하지 못한다. 예를 들면 어떤 부모들은 아이가 이야기하려고 할 때, 자기의 일에 바빠서 입에서 나오는 대로 아이의 말을 응대하거나 하루 종일 일한 뒤 돌아오면 이미 너무 피곤해서 근본적으로 아이가 하는 말을 진지하게 들어줄 수가 없거나 조용함을 위해서 깔끔하게 아이를 내보내기도 한다.

만약 아이가 여러 차례 이러한 '냉대'를 받았다면, 다시는 부모를 찾아 이야기하지 않을 것이다. 게다가 아이는 부모에게 거절당한 느낌을 받을 수도 있다. 어떤 아이들은 선천적으로 내향적이어서 말하는 것을 싫어한다. 이때 부모는 인내심을 가지고 아이가 속마음을 이야기하도록 유도해야 한다. 만약 부모가 제때에 아이의 마음의 소리를 이해하지 못한다면 아이의 내면의 문제는 바로 해결될 수 없다.

아이가 말을 끝낼 때까지 열심히 들어라

아이가 말할 때 반드시 아이의 말이 끝날 때까지 열심히 들어주어야 한다. 아이가 반밖에 말을 못했는데, 기다리지 못하고 부모의 생각을 말하거나 아이의 말을 평가해서는 안 된다. 그러면 부모는 아이가 말하고 싶어 하는 내용 전부를 이해하지 못했을 것이며, 아이의 마음의 소리를 이해하지도 못해서 아이를 오해할 가능성이 크다. 부모는 하고 있던 일을 내려놓고 먼저 아이의 말을 다 듣고, 아이의 어려움을 해결한 뒤 다시 일을 해야 한다.

경청할 때 사소한 것들에도 주의하라

아이의 말에서 사소한 부분, 아이가 말할 때의 억양, 감정, 동작의 변화 등에도 주의해야 한다. 이러한 작은 부분에 주의하면 부모는 더욱 섬세하고 진실하게 아이의 내면을 이해할 수 있다. 다른 한편으로는 경청할 때 부모 스스로 세심하게 신경써야 할 부분들이다. 예를 들어 부드럽게 아이의 눈을 바라보고, 아이의 하소연 내용에 부합하는 자연스러운 표정을 하고, 미소를 많이 짓는 등 부모의 말투와 표정 등에도 주의해야 한다. 이런 작은 세심한 표현을 통해 아이는 부모가 자신의 말을 진지하게 듣고 있다는 것을 느낄 수 있으며, 그 속에서 자신에 대한 부모의 사랑을 느낄 수 있다.

아이와 자주 앉아서 이야기하라

만약 아이가 자발적으로 속마음을 이야기하길 꺼린다면, 부모가 먼저 아이에게 말을 걸거나 쉬는 시간을 찾아 편안한 상태에서 아이와 수다를 떨 수 있다. 수다를 떠는 과정에서 부모는 아이가 좋아하는 화제, 예를 들어 만화 영화나 장난감 등을 골라서 이것들에 대해 아이가 말하고 싶어 하기 시작할 때, 좀 더 나아가 질문을 하면 아이는 마음속에 생각하는 것을 말하게 될 것이다. 이 과정에서 부모는 반드시 인내심을 가져야 하며, 조급해하지 말고 여러 번 시도해서 아이가 부모에게 입을 열어 이야기할 수 있도록 해야 한다.

잘못을 인정하면
부모의 위신도 선다

살다 보면 무심코 저지른 실수가 아이에게 영향을 줄 수도 있고 상처를 줄 수도 있다. 만약 부모가 아이에게 소리를 지른다면, 아이도 같은 방식으로 부모를 대하거나 감정이 복받쳐서 더 이상 부모를 상대하지 않을 수도 있다. 반대로 부모가 먼저 아이에게 잘못을 인정할 수 있다면 아이의 태도도 훨씬 부드러워질 것이고, 부모에게 감사의 표현을 할 수도 있다. 그러나 많은 부모들은 아이에게 잘못을 인정하지 못한다. 어떤 부모는 체면 때문에, 어떤 부모는 자신이 아이에게 사과를 하고 잘못을 인정하는 것이 아이의 마음속에 부모의 위신이 낮아지는 것은 아닐까를 걱정하기 때문이다.

사실 이런 걱정은 기우다. 아이의 마음속에는 나름의 옳고 그름의 기준이 있어서 부모가 먼저 잘못을 인정하는 사람으로서의 원칙을 지키고 잘못했을 때 스스로 인정한다면, 아이는 부모를 더욱 신뢰할 것이다. 아이의 눈에 부모는 확실히 원칙에 따라 행동하는 사람이기 때문이다. 따라서 아이에게 잘못을 인정하는 것은 결코 창피한 일이 아니며, 이렇게 하면 아이가 더욱 부모를 믿게 될 것이다.

제때에, 진심으로 잘못을 인정해야 한다

아이에게 잘못을 인정할 때 부모의 태도는 반드시 진심이어야 하며, 이때에도 역시 어른티를 내서는 안 된다. 부모는 솔직히게 자기의 잘못, 즉 어디가 틀렸는지, 아이에게 어떤 상처를 주었는지를 이야기하고, 고치겠다고 알려주며, 말투도 부드러워야 한다. 잘못을 인정할 때 수많은 변명과 이유를 찾아서는 절대로 안 된다. 동시에 자신이 틀린 것을 발견하면 바로 아이에게 잘못을 인정해야 한다.

아이에게 쪽지를 써서 잘못을 인정하라

샤오이(小藝)에게는 큰 상자가 하나 있는데 샤오이의 말에 의하면 보물들을 넣어둔 것이다. 이 상자 안에는 도대체 어떤 보물들이 들어있을까? 알고 보니 그동안 엄마가 자신에게 보낸 '비밀 이야기'가 적힌 쪽지들이었다. 이 쪽지들 중에는 엄마가 아이를 칭찬한 것도 있고, 아이를 걱정한 것도 있고, 그중에는 아이에게 사과한 쪽지도 있다. 한 쪽지에는 이렇게 쓰여 있었다.

"일 때문에 엄마가 또 약속을 못 지키고, 우리 딸이랑 밖에 나가서 놀지 못했네. 나중에 엄마가 네게 꼭 보상할게. 엄마한테 화내지 말기!"

다른 쪽지에는 이렇게 쓰여 있었다.

"엄마가 오늘 너를 오해했어. 너한테 화내서는 안 됐었는데. 엄마가 잘못했어. 엄마를 용서해줄래?"

만약 아이에게 입을 열어 사과하는 것이 어렵거나 아이가 부모의 잘못 때문에 기분이 상해서 그 당시 사과를 받아주려고 하지 않는다면, 쪽지를 남기거나 사과 편지를 쓰는 방식으로 아이에게 자신의 잘못을 인정할 수 있다. 이렇게 하면 여러 가지 난처한 상황을 피할 수 있고, 아이에게 더 분명하게 부모의 진심을 표현할 수 있다.

잘못을 고치는 행동을 아이에게 보여줘라

잘못을 인정했다고 끝나는 것이 아니다. 부모는 아이에게 잘못을 고치는 실제 행동을 보여 주어야 한다. 예를 들어 약속을 열심히 이행하는 것, 신중하게 일하는 것, 똑같은 실수를 다시 하지 않는 것 등이다. 만약 부모의 잘못 때문에 장난감이 망가졌다든지, 책을 잃어버렸다든지 아이가 손해를 보았다면 아이에게 보상을 해주어야 한다.

아이를 칭찬할 때는
반드시 진심을 담아라

수많은 부모들이 '칭찬 교육법'이라는 것을 통해 아이를 키우기 시작했다. 집에서 아이가 무엇을 하든지 아이에게 "너무 잘했어! 넌 정말 대단해!"라고 말한다. 그러나 오래 지나지 않아 부모들은 칭찬 교육법의 효과가 결코 이상적이지 않다는 것을 발견했다. 원인은 부모가 마음속으로부터 우러나와서 정확한 곳을 꼭 집어 아이를 칭찬한 것이 아니라 기계적으로 한 칭찬이었기 때문이다. 어떤 때 부모는 성의 없는 태도로 아이를 칭찬할 수도 있다. 예를 들어 아이가 그림을 잘 그려서 신나하며 보여줄 때, 아이는 부모의 칭찬을 엄청 기대하고 있는데 무언가에 바빠서 "그래, 훌륭하네"하고 아무렇게나 말해버린다면 아이는 크게 실망할 것이다.

아이를 칭찬할 때 신체 언어도 함께 해야 한다

한한(涵涵)은 엄마가 자신을 칭찬하는 것을 특별히 좋아한다. 이것은 한한의 허영심 때문이 아니라 엄마가 아이를 칭찬할 때 아이는 특별히 행복한 느낌을 갖기 때문이다. 매번 엄마가 한한을 칭찬할 때 하는 정겨움을 느낄 수 있는 작은 동작들이 있는데, 예를 들면 아이의 작은 볼을 꼬집는다든지, 이마를 아이의 이마에 맞댄다든지, 그런 후에 손으로 아이의 얼굴을 받쳐 들거나 아이의 머리를 어루만지는 등이다. 이런 것들은 모두 한한을 매우 즐겁게 한다.

칭찬이 더욱 진심이기 위해서 부모는 칭찬의 말과 함께 얼굴 표정, 신체 언어 등을 포함해야 한다. 칭찬은 아이를 인정하는 것뿐만 아니라, 부모와 아이의 심리적 교류와 사랑의 전달이어야 한다. 따라서 우리는 아이를 칭찬할 때 얼굴에 미소를 가득 띠고, 부드럽게 아이의 두 눈을 바라보아야 한다. 이렇게 해야 아이는 부모가 마음 깊은 곳으로부터 아이를 인정하고 사랑하고 있음을 충분히 느낄 수 있을 것이다.

아이의 행동을 칭찬하라

부모는 되도록 아이의 훌륭한 행동 및 행동 속에서 나타나는 성품을 칭찬하고, 아이 자체를 칭찬해서는 안 된다. 만약 부모가 아이를 즐겁게 하기 위해서 늘 아이가 아름답고 예쁘다고 칭찬한다면, 아이는 허영을 좋아하게 될 수도 있고 아울러 자기의 외모를 지나치게 중시하여 아이의 진정한 아름다움이 내재하는 성품에는 소홀할 수 있다.

아이의 행동을 칭찬하는 것은 아이에게 내면의 모습이 중요하다는 것에 관심을 갖게 하는 것이다. 예를 들어 아이가 예쁘다고 칭찬할 때도 "넌 웃는 게 정말 예뻐!"라고 하면, 아이는 분명히 늘 웃는 얼굴을 하고 있을 것이고, 자연히 다른 사람에게 아름답고 밝게 빛나는 느낌을 줄 것이다. 또는 아이의 성적을 칭찬할 때 아이가 열심히 노력한 것에 칭찬의 요지를 두어야 하며, 얻어진 결과에만 주목해서는 안 된다.

칭찬하는 말에는 근거와 내용이 있어야 한다

아이를 칭찬할 때 "좋아, 넌 정말 최고야, 너무 잘했어"와 같은 빈말이나 상투적인 말은 피해야 한다. 왜냐하면 부모가 이런 말을 하는 것은 부모가 아직 마음속 깊은 곳으로부터 아이의 장점을 찾아내지 못했음을 드러내는 것이다. 아이를 칭찬할 때는 내용과 근거가 있어야 하며, 구체적이고 생동적인 언어로 아이를 칭찬해야 한다. 예를 들어 "오늘 설거지 정말 깨끗하게 했네", "글씨를 정말 공들여 썼구나. 게다가 한 문제도 안 틀렸네" 등이다. 특히 선천적으로 민감한 아이를 칭찬할 때의 태도는 반드시 진심이어야 하고, 절대 건성으로 대해서는 안 된다. 칭찬의 말도 마음속 깊은 곳에서부터 우러나온 것이어야 하며, 명확하고 구체적이어야 하고, 아이의 어떤 점이 잘했는지, 왜 잘했는지를 포함하고 있어서 아이가 자신의 장점을 정확하게 인식하게 해야 한다.

신뢰와 존중으로
아이가 따뜻함을 느끼게 하라

미국의 유명한 교육가 존 듀이는 이렇게 말한 적이 있다.

"남에게 존중받고 신뢰를 받고 싶은 욕망은 인류의 천성 중에 가장 근원적인 충동이다."

사실상 타인의 신뢰와 존중을 추구하는 것은 모든 사람의 보편적인 심리이며 적극적인 심리 상태이다. 만약 부모가 아이에게 "엄마는 널 믿어, 넌 분명히 해낼 수 있을 거야"라고 말한다면 이것은 부모의 아이에 대한 신념을 나타내는 것이고, 아이에 대한 존중을 의미한다. 이것은 아이의 자신감과 자존감을 이끌어 낼 수 있어서 아이의 훌륭한 심리적 성품을 형성하며 자아 가치를 실현하게 한다. 따라서 무슨 일이 발생하든 아이가 잘못을 했더라도, 부모는 아이를 충분히 신뢰하고 존중하여 아이가 진정으로 성장할 수 있게 해야 한다.

아이에게 충분한 신뢰감을 줘라

모든 딸은 부모의 신뢰를 얻고 싶어 하며, 이런 신뢰는 아이에게 따뜻하고 편안하며 안정감을 느끼게 한다. 게다가 신뢰의 힘은 매우 강해서 부모가 아이를 충분히 신뢰할 때, 아이는 자신의 뒤에 강한 힘이 있어서 자기를 지지하고 있으며, 이 힘이 자신이 더 잘할 수 있도록 격려할 것이라고 생각한다. 사실 아이에게는 무한한 잠재능력이 담겨 있다. 부모는 아이의 행동에 대해 충분히 신뢰하고, 아이가 자신의 능력으로 잘할 수 있을 것이라고 믿어야 한다. 아이가 직접 실천하면서 단련되고 자신감도 강해지도록 키워야 한다. 아이가 어려움을 만났을 때, 부모는 서둘러서 아이를 도와 해결하지 않아야 하며, 스스로 해결하도록 격려해야 한다. 당연히 필요할 때는 적당한 지도와 도움을 줄 수 있지만 아이를 대신하여 문제를 해결해서는 안 된다.

아이의 인격을 존중하라

아이는 자아의식의 형성기에 놓여 있으며 주위 사람들을 의식하기 시작하는데, 특히 가장 친근한 엄마가 자기를 대하는 태도에 집중하며 엄마가 자신의 인격을 존중해주기를 바란다. 따라서 부모는 아이를 독립된 사회인으로 대해야 하며, 아이의 인격의 존엄함을 존중해야 한다. 동시에 평안하고 온화하게 아이와 교류하고, 아이의 생각과 의견을 진지하게 들어주며, 아이의 흥미와 취미를 존중해야 한다.

비언어 소통도 시도하라

딸과의 소통에 관해 이야기하면 부모의 머릿속에 떠오르는 장면이 하나 있을 것이다. 부모는 말하고, 딸은 듣는 모습이다. 부모의 의식에서 언어가 소통의 전부라고 생각하지만 사실은 그렇지 않다. 부모는 아이와 소통할 때, 말하지 않더라도 신체 언어로 마음속의 진실한 생각을 표현할 수 있다. 이것이 소위 비언어 소통이라는 것이다. 미국의 언어학자인 앨버트 메라비언(Albert Mehrabian)은 연구를 통해 사람과 사람이 소통할 때 7%는 언어를 통해 소통하고, 나머지 93%는 비언어 소통을 통해 진행된다는 것을 발견했다. 비언어 소통 중 55%는 얼굴 표정, 몸동작과 손짓 등 신체 언어로 진행되며, 38%만이 억양의 높낮이를 통해 진행된다. 그의 연구 결과에 따르면, 이러한 소통 공식을 얻을 수 있다.

소통의 총 효과 = 7%의 언어 + 93%의 비언어(38%의 억양 + 55%의 신체 언어)

여기에서 볼 수 있듯이 사람과 사람 사이의 소통에서 비언어 소통이 매우 중요한 작용을 한다. 특히 여자아이들은 선천적으로 민감하기 때문에 부모의 표정이나 동작 등의 미묘한 변화에서 부모의 태도를 쉽게 판단할 수 있다. 따라서 부모는 아이의 심리를 파악하고, 비언어 소통 방식으로 아이와 소통하는 것을 배워 이상적인 소통의 효과에 도달해야 한다. 삶에서 부모는 아래의 몇 가지 비언어 소통 방식을 시도해볼 수 있다.

눈빛으로 아이와 교류하라

부모는 눈빛으로 아이와 '마음의 대화'를 할 수 있다. 아이가 억울한 일을 당했을 때, 부모는 친절한 눈빛으로 아이를 따뜻하게 해주어야 한다. 아이가 겁이 났을 때, 부모는 에너지가 충만한 눈빛으로 아이를 격려해야 한다. 아이가 제멋대로 굴 때, 부모는 엄격한 눈빛으로 아이를 경고한다. 부모의 눈빛으로부터 아이는 부모가 표현하고자 하는 뜻을 읽어낼 수 있으며, 나아가서는 그 뜻에 따를것이다.

아이를 따뜻하게 안아줘라

부모는 늘 아이를 안아주는데, 이것은 아이에게 강렬한 안전감과 행복감을 만들어 줄 수 있다. 아이가 어떤 일을 할 때, 부모는 아이에게 긍정의 포옹을 해야 한다. 아이가 자기의 능력을 의심할 때, 부모는 아이에게 격려의 포옹을 해야 한다. 아이가 낙심했을 때, 부모는 위로의 포옹을 해야 한다. 이렇게 하면 생각지 못했던 효과가 생길 것이며, 관계가 더욱 친밀해지고, 아이는 더욱 자신감 있고 군건해져서 강한 사회 적응 능력을 갖추게 될 것이다.

두 손으로 아이와의 거리를 끌어당겨라

언제든지 부모는 아이의 손을 잡아서 아이와 신체적, 심리적 거리를 줄여야 한다. 아이가 어떤 일을 해보려고 할 때, 부모는 아이의 손을 잡아 아이에게 자신감과 힘을 주어야 한다. 아이가 울 때, 부모는 아이의 손을 잡아 아이에게 따뜻함과 관심을 주어야 한다. 아이가 고집부릴 때, 부모는 아이의 손을 잡아 아이의 마음속을 감화시켜야 한다. 이렇게 손을 잡는 동작을 통해서 아이는 부모의 소리 없는 인정과 지지, 격려를 느낄 수 있다.

PART 10

아이의
훌륭한 생활 습관을 키운다

100 POINT OF EDUCATION

'씨를 심는 행위는 수확의 습관이고, 씨를 심는 습관은 수확의 성격이며, 씨를 심는 성격은 수확
의 운명이다'라는 말이 있다. 여기에서 볼 수 있듯이 습관은 인생의 운명을 좌우한다. 훌륭한 생
활 습관을 기르면, 다른 사람에게 이익이 될 뿐 아니라 자신의 발전에도 이익이 된다. 좋은 습관
은 우리를 성공의 방향으로 나아갈 수 있도록 이끌어 줄 수 있고, 나쁜 습관은 우리의 나아가는
발걸음을 계속해서 끌어당겨 우리를 지치게 한다. 따라서 건강하고 밝은 아이를 기르기 위해서
부모는 '마음을 모질게 먹고' 아이의 바람직한 생활 습관을 길러주어야 한다.

식습관

건강한 음식으로
좋은 식습관을 기른다

'병은 입으로부터 들어온다'는 말이 있는데, 바로 건강한 식습관을 길러야 한다는 경고다. 따라서 아이가 건강한 신체를 갖게 하기 위해서 병이 입으로부터 오는 것을 막아, 우리는 아이가 건강한 음식을 먹는 식습관을 기르도록 가르쳐야 한다.

신신(欣欣)의 엄마는 식품 연구 전문가이다. 온 가족의 합리적인 영향 섭취를 하기 위해서, 신신의 집은 하루 세끼를 모두 엄마의 정성들인 설계를 통해 먹는다. 따라서 신신 집의 식단은 반찬의 종류가 많고, 영양도 균형적이라고 할 수 있다. 신신은 매일 이렇게 많은 영양이 풍부한 반찬을 대하지만, 오히려 같은 나이 아이들보다 훨씬 마르고 작다. 신신의 몸에 특별한 질병은 없는데 무슨 원인으로 아이가 이렇게 작고 마르는 것일까? 알고 보니, 엄마는 다양한 반찬과 주식을 준비했지만,

신신은 오히려 매우 편식을 하고, 먹는 것을 싫어하며 몇 입만 먹으면 더 이상 젓가락질을 하지 않았다. 시간이 길어짐에 따라 영양 섭취의 불균형 때문에 신신의 신체 발육에 영향을 끼쳤다.

엄마가 심혈을 기울여 설계한 과학적 식단이 결코 이상적인 효과를 거두지 못했다. 이를 통해 과학적 식단에만 의지하는 것이 꼭 아이를 건강하게 성장시킬 수 있는 것은 아니며, 건강한 식습관이 가장 중요하다는 것을 알 수 있다.

균형 잡힌 식단을 만든다

하루 세끼는 아이가 영양을 섭취하는 주요 방식이다. 따라서 과학적으로 식단을 설계하여 음식의 영양 분배를 균형 있게 해야 한다. 이렇게 하면 아이는 기본적으로 고른 영양 섭취를 할 수 있다. 두 번째로, 우리는 아이를 위해 편안한 식사 환경을 만들어 주어야 한다. 예를 들어 식탁에서 아이를 혼내지 않아야 하며, 아이에게 '이것 먹어라 저것 먹어라' 강요하는 것은 더더욱 하지 않아야 한다. 이렇게 하면 아이에게 밥을 먹는 것에 대한 공포심리가 생기게 할 수 있고, 편식이 생기게 할 수도 있으며, 심지어는 음식을 싫어하는 행동까지 하게 할 수 있다. 반대로 우리는 아이를 위해 예쁜 찬기를 준비해야 한다. 예를 들어 캐릭터 숟가락, 밥그릇 등 아이가 하루 세끼를 좋아하게 해야 한다. 또한 아이와 즐겁게 이야기를 나누거나, 편안한 음악을 틀어 놓아, 아이가 꼭꼭 씹고 천천히 삼키는 좋은 습관을 기르게 해야 한다. 이렇게 하면 아이는 먹는 환경이 편안하다고 느낄 것이고, 건강한 식습관을 기르는 것도 비교적 쉬워질 것이다.

편식하지 않는 바람직한 습관을 만든다

아이가 어떤 음식을 싫어하거나 좋아하는 것은 대부분 우리가 이런 음식을 좋아하거나 싫어하기 때문에 생긴 것이다. 우리는 좋아하는 음식은 많이 먹고, 싫어하는 음식은 저게 먹으니, 아이는 우리의 영향을 받아 우리가 하는 대로 따라서 하는 것이다. 그 외에 우리가 아이를 위해 음식을 준비할 때, 아이에게 어떤 음식 또는 주식을 먹고 싶은지를 묻지 않아야 한다. 그렇게 되면 아이는 개인적으로 싫어하고 좋아하는 음식에 대해 분류할 것이고, 이것이 오래되면 아이는 편식의 나쁜 습관이 길러질 수 있다. 따라서 아이에게 건강한 식습관을 길러주기 위해서 우리는 자신의 식습관에 주의해야 하며, 음식을 좋아하는 것에 따라 분류를 해서는 안 된다.

아이가 정크푸드에 관심을 갖지 않게 하라

일찍이 계보건기구(WHO)는 전 세계 10대 정크 푸드를 발표했는데, 튀긴 음식, 통조림 음식, 염장 음식, 가공 육류 식품, 기름진 고기와 동물 내장 등 육류, 유제품, 라면, 훈제식품, 냉동 간식, 당절임 과일 등이다. 아이가 정크 푸드에 관심을 갖지 않도록 세끼 식사를 눈과 마음이 즐겁도록 만들어야 한다.

물건 정리

사용한 물건을
제자리에 놓게 하라

순서대로 배열하여 날아가는 기러기 떼는 우리에게 아름다움을 느끼게 하지만, 무질서하며 뒤죽박죽이고 아무데나 쌓아놓은 물건들은 혐오스러운 느낌을 준다. 생활도 이와 같아서, 우리가 아무데나 어지럽게 물건을 놓는다면 우리는 이런 물건들을 찾는 데 쓸데없는 시간을 낭비하게 될 것이며, 정결하지 못한 나쁜 습관을 키우게 될 것이다. 따라서 우리는 아이에게 물건을 제자리에 놓는 습관, 사용한 물건을 원래 자리에 놓는 것을 가르쳐야 한다. 사용한 물건을 바로 제자리에 가져다 놓는 것은 별것 아닌 작은 일이지만, 이것을 통해 한 사람의 생활 습관과 일하는 태도를 이해할 수 있다. 물건을 제자리에 놓는 것은 우리에게 먼 곳에서 명령을 기다리는 병사처럼 명령 소리를 듣자마자, 바로 직접 목표를 향해 달려갈 수 있게 하여, 다시 가서 이것 찾고 저것 찾고 할 필요가 없게 해준다.

아이에게 청결한 가정환경을 만들어줘라

만약 우리가 아이를 위해 청결한 가정환경을 만든다면, 아이는 차마 그것들을 엉망으로 만들 수 없을 것이다. 아이는 깨끗한 환경에 감염되어, 우리에게 배울 것이다. 우리가 만약 알맞게 아이를 지도한다면 아이는 우리에게 배워 자기의 작은 환경을 정리할 것이다. 아이는 청결한 환경을 만들기 위해서 물건을 원래의 자리에 가져다 놓을 것이다. 환경의 청결함을 유지하기 위해 아이는 사용한 물건을 스스로 원래의 자리로 가져다 놓을 것이다. 이렇게 하면 아이는 사용한 물건을 원래 자리로 가져다 놓는 좋은 습관을 자연스럽게 기를 수 있다.

물건을 용도대로 분류하게 하라

사용했던 물건을 원래 자리에 가져다 놓는 것은 아이 스스로 완성하는 것이 필요하며, 우리가 아이 대신 완성해주는 것이 아니다. 어떤 엄마는 아이를 지나치게 오냐오냐해서, 매일 아이를 예쁘고 귀엽게 꾸며주고, 아이의 방을 동화 세계처럼 정리하면서 아이에게는 오히려 아무 일도 못하게 한다. 이렇게 하면, 아이는 점점 아무데나 물건을 어지럽히고 던져 놓게 된다. 따라서 우리는 아이가 물건을 함부로 놓는 습관을 철저히 없애야 하며, 아이가 물건의 기능에 따라 물건을 분류하고, 그것들을 놓아야 할 곳을 정해서 제자리에 놓도록 가르쳐야 한다.

물건을 제자리에 놓지 않아 생기는 결과를 감당하게 하라

만약 아이가 아무 곳에나 물건을 마구 놓아두고, 물건을 제자리에 두는 것을 이해하지 못한다면 우리는 마음을 굳게 먹고, 아이가 물건을 아무데나 놓음으로써 생기는 결과를 감당하게 하여 아이가 자기의 잘못을 인식하고, 잘못된 행동을 고칠 수 있도록 해야 한다. 어떤 경우에는 훈계하는 것이 효과적으로 작용하지 못한다. 오히려 말없이 조용히 지켜보며, 아이 스스로 잘못을 인식하여 잘못을 고치도록 해 스스로 물건을 제자리에 놓는 훌륭한 습관을 기르게 해야 한다.

일과 휴식

일찍 자고 일찍 일어나는
규칙적인 생활 습관을 길러줘라

'일찍 자고 일찍 일어나면 정신이 맑아서 상쾌하고, 늦게 자고 늦게 일어나면 병을 더해 수명은 줄어든다'는 중국 속담이 있다. 다시 말하면, 일찍 자고 일찍 일어나며 일하고 휴식하는 것을 규칙적으로 하면 신체 건강에 유리하고, 심지어는 수명을 연장시킬 수 있다는 것이다. 우리도 이러한 대자연의 운행 법칙에 따라 아이를 교육해야 한다. 아이가 일찍 자고 일찍 일어나며 일하고 쉬는 것에 규칙적인 건강한 생활 습관을 기르도록 가르쳐야 한다.

되도록 따뜻하고 편안한 방을 만들어줘라

아이를 위해 되도록 편안하고 따뜻한 방을 준비해야 한다. 예를 들면, 아이의 방을 따뜻하게 꾸밀 수 있지만 벽에 각종 큰 사진들을 붙여서는 안 되는데, 아이가 그것의 영향을 받아 편안하게 잠들지 못하는 것을 피하기 위해서다. 당연히 아이가 자기 전에 아이에게 편안히 잠드는 데 도움이 되는 음악을 들려주어도 된다. 이렇게 하면 아이는 마음이 안정될 수 있고, 바깥이 시끄러워도 호기심을 느끼지 않으며 곧 잠들 것이다.

불규칙적으로 생활한 결과를 감당하게 하라

매일 여러 차례 아이에게 자거나 일어나라고 재촉하지만, 효과는 그리 뚜렷하지 않을 것이다. 아이가 규칙적으로 행동하지 않으면, 아이에게 그에 따른 결과를 책임지게 해야 한다. 자신의 행위가 가져오는 나쁜 결과를 감당하게 해야만, 아이는 불규칙적으로 일하는 것이 만들어 낸 손해를 인식할 수 있다. 만약 아이가 늦게 자고 늦게 일어나면 아이는 허둥댈 것이고, 아침밥도 못 먹고, 당황에서 숙제를 가져가는 것을 잊어버릴 수도 있으며, 아이는 결국 지각해서 선생님의 꾸지람을 들을 수도 있다. 아이에게 일찍 자고 일찍 일어나는 습관을 길러주면 단순히 타이르는 것보다 훨씬 훈육하기가 쉬울 것이다. 그리고 아이가 일찍 자고 일찍 일어나는 좋은 습관을 기르게 하고 싶다면, 정해진 시간에 일어나는 훈련을 해야 한다. 아이에게 알람시계를 하나 사 줘서, 아이 스스로 수면 시간과 기상 시간을 관리하게 해야 한다. 만약 알람시계가 울려도 아이가 계속 못 일어 난다면, 우리는 조용히 관찰하는 방법을 선택하고 잔소리하지 않아야 한다.

아이에게 낮잠을 권하라

연구에 따르면 낮잠은 사람의 주의력을 집중시키고, 머릿속을 맑게 하는 것을 효과적으로 도울 수 있어서 정확한 결정을 하며, 사람을 더욱 창의력으로 만든다고 한다. 이로 볼 때, 낮에 잠깐 자는 것은 사람들의 피로를 완화하고, 업무 효율을 높이는 데 좋은 효과가 있다. 따라서 아이에게 낮잠을 자게 함으로써 아침에 늦잠 자는 나쁜 습관을 고칠 수 있다. 잠깐 자는 시간은 20~30분 정도가 적당하다.

밤을 새우게 하지 마라

밤을 새우는 것은 아침 늦잠의 원인 중 하나다. 아이는 TV 프로그램이나 아빠, 엄마의 이야기에 빨려 들어가서 자는 것을 원하지 않을 수도 있다. 밤을 새우는 것은 아이의 생체 시계를 교란시켜서 아이의 일하고 쉬는 규칙을 어지럽힐 것이고, 아이를 밤에 흥분하게 하고, 낮에는 기운이 없게 하며, 서서히 늦게 자고 늦게 일어나는 나쁜 습관이 생길 것이다. 따라서 우리는 아이가 되도록 이런 요소의 영향을 받지 않도록 피해야 한다.

위생

아이에게 청결한
위생 습관을 가르쳐라

어떤 사람은 아무 곳에나 가래를 뱉고 함부로 쓰레기를 버리는 걸 항상 보기 때문에 이러한 일이 당연하다고 생각한다. 그러나 이는 분명 잘못된 위생 습관이며 어떻게 보면 개인 위생의 문제지만 때로는 한 사람의 정신적인 면모와 생활의 취향을 반영하는 것이라 볼 수 있다. 이러한 비문화적인 행위는 자기에게 피해를 줄 뿐 아니라, 다른 사람에게도 피해를 준다. 따라서 우리는 반드시 아이가 어릴 때부터 위생을 중시하고 훌륭한 위생 습관을 기르도록 도와야 한다. 그렇다면 우리는 어떻게 아이에게 위생을 중시하는 좋은 습관을 기르게 할 수 있을까?

청결하고 편안한 가정환경을 만들어라

환경은 자기도 모르는 사이에 개인의 습관의 형성에 작용하기 때문에, 우리는 환경의 교육적 자원을 충분히 발굴해서 아이가 스스로 좋은 위생 습관을 기르도록 할 수 있다. 우리는 아이와 같이 방을 정리하고, 청소를 하며 함께 청결하고 편안하고, 아늑한 가정생활 환경을 만들 수 있다. 또한 우리는 모든 가정 구성원들에게 깨끗하고 깔끔한 이미지를 보이게 해야 한다. 이렇게 하면, 아이는 아름다움의 힘에 의해 감염되고 영향 받아 스스로 청결한 위생 습관을 기를 것이다.

할 수 있는 만큼의 청소부터 시작하게 하라

만약 우리가 아이를 지나치게 사랑해서 아이가 하는 일마다 도와주면, 아이는 '옷 달라고 손을 펴고, 밥 달라고 입을 벌리는' 나쁜 습관만 키워질 것이다. 어떤 일도 스스로 할 필요가 없고, 자기의 위생 관리조차도 스스로 처리할 필요가 없고, 엄마가 해주면 그만인 것으로 생각할 것이다. 따라서 절대로 아이를 위해 무슨 일이든 다 해주면 안 되며, 아이가 어릴 때부터 위생에 주의하게 하고, 스스로 할 수 있는 청결 임무는 스스로 할 수 있게 해야 한다. 예를 들어 집안 일, 자기의 작은 옷을 세탁하는 일, 자기 방 정리 등등 서서히 스스로 하다 보면 아이는 훌륭한 개인 위생 습관을 기를 수 있다.

생활 위생 계획표를 만들게 하라

일상생활 속의 기본적인 청결 행동이 아이의 생활 속에 녹아 들어가게 해야 하며, 그것들이 아이의 생활 계획표 내용의 일부분이 되게 해야 한다. 이렇게 필수적이고 기본적인 청결 행동은 이 닦기, 세수하기, 샤워하기 등이 포함된다. 당연히 우리가 아이의 생활 계획표 세우는 일을 도와주어야 하며, 물론 그 계획표 안에는 청결 행동이 포함되어야 한다. 이러한 계획표는 세우는 것만으로는 부족하며, 아이의 실행 상황을 감독해야 한다. 우리는 생활 계획표를 아이의 방에 붙여서 아이가 생활 위생 계획표의 내용을 엄격히 지키는지를 감독하고, 일단 아이가 미루고 게을러지는 상황을 보이면 아이가 주의하도록 알려주어야 한다. 차츰 계획표에 있는 내용이 아이 생활의 일부분이 될 것이고 그러면 아이도 훌륭한 청결 습관을 기르게 될 것이다.

구체적인 위생 규칙을 정해줘라

아이와 함께 상의하고 구체적인 위생 규칙을 정해주어 아이가 도대체 어떻게 하는 것이 위생적인 것인지를 알게 해야 한다. 규칙을 정할 때, 우리는 아이에게 이런 규칙들의 의미, 즉 건강을 위한 것임을 설명해 주어야 한다. 이런 규칙들은 정확한 손 씻기, 아침저녁 양치질하고 세수하기, 머리 감기, 샤워하기, 발 씻기, 손발톱 깎기 등을 포함하며, 자기의 옷이 깨끗하고 단정한지, 단추, 벨트가 잘 채워졌는지 등에 주의해야 한다. 그 외에 주위 환경의 청결을 유지하는 깨끗한 습관을 길러야 한다. 이러한 규칙을 생활 계획표의 옆에 붙여 놓아서 아이가 정한 규칙에 따라 매일 자신에게 엄격히 요구하고, 위생을 중시하는 사람이 되게 해야 한다.

태도

바른 몸가짐과
자세를 가르쳐라

여자아이는 일어서고 앉고 걷는 것에 여자아이의 모습이 있어야 하며, 말과 행동에 솔직하고 당당해야 다른 사람들의 존중을 얻는다. 그렇다면 엄마로서 어떻게 아이에게 정확하게 일어서고 앉고 걷고, 자세가 우아하며, 행동거지가 사람들을 감동시킬 수 있도록 가르쳐야 할까?

우아하게 서 있는 자세를 가르쳐라

우아하게 서 있는 자세는 여자아이가 사람들의 호감을 얻는 첫 번째 단계이며, 어깨를 펴고, 목은 곧게 하며, 두 눈은 앞을 똑바로 볼 수 있도록 지도해야 한다. 두 손은 자연스럽게 아래로 떨어뜨리고, 양팔은 자연스럽게, 두 다리는 곧게 뻗어야 하고, 무릎은 편안하게 하며,

허벅지는 약간 긴장하고 있어야 한다. 등을 바로 펴고, 두 어깨는 될 수 있는 한 쫙 편다. 일어설 때, 두 발은 나란히 하고, 몸의 중심은 앞발에 놓고, 신체의 중심은 몸의 가운데로부터 약간 앞으로 이동해야 하는데, 어쨌든 자연스럽고 세련된 것이 이 자세를 하는 기본이다.

점잖게 걷고 앉는 자세를 가르쳐라

많은 여자아이들이 앉는 자세를 조심하지 않으며, 치마를 입고도 공공장소에서 아무렇게나 두 다리를 벌리고 앉는데, 이것은 썩 보기 좋지 않다. 우아하게 앉는 자세를 하면, 사람들은 예의를 아는 아이라고 생각할 것이고, 그로 인해 그 아이를 존중하게 된다. 다만, 비공식적인 장소에서는 한쪽 다리를 다른 한쪽 다리 위로 올려도 된다. 만약 치마를 입고 앉았다면, 앉기 전에 먼저 치마 끝을 앞으로 모아야 단정하고 단아하게 보인다. 아이는 이렇게 앉는 자세에 관한 지식을 통해 자기의 앉는 자세를 교정하고, 우리는 아이를 예절교육에 참가하게 하거나 전문 훈련 프로그램을 보게 하여 아이가 더욱 점잖고, 우아하게 앉는 자세를 갖추도록 할 수 있다.

걷는 자세 또한 마찬가지다. 흐느적거리지 않고 바르고 꼿꼿하게 걷는 법을 가르치고 그것이 몸에 배도록 교육해야 한다.

가사노동

아이에게 집안일을 하는 습관을
반드시 길러줘야 한다

하버드 대학의 어떤 연구에 따르면, 어릴 때부터 노동에 참여한 사람은 집에서 간단한 집안일을 한 사람이더라도 노동 경험이 없는 사람보다 훨씬 충실하고, 훨씬 아름다운 생활을 한다고 한다. 따라서 여자아이든 남자아이든 상관없이 반드시 아이가 집안일을 하는 습관을 기르게 해야 한다.

쾌적한 일상생활 환경을 만들어라

만약 우리가 정결하고 편안한 생활환경을 만든다면, 아이는 저절로 청결한 위생 습관을 유지할 수 있을 것이다. 환경이 사람에게 끼치는 영향은 말할 필요도 없기 때문이다. 세상 사람들에게는 모두 아름다움을 좋아하는 마음이 있어서, 아름다운 것을 보면, 차마 망가뜨리지 못한다. 만약 우리가 훌륭한 일상생활 환경을 만든다면, 아이는 편안하고 만족함을 느낄 것이고 일상생활 환경이 좀 지저분하고 어지러울 때 스스로 주변을 아름다운 상태로 회복시키려 할 것이다.

아이의 노동에 대한 요구를 정확히 대하라

아이가 집안일을 하면 몸이 피곤하지 않을까 혹은 아이가 집안일을 잘 못할까 봐 걱정하지 않아도 된다. 만약 아이에게 집안일을 하고 싶은 심리적인 욕구가 있다면, 좀 엉망으로 하더라도 아이가 노동의 즐거움을 경험할 수 있게 하고, 그로써 아이가 집안일하기를 좋아하는 습관을 서서히 키우게 할 수 있다. 그리고 아이에게 정확하고 효과적으로 집안일하는 요령과 방법을 가르쳐줘야 한다. 아이를 가르치는 과정에서 우리는 반드시 충분한 인내심을 가지고 있어야 한다.

적당한 방법을 선택하여 아이를 격려하라

리난(李楠)이 집안일하는 것을 격려하기 위해서 엄마는 돈을 주는 것을 칭찬의 방법으로 선택했다. 매번 리난이 집안일을 한 가지씩 할 때마다 엄마는 리난에게 2위안(300원 정도)을 주었다. 리난은 무척 기뻐했고, 집안일하는 것을 즐겨했다. 엄마는 이렇게 하는 것은 리난이 집안일을 좋아하게 할 수도 있고, 리난에게 노동으로 얻는 대가를 이해하게 하는 훌륭한 방법이라고 생각했다. 한번은 집에 손님이 와서 리난에게 "손님께 물을 따라드리렴" 하고 말했는데 리난이 되물었다.

"엄마, 제가 아저씨께 물을 따라드리면 얼마 주실 거예요?"

손님은 당황했고, 엄마도 매우 난감했다.

돈이나 물질로 아이가 집안일하는 것을 격려해서는 절대 안 되며, 아이에게 정신적인 면의 칭찬을 해야 한다. 아이가 집안일을 하는 것은 인정을 받고 싶어 하는 행동이기 때문에 충분히 아이를 인정해주고 칭찬해주면 아이의 최대의 기쁨을 느낄 것이며 아이는 집안일을 즐겨하게 될 것이다.

아이의 노동을 존중하라

아이가 잘 못하더라도 올바른 방법을 알려주는 것을 귀찮아하면 안 되고, 적당하지 않은 언행으로 아이에게 상처를 주어서도 안 된다. 아이를 끊임없이 격려하고, 아이의 자신감을 높여주어야 한다. 이렇게 하는 것은 사실 아이의 노동을 존중하는 것이며, 아이도 자신에 대한 엄마의 사랑과 응원을 느낄 수 있어서 한층 더 분발하여 집안일을 하는 좋은 습관을 기를 수 있다.

체력 단련

항상 신체를 단련하는
좋은 습관을 길러라

'생명은 운동에 달려있다'는 말이 있다. 운동은 사람에게 왕성한 활력을 유지하게 해주며, 건강한 육체와 영혼을 갖게 해준다. 만약 아이가 항상 운동에 참가한다면, 아이는 건강한 몸을 가질 수 있을 뿐만 아니라 많은 친구도 만날 수 있다. 만약 아이가 도무지 신체 단련을 하기 싫어한다면 아이는 삶에서 많은 아름다운 것들을 놓칠 것이다. 체력 단련은 아이의 성격과 정서에 영향을 주며 더욱 많은 친구들과 사귀는 데에도 유리하다. 따라서 반드시 아이가 항상 체육 활동에 참여하게 해야 한다.

운동에 대한 흥미를 키워라

아인슈타인은 "나는 모든 상황을 열렬히 사랑하는 것만이 가장 좋은 선생님이라고 생각한다"고 말했다. 이것은 바로 한 사람이 일단 어떤 일에 대해 흥미가 생기면 스스로 실천할 수 있다는 것을 말하는 것이다. 실천하면서 즐거운 감정과 경험이 생겨남으로써, 그 몸과 마음을 흥미가 있는 일에 몰입하게 되고, 더 나아가서는 자랑스러운 결과를 얻을 수 있다. 체육 활동에 대해 흥미가 생기면 아이는 체력 단련을 더욱 사랑할 것이다. 우리는 아이를 데리고 야외 활동에 자주 참여하여 아이에게 신선한 공기를 마시게 해주고, 아이에게 야외 활동의 재미를 느끼게 해야 한다. 또한 아이를 데리고 스포츠 경기를 관람하여, 아이가 현장의 그 뜨거운 분위기를 경험하게 하면, 그곳의 분위기에 아이가 동화되어 체육활동을 좋아하는 마음이 생기고, 운동에 대해서도 흥미가 생길 것이다.

아이에게 적합한 운동을 선택하게 하라

아이의 연령과 신체 특징에 따라 아이에게 적합한 운동을 선택해야 한다. 예를 들어 역도, 투포환 등은 보통 초등학생인 아이에게는 적합하지 않다. 또한 춤추는 것을 좋아하는 아이에게는 무용 학원을 등록해줄 수 있다. 그 외에 우리는 아이의 성격, 특징에 따라 아이가 운동의 종목을 선택하도록 도와야 한다. 예를 들어 사람들과 잘 어울리지 못하는 아이는 농구, 축구, 배구 등 단체 종목을 선택하여, 아이가 체육 활동의 재미를 느끼게 함으로써 사회성이 부족한 자신의 성격을 점차 변화시킬 수 있다. 우유부단한 아이는 탁구, 배드민턴, 테니스 등의 운동을 선택하여 아이의 과감성을 단련시켜야 한다. 성격이 급한 아이는 태극권, 사격, 양궁 등 통제력을 시험하는 것이 필요한 운동을 선택하여 아이의 감정을 안정시킬 수 있다.

한 걸음 한 걸음 단계적으로 운동하게 하라

아이에게 '반드시 한 걸음 한 걸음 차근차근 체력 단련을 해야 한다' 는 것을 알려주어야 한다. 하나하나 확실하게 단련해야 하며, 눈앞의 성공에만 급급해서는 안 된다는 것을 이해시켜야 한다. 아이가 차근차근 단련하는 중에 우리는 아이를 적당히 감독하여, 아이가 끈기 있게 지속해 갈 수 있도록 해야 한다. 사실 하나의 좋은 습관이 길러지기 위해서는 굳은 의지로 계속해나가는 것이 중요하다. 아이가 끊임없이 굳건히 버티고, 끈기를 가지고 지속한다면 서서히 체력 단련을 좋아하게 될 것이다.

92

맺음

시작한 일은 꼭
끝내게 하라

노자가 『도덕경』에서 말했다. '백성들이 일을 하는 것을 보면 거의 이룰 만할 때 실패한다. 끝까지 처음처럼 신중하면 일에 실패가 없다.(民之從事 常於幾成而敗之. 慎終如始 則無敗事.)'

이 말은 '많은 사람들이 일을 할 때 곧 성공이 임박했을 때 오히려 실패하는데, 만약 일을 할 때 처음부터 끝까지 한결같이 하고자 하면, 처음과 끝이 같고, 오래도록 지속하며, 쉽게 포기하지 않으면 실패하지 않을 것'이라는 의미다. 따라서 일을 할 때는 반드시 용두사미가 되지 않게 하고, 끝까지 유지해 나가는 것이 중요하다.

아이가 합리적인 목표를 정하도록 가르쳐라

아이가 무언가를 시작했으면 끝까지 하게 해야 하는데, 이것은 바로 아이에게 합리적인 목표를 수립하는 것을 가르치는 것이다. 이 목표는 너무 쉬워도 안 되고 너무 어려워도 안 된다. 그렇지 않으면 아이의 의지력이 단련될 수 없을 뿐 아니라, 반대의 효과를 일으킬 수 있기 때문이다. 아이가 목표를 완성하는 과정에서 우리는 아이를 합리적으로 감독하여, 아이가 일단 시작했으면 끝까지 실행하게 하고, 중도에 그만두지 않도록 도와주어야 한다. 이 과정에서 아이를 격려함으로써 아이는 부모가 관심을 가지고 있고 응원하고 있음을 느낄 것이다. 목표를 실현한 후에는 스스로 기뻐하고, 부모도 아이와 기쁨을 나누어야 한다. 이렇게 아이가 하나의 목표를 완성한 것을 격려하는 과정들이 반복되면 아이의 의지력이 단련되어 무슨 일을 하든지 시작을 하면 꼭 끝낼 것이다.

아이의 흥미를 이용해서
처음부터 끝까지 완성하는 습관을 길러라

아이에게 다양한 학습의 기회를 주고, 여러 가지 활동을 시도해보게 함으로써 아이가 여러 가지 경험을 할 수 있게 해야 한다. 그 과정 속에서 아이가 표현해내는 것들을 유심히 관찰하고, 아이와 의견을 나누고 소통함으로써 아이의 흥미가 어디에 있는지를 이해해야 한다. 아이가 흥미 있어 하는 것으로 아이의 의지력을 단련시키면, 적은 노력으로도 큰 효과를 얻을 수 있다. 아이가 흥미 있어 하는 일을 선택하여 의지력을 단련시키는 것은 매우 지혜로운 방법이다. 이렇게 하면 아이는 스스로에게 자기가 달성할 목표를 요구하고, 일을 할 때도 처음부터 끝까지 변하지 않고 해낼 것이다.

특히 처음에는 작은 일, 예를 들어 청소, 빨래 등의 집안일을 통해서도 아이의 의지력을 단련시킬 수 있다. 아이가 성공의 기쁨을 자주 경험하면, 아이의 의지력도 점점 강화될 것이다. 어떤 일을 할 때 쉽게 포기하지 않음으로써 끝까지 한결같은 상태를 유지하는 좋은 습관을 기를 수 있도록 부모가 옆에서 많은 도움을 주어야 한다.

PART 11

아이가 평온한 사춘기를 지나도록 돕는다

100 POINT OF EDUCATION

사춘기가 오면 신체의 미묘한 변화 때문에 아이가 주위 세계에 대해 느끼는 방식에도 점점 변화가 생긴다. 아이는 자기의 신체와 심리 상태에 대해 곤혹스러워 하고, 반항적으로 변하기 시작해서 우리의 말을 들으려 하지 않는다. 지나치게 오냐오냐해주는 것과 방임은 사춘기의 여자아이에게는 오히려 독이 될 수 있다. 그렇다면 어떻게 사춘기를 보내는 아이와 함께할 수 있을까? 또 어떻게 아이가 평온하게 사춘기를 지나도록 도와야 할까?

93

100 POINT of EDUCATION II

아이와 함께
'오빠부대'가 되어 보자

중국에는 '오빠부대'와 관련해 부정적인 뉴스가 많이 보도되는데 그 중에서 대표적인 것이 양리쥔(楊麗娟) 사건이다. 양리쥔은 자기의 우상 인 류더화를 만나기 위해서 무작정 홍콩으로 날아갔다. 그녀의 부모 는 자녀의 지나친 '연예인 사랑' 때문에 가산을 탕진했고, 아버지는 딸 을 류더화와 만나게 해주기 위해서 홍콩 바다에 뛰어들어 자살했다. 그러나 양리쥔 사건은 예외다. 우리는 모든 '오빠부대'가 이렇게 미쳤 다고 생각해서는 안 된다.

아이돌을 흠모하는 것은 원래 여자아이들이 청소년 시기에 나타내 는 중요한 심리적 특징 중의 하나다. 다시 말해서 합리적으로 '오빠부 대'가 되는 것은 성공하고 싶은 아이의 심리적 갈망이며, 매우 정상적 인 심리 현상이다. 적당한 '오빠부대'가 되는 행동에 대해서는 아이가 더욱 적극적인 노력을 하도록 격려해도 되며, 오히려 아이의 심리 발전을 촉진시킬 수 있다. 그러나 아이를 너무 오냐오냐해서 맹목적으로 스타를 쫓게 하지 않아야 하며, 아이가 '오빠부대'가 되는 것을 절대 반대해서도 안 된다.

'오빠부대'로서의 아이의 행동을 정확하게 대하라

대다수의 여자아이는 연예인의 사진을 수집하고, 그들의 CD를 듣는 것뿐만 아니라, 심지어 때로는 콘서트 표를 사서 보러 가기도 한다. 만약 아이가 스스로 적당한 제한을 둔다면 우리가 함부로 간섭할 필요는 전혀 없다. 아이의 학업 스트레스가 큰데, 긴장된 학업의 여가 시간에 유행하는 노래를 듣는 것은 학업 스트레스를 완화해주고, 생활을 더욱 재미있게 해주기 때문에 다행스러운 일이라고 할 수 있다. 비록 '오빠부대'가 이성적인 행위는 아니지만, 아이에게 정신적인 이완을 느끼게 할 수 있을 것고 우리의 사춘기 시절을 생각해보면 충분히 이해할 수 있는 부분이다.

아이와 같이 '스타 따라다니기'

어떤 엄마와 딸이 유명 연예인을 이야기하면서 엄마가 딸에게 물었다.

"너는 어떤 연예인을 좋아해?"

"연예인을 좋아하는 것은 아니고, 노래 듣는 게 좋을 뿐이에요."

엄마는 10대인 여자아이가 좋아하는 연예인은 없고, 노래만 좋아하는 것뿐이라니 의아했다. 엄마는 연예인을 좋아하지 않는 딸이 학교에서 친구들과 이야기할 화제가 있을까 좀 걱정이 되었다. '정말 연예인을 좋아하지 않는 걸까 아니면 이 방면에 아는 게 아주 적은 것일까?' 궁금했던 엄마는 여름방학을 맞아 딸과 같이 영화도 보러 가고, 같이 유명 연예인의 개인 앨범 콘서트도 보러 갔다. 그 결과 아이는 '익스펜더블'이라는 영화를 본 후, 리롄제(李連傑)를 매우 좋아하게 되었고, 리롄제를 자기의 우상으로 삼았다. 엄마는 기회를 빌려 딸에게 리롄제는 쿵푸만 잘하는 것이 아니라, 마음도 착해서 자선기금을 설립하고 자선 사업에도 열중하고 있다고 알려주었다. 딸은 듣고 나서 기뻐하며 밀했다. "그럼 앞으로 학교에서 모금 활동할 때, 저도 더 적극적으로 할래요. 제 우상에게 배운 것처럼요!"

사실 연예인을 흠모하는 것은 매우 정상이다. 우리는 아이와 같이 '스타 따라다니기'를 같이 해도 무방하다. 이렇게 하면 아이와 '스타'에 대해 이야기할 수 있고, 더 나아가서는 '스타'에 대해 객관적인 평론을 할 수 있기 때문이다. '스타'의 장점을 아이에게 알려줄 수 있고, 자연스럽게 아이의 인생관과 가치관에 영향을 미쳐서 '스타를 따라다니기'가 아이에게 긍정적인 작용을 하게 될 것이다.

여러 방면의 '스타'를 좋아하도록 격려하라

적지 않은 엄마들은 아이가 '스타를 좋아하는 것'에 너무 빠져들어 갈까 봐 걱정한다. 우리는 아이가 여러 부문의 '스타'를 숭배하도록 격려하는 방법도 괜찮다. '스타를 좋아하는 것'과 취미와는 비슷한 점이 있는데, 취미가 많은 사람은 한 가지에 몰입하지 못한다. 취미가 하나인 사람은 오히려 거기에 몰입한다. '스타를 좋아하는 것'도 이와 같아서 아이가 여러 명의 스타를 좋아하면 아이는 객관적으로 이 스타들에 대해 비교를 할 것이고, 그로써 충분히 냉정하게 스타를 좋아할 수 있다. 이렇게 하면 아이가 '스타를 좋아하는 것'에 깊게 빠지는 것을 방지할 수 있을 뿐 아니라 아이가 지식적인 면을 확장하도록 지도할 수 있고, 아이가 각 영역의 성공한 인물을 이해하게 할 수 있어서 아이에게 긍정적인 영향을 가져올 것이다.

'스타 좋아하기'가 과열되는 것을 방지하라

어떤 여자아이가 어떤 남자 스타에게 빠져 있다면, 그 남자 연예인이 결혼한다는 소식을 들었을 때 시무룩해지고 매우 낙담하기 마련이다. 어떤 여자아이는 심지어 자기가 꼭 그 연예인과 결혼하겠다고 말하기도 한다. 아이가 연예인을 좋아하는 것이 과열되는 것을 막기 위해서 아이에게 유명 연예인의 '포장'된 내막을 이야기해주는 것도 괜찮다. 우리는 아이에게 유명 연예인도 보통 사람과 별로 다르지 않으며, 많은 연예인들은 매스컴에 의해 포장된 것이라고 알려줄 수 있다. 이런 포장은 결국 일종의 광고 행위이며, 몇 겹의 포장을 통해서, 그리고 유명 메이크업 아티스트의 분장을 통해서 연예인은 '연예인답게' 보이는 것이다. 따라서 우리는 아이에게 '연예인을 지나치게 동경할 필요가 없으며, 연예인도 보통 사람일 뿐'이라고 가르쳐 주어야 한다.

94

100 POINT of EDUCATION II

인터넷을 건강하고
분별력 있게 사용하게 하라

우리의 업무, 생활과 학습은 모두 인터넷과 뗄 수 없다. 인터넷은 우리에게 훨씬 편리하고 빠른 생활을 제공해주는 동시에 엄청난 양의 부정적인 정보도 가져다준다. 인터넷상에는 좋지 않은 정보들이 넘쳐나며, 그것들이 사춘기의 여자아이에게 주는 영향이 적지 않을 수 있다. 그러나 요즘은 몇 살 안 된 아이들도 모두 인터넷을 사용하는데, 사춘기의 딸에게 인터넷을 아예 하지 못하게 하는 것은 그리 현실적이지 않은 것 같다. 게다가 사춘기의 여자아이는 꽤 반항적이어서, 우리가 인터넷을 못하게 하더라도 아이는 말을 듣지 않을 것이며, 심지어 정면으로 반항할 것이다. 그렇다면, 어떻게 해야 효과적으로 인터넷이 우리의 딸들에게 위험을 주는 것을 피할 수 있을까? 사실 인터넷은 절대적인 '정신적 아편'이나 '전자 해로인'은 아니며, 사람에게 유익하기도 하고 해를 주기도 하는데, 중요한 것은 우리가 그것을 어떻게 사용하느냐에 달려있다. 우리는 아이에게 인터넷을 알맞게 사용하는 것을 가르쳐, 아이가 인터넷이라는 도구를 이용하면서 그 속에 깊이 빠지지 않도록 가르치면 된다.

되도록 집에서 인터넷에 접속하도록 하라

아이가 집에서 인터넷에 접속하게 하는 것은 건강한 인터넷 접속의 중요한 조건이다. 아이가 인터넷에 접속하는 것을 허락하지 않으면 아이는 PC 방, 친구 집에서 인터넷에 접속할 것이고, 아이가 인터넷에 접속할 때, 브라우저에 어떤 내용이 있는지 우리는 전혀 알 수가 없다. 집에서 인터넷에 접속하는 것을 허락해야 아이가 건강하게 인터넷에 접속할 수 있도록 가르칠 기회가 생긴다. 가정에서 컴퓨터는 거실에 두고, 아울러 뒷면이 벽 또는 구석에 있어야 한다. 거실은 공동의 공간이기 때문에 우리가 일부러 아이를 감시하지 않더라도 아이는 거실에서 인터넷에 접속할 때 어느 정도의 구속을 받을 것이다. 아이는 자연히 유해 사이트를 클릭하지 않을 것이고, 불량 뉴스를 서핑하지 않으며 인터넷 게임도 하지 않을 것이다.

계획을 가지고 인터넷에 접속하게 하라

수많은 사람이 인터넷에 깊이 빠지는 것은 인터넷 접속 전에 계획성과 목적성이 없기 때문이다. 만약 아이가 컴퓨터를 심심해서 그냥 켰다면, 아이는 목적도 없이 천천히 둘러보면서 수많은 쓰레기 뉴스를 보며 시간을 낭비하고 또 에너지를 낭비할 것이다. 따라서 아이가 인터넷 접속하기 전에 자기가 무엇을 할 것인지, 예를 들어 이메일을 보내고, 뉴스를 보며, 학습 자료를 수집하는 것 등을 분명하게 정하도록 해야 한다. 우리는 이런 일을 하는 데 대략 몇 시간이 필요한지를 명확하게 정해야 한다. 이렇게 하면 아이도 생각 없이, 절제 없이 시간을 낭비하지 않을 것이다.

개인정보 보호에 주의하게 하라

사회가 복잡하여, 인터넷 상에서 만난 사람들이 착한 사람인지 악한 사람인지 분별하기가 어렵다. 어떤 불법적인 무리들은 네트워크를 통해서 사기를 칠 수도 있기 때문에 우리는 아이에게 인터넷에 접속할 때 자기의 개인정보 보호에 주의하도록 가르쳐 주어야 한다. 아이에게 인터넷에서 만난 친구의 말을 쉽게 믿지 말고, 자기의 어떤 정보도 인터넷상에 노출시키지 않아야 하며, 특히 실명, 나이, 집 주소, 전화번호, 학교 학년, 부모 이름, 직업 등 각종 정보들은 타인에게 가르쳐 주면 안 된다고 알려주어야 한다. 개인정보가 일단 유출되면 상대방이 그것을 나쁜 일에 이용할 수도 있기 때문이다.

따라서 우리는 아이에게 낯선 인터넷 친구를 만나지 말라고 알려주어야 한다. 우리는 뉴스 매체에서 보도된 각종 사건을 아이에게 들려주어 아이가 인터넷 친구를 만나는 것에 위험이 존재할 수도 있다는 것을 알게 해줄 수 있다. 아이에게 사람들에게는 모두 다양한 면이 있는데 인터넷 세계는 가상의 세계이기 때문에 한 사람의 인터넷 상에서 자기에 대한 묘사는 어쩌면 현실 속에서 나타나는 것과는 차이가 있을 수 있다는 것을 말해주어야 한다. 따라서 절대로 아이가 인터넷 친구를 쉽게 믿게 하지 않아야 하며, 만약 교류가 활발하다면 인터넷에서 계속해서 생각을 교류할 것이지 만날 필요는 없다고 가르쳐야 한다.

좋은 네트워크 자원을 이용하게 하라

12세의 뤄옌(羅燕)은 인터넷에서 학습 자료를 검색할 뿐만 아니라 위에서 각종 자신이 필요한 뉴스를 찾을 수도 있다. 한 번은 엄마가 베이징으로 출장을 가야 했는데, 뤄옌이 엄마에게 주소를 달라더니, 엄마가 베이징에 도착했을 때의 버스 노선을 인터넷으로 검색해서 엄마께 써드렸다. 엄마는 기뻐서 말했다.

"네가 엄마한테 큰 도움을 줬네. 베이징이 너무 커서 어떻게 갈까 걱정하고 있었거든."

인터넷은 매우 큰 정보창고다. 우리는 아이가 각종 검색 소프트웨어를 사용하여, 필요한 각종 학습 자료, 생활 정보, 다른 지역 여행에 필요한 정보 등을 검색하도록 지도할 수 있다. 인터넷에는 또한 각종 학습 사이트도 있고, 심지어는 학습적인 수업 듣는 채널도 있어서 아이가 만약 잘 이용하면 인터넷으로부터 훨씬 많은 지식을 배울 수 있다.

좋은 친구의 기준을 가르쳐주고,
아이가 변별 능력을 갖게 하라

아이가 점점 자람에 따라 갈수록 친구를 필요로 한다. 우리는 당연히 아이에게 많은 친구가 있기를 바라지만 동시에 또 아이가 나쁜 친구를 사귈까 걱정한다. 그렇다면 아이에게 어떤 친구를 선택하라고 가르쳐 주어야 할까? 또 아이가 어떻게 주변의 친구를 변별하게 해야할까?

『논어 · 계씨(論語 · 季氏)』편에서 공자가 말했다.

"유익한 것이 세 가지 벗이요, 손해되는 것이 세 가지 벗이니, 벗이 곧으며, 벗이 성실하며, 벗이 견문이 많으면 유익하고, 벗이 한쪽만을 잘하며, 벗이 유순하기를 잘하며, 벗이 말을 잘하면 손해된다."

세 종류의 유익한 친구가 있고, 세 종류의 손해가 되는 친구가 있다. 정직한 사람과 친구로 사귀고, 성실하고 약속을 지키는 사람과 친구하며, 견문이 많은 사람과 친구를 하는 것은 모두 자기에게 이익이다.

아첨을 잘하는 사람과 친구를 맺거나 앞에서는 치켜세우지만 뒤에서는 비방하는 사람과 친구를 하고 감언이설 하는 것을 좋아하는 사람과 친구를 하는 것은 모두 자기에게 손해가 된다. 삶에서 우리는 어떻게 공자가 친구 사귀는 것에 관해 제안한 것을 아이에게 알려줄 수 있을까?

친구 선택의 중요성을 이해시켜라

아이들은 성격과 인생관, 가치관이 아직 정해지지 않아 주위 친구의 영향을 쉽게 받는다. 따라서 어떤 친구를 사귀냐는 아이의 입장에서 매우 중요하다. 좋은 친구를 사귀면 아이는 아마도 친구로부터 수많은 유익한 지식, 사람으로서의 도리를 배울 것이다. 그러나 나쁜 친구를 사귀면 아마도 친구에 의해 잘못된 길로 가게 될 것이다. 따라서 부모라면 친구를 선택하는 것의 중요성을 아이에게 알려주어 아이가 신중하게 친구를 선택하도록 해야 한다.

정직하고 성실한 친구와 사귀도록 격려하라

공자가 말한 '유익한 세 가지 벗'에서 첫 번째 유익한 벗은 정직한 사람이다. 어떤 사람이 정직한 사람일까? 한 사람이 만약 공평하게 일을 한다면, 옳고 그름, 맞고 틀리는 것에 대해 자기와 가까운 사람을 감싸주지 않고, 모든 사람에 대해 차별하지 않는다. 이 사람이 공평하고 정직한 사람이라고 한다면 그와 친구가 될 수 있다. 또한 '벗이 성실하다'는 것은 사람됨이 성실한 친구다. '벗이 들은 것이 많다'는 것은 박학다식한 친구를 말한다. 우리는 아이에게 되도록 성실한 사람과 사귀어야, 서로 간에 상호 신뢰의 관계를 구축하기 쉽다고 알려주어야 한다. 박학다식한 친구를 만나면 그와 가까워져야 하는데, 그 사람에게서 많은 지식을 배울 수 있기 때문이다. 동시에 우리는 아이에게 한 사람이 설령 아는 것이 많고 재능이 많아도 자기만 잘났다고 생각하고, 다른 친구들은 거들떠보지도 않는 사람이라면 진심으로 친구가 되기는 어려울 것이라고 일깨워 주어야 한다.

'듣기 좋은 말로 아첨하는' 친구는 멀리하라고 알려주어라

대부분의 사람들은 아첨하는 말을 듣는 것을 좋아한다. 그러나 아이는 주변에 '아첨하는 말'을 좋아하는 친구들을 경계해야 한다. 왜냐하면 아첨하는 말은 대부분 진심에서 나온 것이 아니기 때문이다. 그 외에도 아이가 주변의 다른 사람을 나쁘게 이야기하는 친구를 경계하게 해야 한다. 우리는 아이에게 이렇게 알려줄 수 있다.

"만약 어떤 사람이 뒤에서 다른 사람의 나쁜 말을 한다면, 그 사람은 네 뒤에서 너에 대한 나쁜 말도 할 수 있어. 그러니 이런 사람과는 사귀어서는 안 돼!"

바로 '남이 잘못됐다고 말하는 사람은 항상 그 자신이 잘못된 사람이다'라고 하는 것으로, 이러한 도리는 우리가 반드시 아이에게 이해시켜야 한다.

아이의 감정 반항기, 이해를 넘어서
지혜롭게 대응하라

사춘기는 여자아이의 감정 발전의 중요한 시기이지만 위험한 시기이기도 하다. 사춘기는 또한 '심리적 단유기'라고도 부르는데, 아이는 신체적인 변화가 생기는 것 외에도 감정의 기복도 꽤 심하다. 사춘기의 여자아이는 더욱 민감해지고, 자존심이 강해지고, 초조함, 걱정, 번뇌 등을 자주 느낄 수 있다. 신체의 변화는 아이 스스로 이미 '성인'이라고 느끼게 해주지만 사실상 이때의 여자아이들은 아직 성숙하지 않다. 아이의 여러 가지 일에 대한 인지능력도 다소 편파적이어서 이것은 아이의 일처리 방식에 영향을 줄 수 있고, 아이의 정서에도 영향을 줄 수 있다. 이 기간에 아이의 정서는 양극화되기가 쉽고, 역반응 심리도 비교적 강하다. 아이는 비록 독립을 매우 갈망하지만 또한 우리의 보호를 떠날 수가 없어서, 독립하고 싶은 마음과 의지하고 싶은 마음 사이에서 어쩔 줄 모른다. 따라서 이 시기에는 심리적 문제가 쉽게 나타난다. 이 시기의 심신의 변화를 이해하지 못하면 아이의 성격이 갑자기 나쁘게 변했다고 생각하여, 늘 아이를 비난하고 꾸짖어서 아이의 불안한 감정을 더 북돋을 수 있으니 주의해야 한다. 이런 좋지 않은 감정에 눌리는 것은 아이의 심신 건강에 전혀 도움이 되지 않는다.

갈등하는 아이의 심리를 이해하라

사춘기의 여자아이는 겉으로는 매우 강해보여서 모든 일에 사기 주장을 내세우기를 좋아하지만, 마음속 깊은 곳에는 오히려 엄마의 위로, 응원, 도움을 얻기를 여전히 바란다. 아이의 이 시기에 독립은 대부분 '허장성세'이며, 사실 아이는 혼자 있는 것을 매우 두려워하고, 우리의 아이에 대한 이해와 지원을 잃을까 두려워한다. 이 시기의 여자아이는 겉으로는 꿋꿋하고 의기양양하지만, 감정적으로는 여전히 연약하다. 아이의 '독립' 역시 일반적인 소망일뿐이고, 감정과 물질적으로 부모를 여전히 의지한다. 한편으로 아이는 자기의 '독립'을 바라지만, 또 '독립'할 수는 없어서, 자기의 의뢰심이 강한 것 때문에 분노를 느끼며, 다른 한편으로는 우리가 세심하게 보살펴주기를 매우 갈망한다. 이 시기의 갈등 심리를 이해해야 하며, 아이를 잘못을 들추어내지 말고, 아이를 공격해서는 더더욱 안 된다. 그렇지 않으면 아이의 자존심이 상처를 입을 수 있는데, 일단 아이의 자존심이 상처를 입으면 아이의 반항 심리는 더욱 강해질 것이다. 이 시기에 우리는 아이의 연약한 마음이 상처입지 않도록 조심하고 보호해야 하며, 자신에 대한 엄마의 사랑을 느끼면, 아이는 주위 사람과 일에 대해 충분히 안정감을 느낄 것이고 마음속의 갈등하는 감정도 완화될 것이다.

아이의 감정 변화에 즉시 관심을 가져라

총총(聰聰)은 요 며칠 기분이 좋지 않았다. 반장 선거에서 자기의 가장 친한 친구인 모잉(莫穎)이 다른 사람에게 투표했기 때문이다. 총총은 모잉의 행동이 자기에게 상처를 주었다고 생각해 모잉과 말을 하지 않았다. 엄마는 최근 딸의 기분이 가라앉은 것을 보고 총총에게 무슨 일이 있었느냐고 물었다. 일의 전말을 알고 난 후, 엄마는 말했다.

"엄마는 네 기분이 정말 이해가 된다. 만약 내가 너였다면 답답했을 거야. 하지만 모잉과 한번 잘 이야기해 보는 게 어떨까? 왜 그 친구가 너보다 더 반장에 적당하다고 생각했는지 물어보는 게 좋지 않을까?"

총총은 엄마의 말씀이 일리가 있다고 생각했다. 그다음 날 학교에서 돌아온 총총은 엄마에게 말했다.

"모잉이 저를 일부러 선택하지 않았대요. 그리고 제가 자기 친구로 안 맞는대요."

분명히 총총은 다시 한 번 친구로부터 상처를 입었다. 엄마는 고개를 저으며 말했다.

"엄마가 보니 모잉은 널 존중하지 않고, 네가 상처받을지 생각하지도 않는 모양이구나. 모잉과 관계를 이어가면 계속 네가 상처 받을 거야."

엄마의 말에 총총은 더 이상 모잉을 원망하지 않기로 하고 모잉에 대해 거리를 두기로 결정했다.

사춘기의 여자아이의 입장에서 감정의 상처는 매우 고통스러운 일이다. 왜냐하면 아이는 아직 성숙한 논리적 사고 능력이 없기 때문에 어떤 일이 맞는지 틀렸는지 판단할 수가 없어서 단지 상처 받고 억울함을 느낄 뿐이다. 아이의 기분이 침울해 있거나 아무 이유 없이 화내는 것을 보면, 아이를 나무라지 말길 바란다. 사실 아이는 우리에게 일종의 신호를 보내고 있는 것이다. 자신이 상처받았다고 말이다! 이때 우리는 바로 아이에게 관심을 갖고, 먼저 가서 아이에게 어떤 일이 있었는지를 묻고 문제를 분석해서 아이가 혼자 상처의 아픔을 감당하지 않도록 해야 한다.

아이의 반항을 대할 때 순방향으로 인도하라

열네 살 리위(李玉)는 성격이 점점 더 안 좋아지는 것 같았다. 엄마가 자신에게 뭐라고 하든 모두 반항했다. 엄마는 아이가 정서적 반항기에 들어섰다는 것을 알고 더 이상 아이에게 과도한 요구를 하지 않았고, 늘 아이를 '칭찬'해주었다. 엄마는 리위에게 자주 말했다.

"엄마는 네가 이제 커서 무슨 일에도 너 자신만의 생각이 있다는 것을 알아. 그건 무척 좋은 일이야! 나는 네가 일하기 전에 반드시 더 많이 생각할 것이라는 것도 안단다."

사실 리위의 엄마는 이런 긍정적인 언어로 아이를 교육하고 있는 것이다. '반항기'에 있는 딸과는 정면으로 대응해서는 안 되고, 아이를 격려하고 아이를 순방향으로 인도해야 한다. 이렇게 하면 아이도 부모에게 '맞서지' 않을 것이다.

97

100 POINT of EDUCATION ‖

아이의 사생활을 엿보지 말고,
아이의 마음속에 들어가는 것을 시도하라

적지 않은 엄마들이 딸이 자라면 자기에게 소원해진다고 생각한다.
딸에게는 자기만의 비밀이 생기고 마음을 아는 친구가 생기며, 아이
의 일기는 열쇠로 잠겨있는데 '도대체 무슨 비밀을 숨기고 있는 것일
까? 아이가 나쁜 것을 배우지는 않을까? 아이는 왜 서랍을 잠글까?'
하며 엄마의 마음은 불안해지기 시작한다. 사춘기의 여자아이에게는
어떤 비밀이 있을까? 우리의 어렸을 때를 생각해보면 짐작해볼 수 있
다. 우리의 어린 시절 일기에는 별로 큰 비밀도 없었고, 어떤 것은 아
주 작은 고민이었지만, 그것이 매우 크게 보여서 다른 사람이 알아차
리기를 원하지 않기도 했다. 이런 고민은 아마도 어떤 선생님에 대한
불만, 어떤 친구를 좋아하거나 마음이 맞는 친구와 어떤 마음속의 말
을 했는지, 자기의 마음이 어떤지 등등의 것들이다. 그러나 사춘기 여
자아이에게 있어서 이러한 것들은 모두 사생활에 해당하며, 자신의

마음속에 침범할 수 없는 '신성한 영역'이다. 아이는 일단 어떤 사람이 자기의 사생활을 침범했다는 것을 알게 되면 자기 보호의 목적으로 자아를 닫아버린다. 따라서 아이의 사생활은 절대 몰래 엿봐서는 안 된다.

아이의 사생활을 인정하라

아이의 성장에 따라 아이의 자주의식, 자존의식도 계속해서 강해진다. 그래서 아이는 원래 활짝 열었던 마음을 점점 닫고, 어떤 일을 숨기기 시작하며, 자기의 사생활이 생긴다. 아이의 마음속의 비밀이 맞는 것이든 틀린 것이든 아이에게 자기의 사생활이 있는 것은 아이가 성숙해지기 시작했다는 표현이다. 우리는 아이에게 사생활이 있는 것을 인정하고 또한 허락해야 한다. 아이의 사생활을 존중하고, 아이의 '남에게 존중 받고 싶은' 심리적 요구를 이해하며, 아이의 자존심을 지켜줘야 한다.

아이에게 열쇠가 있는 서랍을 줘라

지혜로운 엄마는 먼저 딸에게 열쇠가 있는 서랍을 주고, 열쇠를 아이 손에 쥐어 주며 가르쳐 준다.

"지금부터는 여기가 네 개인적인 영역이니까, 비밀이 있으면 넣고 잠가도 돼."

아이가 정말 그 안에 수많은 비밀을 넣고 잠글 것이라고 생각하지 마라. 우리에게 감격해서 오히려 아이는 비밀이 있어도 잠그지 못할 것이며, 자신의 고민을 먼저 우리에게 들려줄 것이다. 아이의 편지, 일기, 인터넷 채팅 기록 등의 사생활을 엿보는 것은 아이가 우리에 대해 방어진을 치게 하여 아이가 우리를 더욱 믿지 못하게 할 수 있다. 따라서 우리는 자신의 '엿보고 싶은 욕구'를 자제하고, 아이에게 사적인 공간을 주어야 한다. 만약 우리가 아이의 사생활을 엿보았던 것이 아이에게 발각되면, 아이는 그때부터 우리와 거리를 둘 것이고, 우리도 아이를 이해하는 것이 더욱 어려워질 것이다.

아이의 건강한 성장을 인도하고 도와라

우리가 아이에게 일정한 사적인 공간을 주면, 아이는 우리에게 방어진을 치지 않을 것이고, 때로는 우리에게 자신의 마음의 일을 이야기할 것이다. 이때 우리는 반드시 기회를 잡아, 바로 아이의 알맞지 않은 생각을 바로잡는 것을 돕고 지도해야 한다. 당연히 방법적인 면에서 주의해야 하는데, 지금 막 우리를 향해 마음을 연 아이에게 이렇게 하면 틀리다느니, 저렇게 하면 틀리다느니 하며 꾸짖지 말자. 아이의 생각을 더 많이 듣고 완곡하게 우리의 의견을 표현해야 한다. 아이를 이해한다는 전제하에서 아이가 잘못된 생각을 바꿀 수 있도록 도우면, 우리에 대해 배척하는 감정이 생기지 않을 것이다.

아이의 긍정적인 감정을 기르고,
너무 일찍 이성과 사귀지 않게 하라

사춘기 시기에 있는 딸이 남자친구를 사귀는 것에 대해 대부분의 엄마들이 관심을 가지고 있기는 하지만 어떻게 해결해야 할지 모르는 어려운 문제다. 적지 않은 엄마들이 볼 때, 이 시기의 이성과의 교제는 홍수나 맹수와 다르지 않으며, 어떤 여자아이가 남자친구를 사귄다는 이야기를 들으면 말과 글로 성토하며, 이것을 예로 자기의 딸에게 절대 이성 교제를 하면 안 된다고 교육시키려고 한다. 아이는 엄마가 남자친구 사귀는 것에 대해 이처럼 '엄격히 금지'하는 것을 보면 더 호기심이 생겨서 사귀는 게 도대체 무엇인지 분명하게 알고 싶어 하고 심지어는 그것을 위해 이성 교제를 시도해보기도 한다. 호기심에서 출발하여 이성 교제를 하는 아이도 소수가 아니다.

또 한 가지, 아이는 사춘기에 이성에 대한 의구심이 강해지는데, 이것이 여자아이가 남자친구를 사귀려고 하는 이유다. 아이가 이성 교제를 할까 두려워하는 것은 그로 인해 생겨나는 좋지 않은 결과들을 두려워하기 때문인데, 예를 들어 학업 성적의 하락, 감정 우울, 너무 일찍 발생하는 성관계, 심지어는 유산과 낙태까지 여자아이를 생각하면 아마도 발생하지 않아야 할 이성과의 감정 때문에 이처럼 거대한 상처를 받을 수 있기에 우리는 긴장하는 마음을 금할 수가 없고, 반드시 아이의 이성 교제를 싹부터 자르려고 한다. 이성 교제는 정말 이처럼 무서운 것일까? 아이가 '바람직하지 않은 이성 교제'에 빠지지 않도록 피할 수 있는 방법은 없는 것일까?

아이의 이성 교제를 정확하게 대하라

영국 영화 '작은 사랑의 멜로디'에는 이런 장면이 있다.

열 살인 멜로디와 대니가 묘지에서 놀다가 묘비 하나를 발견했는데, 위에는 한 쌍의 사랑하는 이들이 적어놓은 50년 동안의 사랑의 여정이 기록되어 있었다. 멜로디가 물었다.

"50년이 얼마나 긴 거야?"

"휴가 기간을 뺀다면, 150 학기만큼 길지."

"너도 나를 그렇게 오래 사랑할까? 난 안 믿어."

"당연하지, 난 이미 너를 사랑한 지 일주일이 되었거든."

이것은 열 살 '꼬마 연인'들의 대화 중 많은 사람들이 감동한 부분이다. 두 꼬마의 교제는 위험하지도 않고, 아동의 정취가 충만하다. 더 많은 경우, 여자아이의 교제는 이렇다. 단순하고 천진하며, 어린 아이들이라 아직 진정한 사랑과 책임을 이해하지 못하지만 그들의 감정은 아름답다. 이성에 대한 마음이 생기는 것이 공리적인 목적에서 출발하는 것이 아니라면 모두 순결하고 아름다운 것이며, 시기에 적합하지 않은 '사랑'이 당사자들에게 상처를 가져올 수도 있는 것뿐이다. 이것 또한 우리가 아이의 이성 교제를 바라지 않는 진정한 원인이다. 이 이야기를 한 까닭은 우리가 정확한 태도로 사춘기 시기의 이성 교제, 이 문제를 대하기를 바라기 때문이다. 만약 우리가 아이의 이성 교제를 '사상이 순결하지 않다' 혹은 '인격 문제'라 보고, 이런 단어로 아이를 지적한다면 아이는 깊은 상처를 받을 것이다.

아이의 이성 교제는 관심이 부족하기 때문이다

부모가 아이에게 충분한 관심을 주지 못하면 아이는 다른 곳에서 따뜻함을 찾아야 한다. 어떤 조사 연구에 따르면, 한부모 가정에서 자라거나 가정 분위기가 따뜻하지 않고, 엄마와 소통이 순조롭지 않은 아이가 더 쉽게 이성과 사귄다고 한다. 이런 상황에서 만약 우리가 아이의 연정을 억지로 저지한다면 아이는 억울하다고 느낄 것이다. 아이는 아마도 이렇게 생각할 것이다.

"나한테 관심도 없으면서, 왜 다른 사람이 나를 사랑하는 것을 허락하지 않는 거지?"

그래서 아이에게 충분한 관심과 사랑을 주는 것은 아이가 이성과 사귀는 것을 방지하는 효과적인 수단이 된다. 이것은 결코 우리가 매일매일 아이에게 '사랑해'라고 말하라는 것이 아니라 아이에게 더 많은 관심을 가지고 아이와 친밀한 관계를 세워야 하며, 아이의 정신적 요구를 바로 만족시키고 아이가 실의감이나 이해를 받지 못했다고 느끼게 하지 않아야 한다는 것이다. 가정에서 충분히 따뜻함을 얻는 아이는 이성 교제할 확률이 대폭 낮아질 것이다.

아이의 이성 교제를 평온하게 대응하라

아이가 이미 이성과 사귄다면 우리는 어떻게 해야 할까? '연인 사이를 억지로 갈라놓는' 드라마는 동서고금을 막론하고 얼마나 많은가? 결국 결말은 두 사람이 나비로 변하지 않았던가? 남녀 쌍방이 외부의 압력하에서 더욱 쉽게 서로에 대한 사랑을 굳건하게 한다. 이것이 바로 심리학적으로 유명한 '로미오와 줄리엣 효과'다. 아이의 이성 교제를 대할 때 우리는 정면으로 아이에게 질문할 필요가 없으며, 빙빙 돌려 말하면서, 각종 기회를 이용하여 아이가 사춘기시기의 이성 교제의 성숙하지 못한 점을 의식하게 해야 한다. 아이가 이성과 사귀는 것에 대해서 분명히 말할 수는 없지만, 아마도 아이에게 더 많은 생각할 여지를 남겨둘 수 있다. 우리는 옆에서 이 일에 대해 의견을 말해서, 아이가 이성 교제의 나쁜 점을 알도록 지도해야 하고, 아이 스스로 생각이 통할 때까지 기다리면, 반대로 더욱 쉽게 우리의 의견과 가르침을 받아들일 것이다.

딸의 감정 발달에서
아빠의 역할에 주목하라

연구에 따르면 부녀 관계의 좋고 나쁨이 여자아이 사춘기의 발육에 직접 영향을 줄 수 있다고 한다. 아빠의 관심과 사랑이 부족한 아이이거나 아빠와 관계가 좋지 않은 아이는 사춘기 발육이 비교적 빠르고, 부녀 관계가 비교적 좋은 아이는 사춘기 발육이 일반적으로 앞당겨지지 않는다. 이것은 아빠의 딸에 대한 관심과 감정의 몰입은 딸의 심리 발육뿐만 아니라 아이의 생리적 발육에도 영향을 끼칠 수 있다는 것을 보여준다. 이뿐만 아니라, 아빠는 딸이 만나는 첫 번째 남성이다. 아빠가 이런 중요한 위치에 있기 때문에 모르는 사이에 딸에게 남성의 표준을 세우게 한다. 이 표준은 어떠한 표준보다 권위를 가지고 있으며, 그것은 아이의 성격과 기질에 영향을 줄 뿐만 아니라 아이의 감정 발달에도 영향을 끼칠 수 있고, 심지어 아이의 배우자 선택의 기준에도 영향을 준다. 아빠와 관계가 좋은 딸은 자란 후에 늘 이렇게 말하기를 좋아한다.

"나는 나중에 아빠 같은 사람을 찾을 거야. 그 사람은 내가 본 가장 사랑스럽고, 가장 존경할 만하고, 가장 교양 있는 남자가 될 거야."

그러나 아빠와의 관계가 좋지 않은 딸은 오히려 이렇게 말할 것이다.

"나는 별로 결혼하고 싶지 않아. 만약 결혼해야 한다면, 절대로 아빠 같은 남자는 찾지 않을 거야. 아빠는 엄마의 마음에 깊은 상처를 주었고, 나도 무척 실망시켰어."

이것으로 볼 때, 딸에 대한 아빠의 영향은 어마어마하며, 이런 영향은 결국 긍정적이든 부정적이든 아빠가 원래 어떤 사람인지에 따라 결정된다. 아이의 인생에서 아빠는 딸의 남성에 대한 정확한 인식을 이끌어내는데, 사실상 많은 아빠는 딸을 잘못 이끌 수 있어서 딸이 남성과 같이 있을 때 막막하고, 곤혹스러우며 심지어는 어떻게 해야 할지 모르겠다고 느끼게 한다. 사실상 딸이 이성과 교제하는 능력은 아빠에게 받은 영향이 비교적 크다. 아빠와 관계가 친밀한 딸은 어떻게 이성과 함께 해야 하는지를 더 잘 이해하고, 어떻게 이성과의 관계를 유지해야 할지를 안다. 아빠와 관계가 좋지 않은 딸은 살면서 많은 번거로움을 만났을 때, 부녀 관계가 엉망이기 때문에 되도록 빨리 부모를 떠나서 다른 남성의 관심을 찾고 싶을 수도 있다.

여자아이의 조숙함과 너무 일찍 시작한 이성 교제는 너무 이른 성생활과 생육 문제를 동반할 수 있는데, 이런 상황은 아이의 심신의 발전에 이롭지 않고, 다음 세대의 성장에도 좋지 않다. 따라서 아빠가 딸의 성장에 관심을 가지고, 아이와 함께하는 것을 배우며, 딸의 감정 발달에 대한 자신의 역할을 중시해야 한다.

사춘기의 딸과 소원해지지 마라

여자아이는 사춘기시기에 신체가 더욱 성숙해진다. 성장한 딸을 대하는 아빠는 약간은 자연스럽지 않다고 느낄 수 있어서 점점 아이와 소원해지고, 더 이상 예전처럼 아이를 데리고 놀지 못하고, 또 더 이상 친밀감을 나타내는 동작을 하지 못할 수도 있다. 어떤 경우 아빠는 아이의 스킨십을 단호히 거절할 수도 있는데 딸은 이해하기가 어렵다고 느끼며, 아빠가 자신을 사랑하지 않는 것일까 의심한다. 아빠의 갑작스러운 거리두기는 아이에게 안정감을 잃게 히고 심지이 아이의 감정 발전에 영향을 줄 수도 있다. 따라서 이 단계에서 아빠는 일부러 아이와 소원해져서는 안 되고, 되도록 감정적으로 딸을 지지해 주어야 한다. 아이에게 도움이 필요한 때 아빠가 아이에게 제안을 하면, 아이는 아빠로부터 온 사랑을 느낄 수 있게 되고, 아이는 자기에 대한 자신감이 충만해질 것이다.

아빠는 자신의 틀을 내려놓아야 한다

우리 사회에서 전통적인 아버지의 역할은 '엄격한 훈육자, 가정의 기둥'이다. 하지만 딸의 좋은 친구는 아니었다. 사실 딸은 아빠와 좋은 친구가 되기를 매우 갈망하며, 아빠가 바깥 세계 이야기와 사회의 각종 이상한 이야기들을 들려주는 것을 좋아한다. 아이는 아빠와 이야기하는 것을 좋아하는데, 남자와 여자의 사고가 다르기 때문에 아빠로부터 하나의 다른 세계를 볼 수 있다. 딸과 친구가 되려면 당연히 아빠의 대대적인 심리 조절이 필요한데, 아빠의 틀을 적당히 내려놓고,

딸과 교류를 많이 해야 한다. 심지어 딸이 아빠의 권위에 도전할 때, 아빠는 화를 내서는 안 되며, 성숙한 남성의 지혜와 관용으로 딸을 포용하고, 딸을 감동시켜서 딸이 아빠의 행동에 대해 마음으로부터 순종할 수 있게 해야 한다.

부녀 관계에서 자신을 살펴보라

부녀 사이에 일단 문제가 생겼을 때, 아빠는 책임을 딸에게 돌리면 안 되고, 용감하게 책임을 내걸고 자신에게서 문제를 찾아야 한다. 만약 어떤 부분에서 반성이 아직 부족하고, 자신과 딸 사이의 관계를 회복하기 부족하다면 딸에게 아빠에 대해 직접 평가를 구하거나 비평을 하게 한다. 이렇게 하는 것이 아버지로서의 권위를 잃는 것이라 생각하지 말고, 자신을 과감히 살펴보고 책임을 지며, 먼저 잘못을 인정하는 아빠가 아이의 마음속에는 사실 더욱 위신이 있다는 것을 알아야 한다.

가벼운 분위기에서 아이와
우정, 사랑과 성을 이야기하라

인생에서 세 가지 감정이 가장 중요한데, 그것은 바로 친정(親情), 우정(友情), 애정(愛情)이다. 친정은 혈연관계에서 오는 것으로 피가 물보다 진해서 어떠한 때에도 변할 수 없다. 그러나 우정은 딸의 성장과 동반하여 아이가 자란 후 애정을 가질 수도 있고, 성을 이해할 수 있게 한다. 우리는 아마도 늘 딸과 가족 간의 사랑의 중요성을 언급하면서, 딸과 우정과 애정을 이야기하는 경우는 드물고, 성에 대해서는 더욱 이야기하지 않는다. 여자아이들 사이에서의 우정을 이야기하는 것은 남자아이들 사이의 우정만큼 그렇게 열렬하고, '형제간의 의리'를 이야기하는 것 같지 않다. 이것은 여자아이의 감정이 더욱 세심하기 때문이며, 아이는 더욱 세세한 것에 관심이 많다. 여자아이들은 일단 친구가 되면 관계는 매우 친밀해진다. 그러나 여자아이는 감정이 세밀하기 때문에, 다소 소심해질 수도 있다.

여자아이들 사이의 우정에서 주의해야 할 것은 '속 좁게 굴지 말 것'이다. 우리는 은연중에 아이에게 너그러운 사람은 더 많은 친구를 사귈 수 있다는 것을 암시해도 좋으며, 때때로 아이에게 친구는 아이의 일생 중 가장 귀한 재산이라는 것을 일깨워주어야 한다. 아이가 학교에서, 집에서 혹은 장래 일하는 중에 어떠한 억울함을 당하면, 친구에게 하소연해야 하는데 친구가 없는 나날은 얼마나 고독할까. 즐겁든지 슬프든지 함께 나눌 수 있는 사람이 없으므로 반드시 친구를 소중하게 대해야 한다. 동성 간의 우정은 오랜 시간이 지나도 더욱 새로워지고 더욱 소중해질 수 있다. 이성 간의 우정은 어쩌면 오래갈 수 있고, 어쩌면 애정으로 발전될 수 있다. 애정은 무엇일까? 어떤 사람은 이것은 너무나 오래된 문제이며, 셀 수 없이 많은 사람들이 어려움을 주고받은 것이라고 말한다. 각종 소설과 애정 노래의 영향을 받아, 여자아이는 '애정이 도대체 무엇인가?'에 더욱 호기심을 가지고 있다.

사춘기가 오면 여자아이는 이성에 관심을 갖기 시작한다. 우리도 따라서 긴장하기 시작하고, 딸이 너무 빨리 애정에 관련될까 두렵고, 심지어는 보호막이 되어 아이를 안에 가두어 놓고 아이가 너무 일찍 연애를 함으로써 상처받지 않기를 간절히 원한다. 이렇게 바짝 긴장해 있는 태도는 아이의 애정관 형성에 좋을 것이 하나도 없으며, 심지어는 아이가 애정에 대해 더 많은 추측과 연상을 하게 할 수 있다. 애정은 반짝하고 지나가는 불꽃이 아니며, 책임지지 않는 방종은 더더욱 아니다. 애정에 대해 이야기하면서 우리는 딸과 성에 대해서 이야기해도 괜찮다. 많은 여자아이들의 정조를 잃는 것은 아이가 너무 개방적이어서도 아니고 아이가 몰랐기 때문이다. 오늘날은 '성에 대한 정보'가 매우 개방적인 시대여서 각종 광고, 문학 작품, 영상 작품 중에 모두 성을 드러내거나 성을 숨기는 '성에 대한 정보'가 만연해 있다. 그러나 이런 정보들이 결코 성교육을 대체할 수는 없으며 심지어 그 중에 많은 정보는 아이들을 잘못된 길로 인도할 수 있다.

아이가 각종 매스컴으로부터 성교육을 접촉하게 하기보다는 우리가 아이에게 정식 성교육을 행하는 것이 낫다. 때로는 아이가 먼저 성에 관련된 문제를 물을 수 있는데, 이때 우리는 반드시 솔직하게 대답해야 하며 숨겨서는 안 되고, 아이가 성은 매우 신비한 것이라고 생각하게 해서는 안 된다. 아이가 우리에게 질문할 때, 우리는 그 기회를 통해 아이에게 무엇을 할 수 있는지, 무엇을 하면 안 되는지를 알려줄 수 있다. 예를 들어 "이성과 악수하고, 이성과 같이 게임하는 것은 괜찮지만 이성이 자기의 가슴과 허리 아래 부분을 접촉하는 것은 허락해서는 안 된다"고 말해주어야 한다. 만약 이렇게 말했다면, 아이는 여전히 호기심이 생겨서 왜 이렇게 하면 안 되느냐고 할 것이다. 우리는 남녀유별의 도리를 아이에게 알려주고, 아이가 만약 금지된 과일을 몰래 먹었다면 어떤 결과가 생기는지를 알려주어도 괜찮다. 평상시에 신문 또는 뉴스 매체에서 비슷한 부정적인 사건이 있으면 아이와 함께 공유하고, 아이의 관심을 유도하여 아이가 그런 잘못을 해서는 안 된다는 것을 깨달을 수 있게 해주면, 우리의 딸들이 진정으로 평온하게 사춘기를 지나갈 수 있을 것이다.